Ralf Graf

# Unschärferelation

Das Berlin-Attentat

Ralf Graf

# Unschärferelation

## Das Berlin-Attentat

Politthriller

Bibliografische Information der Deutschen Nationalbibliothek
Die Deutsche Bibliothek verzeichnet diese Publikation in der Deutschen Nationalbibliografie; detaillierte bibliografische Daten sind im Internet über http://dnb.ddb.de abrufbar.

www.medu-verlag.de

Reaktionen und Kommentare an *thrillskill@gmx.de*.

Ralf Graf
Unschärferelation
Das Berlin-Attentat
Politthriller

Dreieich bei Frankfurt/M.
Bildnachweis:
Brandenburger Tor: © Siegfried Baier/PIXELIO
Basilius-Kathedrale: © Cornerstone/PIXELIO
Antigua-Kathedrale: © Oliver Brunner/PIXELIO
Umschlaggestaltung: im Verlag
Lektorat: Fee Heitland

Printed in Poland
ISBN 978-3-941955-59-2

## Vorbemerkung

Einige der in diesem Buch geschilderten Ereignisse haben tatsächliche Geschehnisse als Vorlage, anderes habe ich erfunden oder kreativ geformt. Der Roman ist eine Mischung aus Fiktion und Fakten, ebenso die handelnden Charaktere, soweit sie nicht Personen der Zeitgeschichte sind. Das während meiner Recherchen gesammelte Material gab den Rahmen für das vorliegende Buch ab, die Ausgestaltung ist mein Schaffensbeitrag.

# Personen

*Soldaten der Waffen-SS und andere Akteure im April 1945*

**Engelhart Biba**
im 2. Weltkrieg Unterscharführer (Unteroffizier)
der Waffen-SS

**Dima**
finnischer Junge, der im 2. Weltkrieg in den Reihen
der Waffen-SS kämpft

**Curt Herrschmann**
im 2. Weltkrieg Untersturmführer (Leutnant)
der Waffen-SS

**Theo Svoboda**
im 2. Weltkrieg Rottenführer (Obergefreiter)
der Waffen-SS

**Thorsten**
Norweger, der im 2. Weltkrieg in
der Waffen-SS kämpft

**Tetjana Schatwanko**
im 2. Weltkrieg jüdische Zwangsarbeiterin der Breuer-Werke
Hirzenhain, aus der Ukraine verschleppt

*Heutige Akteure*

**Thomas Biba**
deutscher Journalist

**Viktor Davidowitsch Feingolt**
Mitarbeiter eines Moskauer Sicherheitsdienstes,
der Neonazis jagt

**Leon Petrowitsch Schtyrkin**
Mitarbeiter eines Moskauer Sicherheitsdienstes,
der Neonazis jagt

**Dr. Jakub Wekselman**
Inhaber eines Moskauer Sicherheitsdienstes,
der Neonazis jagt

**Siegfried Hartmann**
Vorsitzender der rechtsextremen NDP

**Dr. Robert Weimar**
eigentlich Mitarbeiter des
Bundesamtes für Verfassungsschutz (BfV)

# Erster Teil

Die Heisenberg'sche Unschärferelation besagt, dass zwei Messgrößen eines Teilchens nicht immer unabhängig voneinander beliebig genau bestimmbar sind. Die Unschärferelation hängt nicht an der Unzulänglichkeit des Messvorganges, sondern ist grundlegender Natur. Das bedeutet:

1. Es ist nicht möglich, ein Objekt in einem Zustand zu präparieren, bei dem Position und einwirkende Kraft beliebig genau festzulegen wären.
2. Es ist nicht möglich, Position und einwirkende Kraft eines beobachteten Objektes genau zu messen.
3. Die Messung der Position eines Objektes ist zwangsläufig mit einer Störung der einwirkenden Kraft verbunden, und umgekehrt.

Mit anderen Worten verändert ein Beobachter eines arrangierten Laborprozesses den Vorgang bereits durch sein Beobachten. Es gibt kein Beobachten und Berichten, ohne dass der Berichterstatter irgendwie modulierend, verändernd, störend in den Prozess eingreift, dessen Bestandteil er ist. Was die Frage aufwirft, ob der Beobachter den Prozess oder nur die Wirkung seines Eingreifens misst.

Dieser Roman, in dem professionelle Beobachter von „definierten" Prozessen (Sicherheitsdienste, „Spione") mitspielen, basiert bei der Betrachtung von Situationen, Prozessen, Handlungen auf eben den obigen Annahmen der Heisenberg'schen Unschärferelation.

# 1

## 2. April 1945 (Ostermontag)

Der Mann auf der Straße wurde vom Luftdruck in die Höhe gehoben. Als er auf der zerschossenen Straßendecke aufschlug, war er schon tot, von Splittern durchlöchert. Er hatte sich aus der Sicherheit des Kellers herausgetraut, um nachzusehen, ob sein Vieh noch im Stall und der heil geblieben war. Die Granaten schlugen überall ein. Es begann zu dunkeln, aber das Schlachtfeld war hell erleuchtet. In der Ortsmitte waren zwei Tanklaster in Flammen aufgegangen, die sie von den anderen erobert hatten. Daneben stand einer ihrer Panzer und brannte ebenfalls. Die Haubitzen auf der anderen Seite feuerten, was das Zeug hielt. Ein Vorgeschmack dessen, was sie in der Großen Endschlacht in der Hauptstadt des Reiches zu erwarten hätten. Wenn sie das hier überlebten. Des Führers umsichtige militärische Planung hatte sie in dieses Loch gebracht. Der Wille des Größten Feldherrn aller Zeiten. Und die klaren Befehle von General Brenner. Sein eigener Pionier-Bataillonschef hatte dazu nichts mehr gesagt, denn der war tags zuvor am Glauberg gefallen. Sein Osteropfer.

Neben ihm keuchte Thorsten. Vorne, im Mauerwinkel zusammengekauert konnte er Dima erkennen. Obwohl er erst 17 war, sah er aus wie ein alter Mann: dürr, hager, ausgemergeltes Gesicht. Er schrie ihm zu, er solle hier verschwinden, sich in einem Keller verstecken. Aber der Junge hörte nichts. Er zielte auf die Angreifer, obwohl er seine Munition längst verschossen hatte. Der Rest seiner Gruppe lag in einem Granattrichter, den die gegnerische Artillerie gnädig in einem Gemüsegarten ausgehoben hatte. Eine Salve schlug auf der Straße weiter vorn ein, das dort stehende Bauernhaus bekam einen Volltreffer. Rechts von ihm lag ein Pferd auf dem Boden. Ein Bein war ihm abgerissen worden, es schrie und versuchte aufzustehen, um wegzulaufen. Aber hier konnte niemand weglaufen, nicht aus dieser Hölle aus

Granaten, Bajonetten, Kugeln, Splittern, einstürzenden Häusern, Dreck, Blut und Feuer. Eine Kugel für den Gnadenschuss hatte er nicht mehr, er brauchte seine paar Schuss selbst. Für den nächsten Angreifer. Für Thorsten oder Dima, wenn sie verwundet würden. Der General der anderen hatte gesagt, Soldaten in dieser Uniform erhielten kein Pardon, das hatte er vom Funker Tyszka. Er brauchte die Kugel für sich selbst, wenn er nicht mehr fliehen konnte. Oder für Leutnant Herrschmann. Wenn der die Jungens ins nächsten Blutbad stürmen lassen oder sich wieder an der Frau vergreifen wollte, deren Blick er nie wieder würde vergessen können.

Neben sich sah er einen Schatten durch den Garten kommen. Es war Beckmann. Bevor er ihn erreichen und etwas rufen konnte, knickte der andere ein und fiel hin. Wortlos. Den Tod nehmend. Die anderen hatten irgendwo einen Scharfschützen postiert. Er musste in der Nähe sein, da es schon dunkelte. Morgen früh würden dann die silbrigen Flugzeuge, die seine neuen Kameraden *Thunderbolts* nannten, kommen und ihnen den Rest geben. In der Nacht würden die drüben nicht noch mal angreifen. Wahrscheinlich ließen sie ihre Haubitzen ins Dorf schießen und den Ort mit Panzern abriegeln. Zwischendrin hatte er Motorenlärm und den trockenen Knall von Panzerkanonen gehört. Die würden sie weiter unter Feuer halten, die ganze Nacht. Sie hatten es ja. Aber die Soldaten würden sich zurückziehen. Das würde der beste Moment dieses Tages sein. Er kroch auf dem Bauch durch ein Salatbeet auf den Mauerrest zu, hinter dem Dima kauerte und in einer Mischung aus Verzweiflung, Angst und Unvernunft auf die anderen anlegte, ohne mehr schießen zu können.

„Dima!“

Der Junge fuhr herum.

„Dima, duck dich! Kriech hierher.“

Er schüttelte den Kopf. Er wollte seine Ruinenecke weiter verteidigen, wie er es im Radio gehört hatte. „Aus jeder Mauerecke, aus jedem Granattrichter, aus jeder Hecke eine Festung machen!", hatte eine hysterisch kreischende Stimme gefordert. Ob es Goebbels gewesen war? Der Führer? Egal. Dima hatte Angst.

„Dima!"

Kopfschütteln. Er zeigte mit seinem Karabiner 98k, in dem er keine Patronen mehr hatte, gegen den Feind.

„Dima, halt das Gewehr fest und komm hierher, los. Duck dich, kriech, die haben Scharfschützen. Nimm das Gewehr mit!"

Dima löste sich aus seiner Erstarrung. Er glitt auf den Boden, nahm seinen Karabiner auf die Unterarme. Exerziermäßig robbte er los.

„Los, wir verschwinden hier, die haben sich anscheinend zurückgezogen für den Moment. Aber die werden uns gleich wieder mit Granaten eindecken."

„*Da*."

„Hinter mir her! Nimm das Gewehr mit."

Thorsten schloss sich an. Er war Norweger, sprach inzwischen gut Deutsch, einer aus dem Skibataillon. Er hatte trotz seiner jungen Jahre in Finnland gegen die Sowjets gekämpft. Zusammen krochen sie eine Beetfurche entlang bis zu ein paar Hecken, die das Grundstück begrenzten. Vielleicht konnten sie hinter den Hecken weiterkriechen. Sie mussten zum südwestlichen Dorfrand, irgendwo in einen Keller oder einen Stall. Von dort waren es zweihundert Meter bis zum Waldrand. Ab da hatten sie vielleicht eine Chance. Er hatte einen Plan.

Dima hatte oft von seinem Vater erzählt, Woldemar Kuovi. Und von seiner Heimat Finnland. Der Vater war von der ruhmreichen Roten Armee zur Verteidigung des Sozialismus in die Uniform des Großen Vaterländischen Krieges gepresst worden. Und bei einem Spähtruppunternehmen gegen die Deutschen vor Muonio gefallen. Dima hatte seinen Vater – oder das, was die Handgranatendetonation von ihm in einem Schneeloch übrig gelassen hatte – dort das letzte Mal gesehen. Dann war er mit den Deutschen nach Westen gegangen auf einem der großen Schiffe und weg von seinem geliebten Suomi. Er kam in das Land der Deutschen, erhielt eine neue Uniform und einen echten Stahlhelm. Da er schweigsam war, erkannte ihn niemand. Bis dieser neue Pioniersoldat ihm auf die Schliche kam und ihn auf Russisch ansprach. Seither kümmerte sich der Unteroffizier um ihn. Wenn deutsche Offiziersohren in der Nähe waren, nannte er ihn Dietmar, sonst bei der Kurzform des russischen Namens Dimitri.

Schatten huschten hinter der Hecke entlang. Er stieß Dima mit dem Stiefel an. Reglos lagen alle drei in einem Salatbeet. Bloß ein paar weitere Gefallene in diesem Wahnsinn, niemand würde von ihnen Notiz nehmen. Hier waren alle mit ihrem eigenen Überleben beschäftigt. Obwohl die anderen viele Leichen filzten. Deutsche Uhren, ein Kampfdolch. Luger-Pistolen waren begehrt. Auch dafür musste mancher sterben.

Die Schatten waren weg, und außer Maschinengewehrfeuer und dem Georgel der Haubitzensalven war es so etwas wie still. Anscheinend war das schreiende Pferd tot. Keine Befehle, kein Schreien Verwundeter. Weiter. Sie erreichten die Hecke. Im Feldweg stand ein gesprengtes deutsches Sturmgeschütz. Es raschelte, und sie sahen dahinter Tarnjacken. Die eigenen. Eine versprengte Gruppe unter Kalla. Er erkannte Danquardt, Kraft und einen neuen Gefreiten, dessen Namen er sich nicht hatte merken können. Herrschmann war nicht dabei. Daneben sah er noch ein paar Luftwaffensoldaten, die sie vor einigen Tagen aufgegabelt hatten, bevor sie durch den Taunus marschiert waren. Sie waren teilweise erst 16, 17 Jahre alt, Kindersoldaten. Einer lag zusammengekrümmt und stöhnte leise.

„Biba?“

„Ja.“

„Wo sind deine Leute?“

„Zwei hier, einer eben gefallen, einer vorhin, der Rest in einem Trichter im Gemüsegarten.“

„Einen von den Jungen hat es erwischt", flüsterte Kalla. „Ist in eine MG-Salve gerannt, statt liegen zu bleiben. Wollte ein Haus zurückerobern. Herrschmann hatte sie angetrieben."

„Schafft er's?"

„Glaub nicht. Bauchwunde, blutet stark. Wenn die andern drüben ihn nicht bis morgen in aller Herrgottsfrühe finden und verbinden. Oder erschießen."

„Hat einer ein Verbandpäckchen?"

„Kein Verbandpäckchen, keine Munition, keine Handgranaten", zischte Kalla.

Biba nickte. Er drehte sich zu Dima um. „Hast du was abgekriegt?"

Der schüttelte den Kopf. Dima sprach wenig, sehr wenig. Das war besser so.

„Sie haben unsre Kriegsgefangenen, die wir gestern Abend während der Schießerei bei der Scheune befreit haben, gleich wieder eingereiht und ihnen ein Paar alte Knarren in die Hand gedrückt. Waren so an die fünfzig Mann. Herrschmann wollte sich großtun und hat ihnen was von heroischem Endkampf vorgebrüllt. Ein älterer Hauptmann hat ihm vor die Füße gespuckt. Wegen der anderen Gefangenen hat sich der Herr Sturmführer nicht weitergetraut. Arschloch!", fluchte Kalla.

„Noch mehr Soldaten, noch mehr Blut", erwiderte Biba.

„Auf!", befahl Kalla.

„Und der Junge?" Einer der Luftwaffenrekruten fragte. In dieser Nacht waren ihre blassen Gesichter wie Zielscheiben.

„Bleibt hier. Wir können nichts mehr machen."

„Aber er braucht Hilfe. Sonst stirbt er."

„Oder wir, wenn wir hierbleiben und die da drüben wieder angreifen."

„Aber …"

„Auf jetzt!" Kalla hatte es satt, sich um Kindersoldaten zu kümmern. Er war mit 23 selbst kaum älter als sie, aber Finnland und die Stoßtruppunternehmen gegen sowjetische Verbände hatten ihn Überleben gelehrt.

Abends hatte leichter Nieselregen eingesetzt, der über Nacht zum Dauerregen wurde. Sie waren zu viert. Thorsten, Dima, Rottenführer Svoboda und er. Zuerst mussten sie in der Nacht im Wald verschwunden sein. Sie hatten sich zur Südwestecke des kleinen Dorfes geschlichen, das am nächsten zum Wald lag, und wollten hinüberrobben und -kriechen. Dann mussten sie ihre Tarnjacken und Uniformblusen loswerden. Verbrennen wäre gut. Oder vergraben. Die anderen waren auf diese Uniform nicht gut zu sprechen, manche Kameraden hatten das böse Wort „erschießen“ geraunt. Die Posten der Amerikaner machten ihm weniger Sorgen, in Russland hatte er gelernt, wie man auf Patrouille Posten umgeht. Sollten sie auf die eigenen treffen, würde er ihnen etwas von „Absetzen vom Feind und Umgehung im Süden“ erzählen. Aber im Grunde genommen fürchtete er solche Fragen nicht, denn ihre Truppe war ja eben erst aufgerieben worden. Er hoffte nur, dass unterwegs keine Zivilisten im Wald waren. Das Letzte, was sie brauchten, waren verängstigte Bauern, die den Krieg satt hatten und sie an umherirrende Parteibonzen, fliegende Gerichte oder andere Fanatiker verraten konnten. Nicht mit dieser Uniform. Er kannte sich in der Gegend aus, weil er hier schon Kunden beliefert hatte. Er war in Waldensberg. Er musste in den Wald und dann nach Süden. Zur Kinzig, nach Wächtersbach. Er wusste, wo er hinwollte: ins Freigericht.

## 2

**Gelnhausen, 31. Mai 2010**

Nichts!

Das war alles, was er im Moment hatte. Flaute im Job. Keine neuen Kundenaufträge. Arbeitserfolge? Keine. Bestätigungserlebnisse? Null!

Mehr war nicht drin. Zumindest im Moment nicht.

***

Seit einiger Zeit kreisten seine Fragen wie Geier über seinen anderen Gedanken. Langsam und scheinbar interesselos zogen sie ihre Bahnen über den Themen jedes Tages. Sie warteten; Ängste gaben ihnen Auftrieb. Sie hatten Zeit, bisher hatten sie immer ihre Beute bekommen und ausgeplündert. Na ja, fast immer. Sie mästeten sich, wenn das Leben gewichen und der Tod gekommen war, auch wenn der Träger der Gedanken noch weitervegetierte in dieser Welt. Sie bekamen ihr Futter; sie lebten davon, jeden auszuweiden, der so dumm war und aufgab. Oder zu schwach, sich zu wehren. Dunkle Nachtstunden waren ihre bevorzugte Zeit. Drückend stille Momente der bösen Träume oder der zehrenden Negativ-Gedanken. Aufgeben, hinschmeißen, Selbstmord – oder noch schlimmer: weiterwurschteln mit dem beruhigenden Gefühl des eigenen Scheiterns. Momente des Zweifelns, der aus Angst nur halb oder lieber gar nicht gedachten Gedanken. Oder Momente der Schwäche im Alkoholrausch. Sie hopsten langsam heran an ihre Beute. Unbeholfen und hässlich wie sie waren. Ungeschlacht, plump, mitleidvoll grinsend, effizient und gefräßig.

***

Mein Kopf ruckte und ich kam wieder in die Welt der sogenannten Realität zurück, wo die Dinge des Lebens meiner harrten.

Das Alleinsein ging mir auch schon lange gegen den Strich. Ich war morgens nach Altenmittlau gefahren und hatte mit meiner Mutter gefrühstückt. Sie hatte in ihrer fürsorglichen Manier wieder einmal die Frauenfrage gestellt, verbunden mit einer Bemerkung zum „voranschreitenden Alter". Das war weder für mein Alter noch für meine Stimmung hilfreich. Beim Betreten hatte ich im Büro ein Fax vom Internationalen Roten Kreuz vorgefunden. Keine Nachrichten über einen Engelhart Biba oder Curt Herrschmann. Auch die „Rote Bibliothek" von *Radio Liberty* in München hatte keine Informationen für mich. Den ganzen Vormittag hatte ich damit zugebracht, am Telefon Kontakt zum Simon Wiesenthal Center zu bekommen. Weitere Telefonate nach Moskau ans journalistische Institut waren ebenfalls von keiner Fruchtbarkeit. Ich hatte vor, meine Vorlesungen am Institut mit Recherchen beim russischen Militärhistorischen Museum und einer Stiftung, die Olja mir genannt hatte, zu verbinden. Im Übrigen hoffte ich auf die Hilfe und ein paar Telefonnummern von meinem Bekannten Wladik Sakuskin, Doktor der modernen Geschichte an der Historischen Fakultät der Moskauer Staatlichen Universität MGU. Der Mann hatte bisher immer heiße Tipps und unmöglich scheinende Kontakte gehabt. Mehrere Anrufe in seinem Büro und auf seinem Handy brachten aber ebenfalls keine Resultate. Er war derzeit nicht erreichbar, man würde meine Nachricht weitergeben, *Gospodin* Sakuskin werde sich umgehend melden. Ende, Klicken in der Leitung. Die Kundenfreundlichkeit in russischen öffentlichen Einrichtungen war immer noch sehr ausbaufähig. Meine Stimmung sank gefährlich nahe an den Nullpunkt.

In meinem Frust und mit einsetzender Arbeitsblockade beschloss ich, meine bisherigen Rechercheergebnisse im Eiscafé schriftlich zusammenzufassen. Ich fuhr zurück nach Gelnhausen, stellte mein Auto bei der Kinzigbrücke am Escher ab. Ich betrat das italienische Café. Hinter der Theke ballte sich ein Bündel an kichernder, hübscher, weiblicher Betriebsamkeit; als lächelndes Epizentrum der ästhetischen Rotation erkannte ich Giovanni, den *capo* und *Scheffe*. Das kleine Café vereinte Italiener, Deutsche, Afghanen. Ich mochte diese Art von Mix.

Geräteaufbau. Subnotebook, flexible Tastatur, Handy, elektronische REX-Adress-Card. Mehr brauchte ein mobiles Büro heute nicht. Weniger würde unprofessionell wirken. Oder faul. Große Jungs und ihre Spielzeuge. Sandy, eine sympathische Bedienung, kam strahlend an den Tisch und nahm meine Bestellung auf.

„Wie immer?"

„Wie immer."

Ich konzentrierte mich auf die Arbeit, sichtete mein Material, schrieb. *Wie kommt es, dass ich nur so wenig Material bei den Recherchen zu meinem Großvater finden kann?*, fragte ich mich. Manches mag verbrannt sein oder verbrannt worden sein bei Kriegsende. Einiges mag in irgendwelchen Archivwinkeln verrotten, noch nicht erfasst oder katalogisiert. Zufallsfunde? *Windhauch, alles ist Jagen nach Windhauch.* Irgendwie beschlich mich das Gefühl, dass im Fehlen von Fakten und den nichtssagenden Auskünften der Quellen irgendwie … na ja, kein Plan, aber – Methode steckte.

Hier lief es besser als im Büro. Die Mischung aus Espresso, Süßstoff, Sahne und der attraktiven Bedienung sorgte für gleichmäßiges und konzentriertes Arbeiten. An den Nebentisch setzte sich ein älterer Herr. Volles, platinfarbenes Haar, wache graue Augen, die Nase von einer Designerbrille geziert, Dauerlächeln im Gesicht, gemessene Bewegungen. Goldring mit Brillant am rechten kleinen Finger, eine goldene Breguet mit braunem Alligatorarmband am Handgelenk. Er sprach mit einer solchen Eleganz schlechtes Deutsch, dass es erlesen wirkte und gar nicht weiter auffiel. Sein Outfit schon. Für eine Stadt wie Gelnhausen deutlich zu schick, zu modisch, zu teuer. *Welchem Beruf geht ein so schöner älterer Herr in solch exquisiter Kleidung in einer Kreisstadt nach?*, fragte ich mich. Ich schaute ihn kurz an und grüßte. Sein

Dauerlächeln blieb davon unberührt. Nachdem ich mich wieder meiner Arbeit zugewandt hatte, bemerkte ich den distinguierten Gentleman nicht mehr weiter. Im Nachhinein denke ich, er hat die Zeitung gelesen.

Zara schwebte heran, eine sehr hübsche Bedienung aus Afghanistan. Sie ist die Tante der fast gleichaltrigen Leyla, die auch hier jobbte. Wie so etwas alterstechnisch gehen kann und wie dann Mutter, Tochter, Tante und sonst wer aussehen mögen, konnte ich mir nicht recht vorstellen. Ich gab ihren tiefen dunklen Augen meine Bestellung mit.

Da betrat ein weiterer alter Bekannter die Szene: Norbert.

„Hallo Norbert!"

Er grüßte mit einem knappen Kopfnicken, setzte sich zu mir an den Tisch. Lächelte kurz, stellte seine Umhängetasche ab. Bestellte seinen üblichen Cappuccino, diesmal aber mit Sahne. Recht hatte der Mann, solcherart Zeugnis von Geschmack abzulegen! Ich fragte, ob er gerade von der Arbeit kam.

„Ja, Arbeit", bestätigte er nickend.

Norbert sah mir selten beim Sprechen in die Augen. Er achtete auch immer auf eine gewisse Distanz zu mir, zu viel Nähe war ihm nicht angenehm. Er holte sein Handy aus der Tasche und drückte darauf herum.

„Oh", sagte ich, „du hast ein neues Telefon."

„Ja, neu. Gekauft!" Er sprach oft Worte und Satzteile nach.

Weil es für ihn einfacher war? Zara brachte seinen Cappuccino. Sofort zückte er seine Kundenkarte und reichte sie ihr mehrmals, bis sie sein Getränk abbuchte.

„Ah, mit Sahne. Trinke ich auch", sagte ich und hob meine Tasse in seine Richtung.

„Sahne!" Er lächelte wieder kurz und trank.

Norbert war Autist. Freundlich, clever, sympathisch. Ein feiner Kerl. Draußen sah ich, wie eine ältere, kleine, grauhaarige Frau alle Abfallbehälter auf der Kinzigbrücke nach Flaschen durchwühlte: Äußeres Erscheinungsbild Hartz IV-Look,

Kampfanzug fürs Überleben. Welch ein Kontrast zu dem erlesenen Gentleman nebenan.

Ich winkte Patrizia, einer der zwei weiteren hübschen Damen hinter dem Tresen, und orderte mehr Espresso, trieb meine Arbeit voran. Nutzte die neu entfachte Schaffensfreude. Schreiben als Prozess der Befriedigung. Finger huschten über die Tastatur, ein Häufchen Papier schwand dahin, ward zu binären Ziffern zweidimensional in Puffern rational und virtuell so schnell. *Ich, von keyserlicher gewalt Uffen schreyber. In officio scribsit.* Sitzet zur Rechten des Herren erlaucht. Hätte ich da bereits gewusst, was ich zu recherchieren und zu schreiben begann, es wäre mir noch versponnener und surrealer erschienen, als es meine Gedankengänge manchmal waren. Zum Lohn für die Mühe gab es einen Cappuccino und zwei Godiva-Pralinen. Langsam. *La dolce vita,* würde Giovanni sagen, *shibumi* es der Zen-Meister nennen.

Der distinguierte Herr zahlte, Lächeln fest im Gesicht. Fließende Gesten, alles an ihm stilvoll, inklusive Kalbslederportefeuille und die daraus gezückten zehn Euro Trinkgeld.

Abgang des Seigneur de Pomp. Ich zahlte auch, gab schale paar Cent Trinkgeld. Abgang des Grafen Biba. Zeit, das Essen für heute Abend vorzubereiten. Ich hatte Gäste; ein befreundetes Ehepaar, Chris und Hubert, mein Freund Rainer und meine Nachbarin Anne waren der Einladung gefolgt. *Es wird ein schöner Abend*, beschloss ich und freute mich schon auf meine Gäste und die interessanten Themen, die wir diskutieren würden. Ich liebte meine Freunde, und ich mochte lange, tiefgründige, kontroverse Diskussionen. *Die Ladys im Italo-Café sind wirklich hübsch*, dachte ich unruhig im Gehen.

Vertraulich! Verschlusssache!

***Personal File***
***Biba, Tom Meinhard Philipp***
***Aktenzeichen GRMP-29003-hg 2010-01-22***

**Personaldaten**

| | |
|---|---|
| Geboren: | (gesperrt) 1962 in Hanau/Main, Bundesrepublik Deutschland |
| Adresse: | (gesperrt) 63571 Gelnhausen |
| Eltern: | Erika Biba geborene Graf, ungelernt, zuletzt Arbeiterin bei V. B. Kirchhof GmbH & Co. KG. Status: Rentnerin. Edgar Biba, Lederzuschneider, zuletzt Arbeiter bei Kirchhof GmbH & Co. KG. Status: Nach Frühverrentung an Krebs verstorben. |
| Staatsbürgerschaft: | Deutsch |
| Religion: | Römisch-katholisch |
| Sicherheitsdienstliche Erkenntnisse Eltern: | Keine |

**Ausbildung und Beruf**

| | |
|---|---|
| Mai 1982 | Abitur |
| 1.9.1983 -31.12.1984 | Zivildienst in der Behindertenwerkstatt Linsengericht-Altenhaßlau (Dienstzeit 16 Monate) |
| 1.10.1982 -31.5.1992 | Studium der Politikwissenschaften und der Religionswissenschaften, später Theologie an der Goethe-Universität Frankfurt und der Gutenberg-Universität Mainz; Abschluss: M. A. Politikwissenschaften |
| 1.1.1995 -30.8.1998 | Ausbildung zum Psychologischen Berater in der Arbeitsgemeinschaft Katholischer Beratungszentren am Therapeutischen Beratungszentrum Osnabrück (abgebrochen) |
| Mai 1987 -dato | Fester Freier Mitarbeiter (zwischenzeitlich Angestellter) der V. B. Kirchhof GmbH & Co. KG, später bei verschiedenen Unternehmen und Verbänden als Unternehmensberater, Journalist und Kommunikationstrainer sowie an der journalistischen Fakultät der Moskauer Staatlichen Lomonossow-Universität |

**Sicherheitsdienstliche Erkenntnisse**

Keine; Unbedenklichkeitsstatus

**Aktueller Status**

Vorlesung an der Lomonossow-Universität zum Thema „Rechtsextreme Parteien und Politik im politischen System der Bundesrepublik Deutschland"; Recherchen zu den Militäraktivitäten seines Großvaters im Jahre 1945

# 4

## Sommer 2010

Es stand im Koalitionsvertrag. Alle konnten es in den Zeitungen lesen, im Radio hören, in den Fernsehkanälen sehen. Die Bundesregierung hatte dem Rechtsextremismus den Kampf angesagt. Der sich – zugegebenermaßen – nach einer Zeit des Kränkelns wieder auf dem Wege der Stabilisierung befand.

„Langfristige Strategien zur nachhaltigen Bekämpfung rechtsradikaler Gesellschaftsströmungen und politischer Aktivitäten" forderte die Grünen-Abgeordnete Prof. Dr. Dr. Mehlmann-Özcan. Dass „der Feind immer noch rechts" stehe, wurde als Aussage der LINKEN von der Presse mit wenig Verve und Verständnis zitiert. Ob der Satz für das Volk mit einfacher politischer Denkungsart gedacht war? „Kampfparolen aus der Weimarer Epoche helfen in Zeiten einer multikulturellen Gesellschaft in ökonomischer Krisenanfälligkeit und vor aktuellen Reformbestrebungen in vielen Parteien nicht", hatte der Kolumnist der Frankfurter Blätter der LINKEN prompt entgegengedonnert. „Den politischen Extremismus von Rechts und Links mit Stumpf und Stiel ausreißen" wollte der CDU-Abgeordnete Dr. Czaka laut Rhein-Post. Dass der verdiente CDU-Innenexperte durch einen Unfall bedingt ein nach links schielendes Auge hatte, wurde in einem bissigen Kommentar unter entsprechenden Anspielungen des als sehr kritisch geltenden „Informationsdienst Bürger" allgemein als geschmacklos bezeichnet, als politische Aussage aber nicht diskutiert. Die SPD hatte alles schon seit Jahren gefordert.

Insbesondere der Außenminister, Mitglied des FDP-Parteivorstandes, hatte bei den Koalitionsverhandlungen auf eine gemeinsame Vereinbarung unter größtmöglicher Ausmerzung von Unklarheiten in diesem Punkt gedrängt. Im Benehmen mit seinem französischen Amtskollegen Jean de Chastre hatte er bereits bei seinem Antrittsbesuch in Paris einen Fahrplan zur

Schaffung einer deutsch-französischen Arbeitsgruppe vorgestellt. Eigentlich hatte auch der russische Außenminister Anatolij Schaposchnikow eine gemeinsame Strategie zur Bekämpfung des grenzübergreifenden Rechtsextremismus vorgeschlagen, aber die deutsch-russischen Beziehungen waren derzeit zu angespannt. Grund waren die wiederholt geäußerten Mahnungen der Bundeskanzlerin zum Ölembargo des Kreml gegen Estland und der hinausgezögerte Abschluss im Mordfall der Journalistin Natalja Chussainowna Estemirowa. Beide Bemerkungen hatten sich sowohl der Ministerpräsident wie auch der Staatspräsident Russlands als „Einmischung in innere Entscheidungen der Russischen Föderation" verbeten. „Wir brauchen keinen neuen Ribbentrop-Pakt gegen rechts" hatte RUS-Press giftig getitelt.

Die angeschlagene NPD hatte mit der an Auszehrungen leidenden DVU fusioniert. Beide Parteien waren hoch verschuldet. Die Mitglieder liefen davon. Vorsitzende bekriegten sich. Bis Hartmann kam, der neue Parteiführer. Er hatte die fusionierte NDP als Aufgabe angenommen, in Kampfabstimmungen den Vorstand umgekrempelt, eine harte politische Linie verkündet. Die neue Partei sollte ein klares, wahrnehmbares, öffentliches und vor allem lautes Profil bekommen. Das Äugeln der größeren Parteien nach Rechtspopulismus und fremdenfeindlichen Aktivitäten, die parolenhaften Suada beispielsweise des ehemaligen Berliner Senators Timo Mazarin, des CDU-Abgeordneten René Sternitz und der Deutschtürkin Nazli Kökser, immer wieder den Grenzbereich der politischen Geduld verletzend, hatten seiner Meinung nach einen fruchtbaren Boden bereitet für eine „nationale Antwort aller patriotischen Deutschen auf die Deutsche Frage". Meinungsforschungsinstitute diagnostizierten ein Ende fallender Umfragewerte, die sich derzeit bei drei bis vier Prozent einpendelten. Hartmann wollte mehr. Er war der neue Parteiführer. Er würde befehlen, die Partei würde folgen.

## 5

Sie gingen am Morgen zusammen im Wald spazieren. Der kleine Junge war zehn Jahre alt. Er fragte seinen Opa nach dem Krieg. Weil der so gute und spannende Geschichten erzählen konnte. Und irgendwie erwartete der Junge einmal die Auflösung dieser immer wieder unterbrochenen Geschichten. Aber Opa war wie immer unwillig.

„Wo warst du im Krieg?", fragte der Junge.

Sein Opa blieb stehen, starrte in die Ferne und sagte lange nichts.

„In Russland", antwortete er schließlich.

„Ist das weit weg?"

„Ja, sehr weit weg von hier. Siehst du die Sonne dort? Das ist Osten, da liegt das Land. Es ist noch weiter weg als die Sonne dort."

„Sprechen die dort so wie wir?"

„Nein, Kleiner, dort sprechen sie Russisch."

„Rus...tisch. Kannst du das sprechen?"

„Ja, ein kleines bisschen", antwortete er brummig. Verfiel wieder in Schweigen. Schließlich:

„Du hast die Sprache schon gehört. Letzten Sonntag, auf der Geburtstagsfeier die Lieder, erinnerst du dich? Das war Russisch."

„Rustisch. Kannst du mir das beibringen, die Sprache?"

„Geh erst mal in die Schule und lerne richtig Deutsch. Wenn du das kannst, kannst du später auch Russisch lernen." Großvater tätschelte seine Schulter.

„Warst du da in einem Dorf? Oder in einer Stadt?", fragte der Junge.

„In zwei Städten, aber die Namen sind kompliziert für dich." Wieder eine dieser Pausen, in denen Opa nicht reden konnte.

„Sag schon, Opa!"

„Zuerst in Sewastopol, später bei Narwa."

„In Sewastl“, kicherte der Junge, denn der Name erinnerte ihn an eine seiner Lieblingscomicfiguren: *Wastl und Ricki*. „Und was hast du da gemacht als Soldat?“

„Brücken gebaut, Straßen gebaut, Stellungen und Bunker angelegt.“

„Was sind Bun…ger?“, bohrte der Kleine.

„Das sind große, feste Häuser mit dicken Wänden, ganz aus Beton, wo man sich drin verstecken kann vor den Feinden. Die Mauern sind so dick, dass man nicht erschossen werden kann und geschützt ist vor Bomben.“

„Du hattest da Feinde? Wer waren deine Feinde?“

Nach langem Nachdenken antwortete der Großvater endlich: „Es waren auch Soldaten wie ich, die hießen Rotarmisten oder Sowjetsoldaten. Wir haben aufeinander geschossen, weil Krieg war.“

„Und haben da alle Leute auf euch geschossen?“, wollte der Enkel wissen.

„Nein. Es gab auch viele, viele Leute, die uns geholfen haben mit Essen, Trinken, die waren freundlich zu uns. Sie haben mir zum Beispiel Äpfel, Brot und Milch gegeben, und ich habe dafür ein paar Nägel oder alte Werkzeuge eingetauscht. In meiner Gruppe waren 16 Mann, wir hatten Hunger. Sie haben uns geholfen.“

Der Junge verstand nicht alles von der letzten Antwort seines Großvaters. Aber es gab in dem fremden Land Feinde, aber auch andere Leute, die nett waren. Und man konnte ihre Sprache lernen, so wie Opa es getan hatte, um mit ihnen zu reden.

# 6

## Wingen sur Moder, 30. Dezember 1944

Als Biba in das 6. Pionierbataillon der Division gekommen war, erwartete ihn ein neuer Vorgesetzter: Untersturmführer Herrschmann. Kein Pionier, kein Handwerker, kein Techniker, aber frisch von der Offiziersschule Tölz. Das „T" prangte noch auf seinen silberbetressten Schulterstücken. Erfolgreicher HJ-Führer aus Oberbayern, mit 17 freiwillig zu den Runenfahnen des Führers geeilt, begeistert vom Führerprinzip und willens, seinem stark vergrößerten Ego vermittels des Vaterlands zu dienen. Er war erst 21, aber weil die Verlustziffern der kommandierenden Offiziere explodiert waren, konnte er rasch ein neues Fähnlein führen. Fehlende Menschenkenntnis und Einfühlsamkeit ersetzte er durch markige Parolen. Wie unser geliebter Führer und der getreue Reichsführer SS hatte er eine Tendenz zum lehrerhaften Monologisieren. Seine kampftaktischen Überlegungen wurden weder von Zweifeln geplagt noch von Bedenken getrübt. Sein junges Aussehen ergänzte er um burschikoses Auftreten und gehobene Lautstärke. Seine Lieblingsworte waren „Angriff", „Halten um jeden Preis", „Rücksichtslosigkeit", „mit aller Gewalt". Biba schätzte seinen Zugführer so ein wie seine Wortwahl, die verräterisch war. Der zitierte ständig einen Ernst Jünger oder einen Friedrich Nietzsche, Namen, die ihm nichts sagten. Aber was auch immer sie den Pimpfen auf den Ordensschulen eintrichterten, es sollte Leere und Sinnlosigkeit mit Worthülsen füllen. Einer wie Herrschmann musste in diesem Staat in dieser Zeit einfach Karriere machen. Aufgrund seiner ausgeprägten Aggressivität traute Biba dem „Neuen" das Überleben über diesen Krieg mit seinen Gefechten hinaus zu. Gleich nachdem Herrschmann seine Unterführer zu sich befohlen hatte, um sie sich vorstellen zu lassen und sie kennenzulernen, war er mit Biba aneinandergeraten. Oder Biba mit ihm, das war ihm im Nachhinein nicht mehr klar.

Seine Uniform war neu, seine Kragenspiegel und Schulterstücke glänzten noch. Sie saß ihm wie angegossen. *Fehlen nur noch Bügelfalten und der Schlag am Hosenbein*, dachte Biba. Der Offiziersabsolvent war groß, schlank, blond, blauäugig. Wie auf den Werbeplakaten der Organisation. Er stand breitbeinig und hoch gewachsen, die Hände hinter dem durchgestreckten Herrenmenschenrücken verschränkt. Feldmütze korrekt auf der Kopfmitte, seine harten blauen Augen musterten jeden der Unteroffiziere mit starrem, fixierendem Blick. Vielleicht dachte er, dass er jeden Feind durch Anstarren in Stein verwandeln könnte.

Biba hatte keine Illusionen. In sechs Jahren Krieg hatte er mehrere Zugführer gehabt. Einige wurden versetzt, die meisten verwundet, oder sie fielen. Ribtschinski war ein guter Zugführer gewesen, er teilte jede Situation mit seinen Männern. Er kämpfte mit, marschierte mit, aß dieselben Rationen, stand auf Wache in der verdammten russischen Kälte. Foht war auch in Ordnung, aber er hatte keinen Kampfgeist, nicht genug Lebenswillen. Vielleicht suchte er irgendwie den Tod. Bis ihn ein Scharfschütze tatsächlich erwischte. Seine permanente Zigarettenraucherei hatte ihn das Leben gekostet. Weil er nicht die Hand vor die glühende Zigarettenspitze gehalten hatte, traf ihn eine Russenkugel im linken Auge und zerschmetterte ihm den Schädel. Maibach war ein Arschloch gewesen, er war der Sohn eines hohen Offiziers in Zossen. Er opferte Soldaten auf unnötigen Erkundungsgängen, hauste im Bunker und entschuldigte seine Abwesenheit dauernd mit wichtigen Angelegenheiten im Bataillonsstab. Was für ein aufgeblähter Feigling. Der hier war kein Feigling. Aber auch kein Vorbild, vor dem musste er sich in Acht nehmen. Der hier war gefährlich, aber nicht für die Feinde, sondern für die Soldaten im eigenen Zug. Weil er Führer sein wollte, aber nicht führen konnte. Dazu hätte er mit seinen Männern zusammen sein müssen, statt über ihnen sein zu wollen. Herrschmann kämpfte nicht, um zu überleben oder seine Leute zu schützen, er war auf einem ideologischen Kreuzzug gegen das, was die Donnerstimmen andauernd aus dem Radio herausbrüllten. Er würde die Welt vor der Judokratie und dem Bolschewismus retten. Es hieß, er sei der Sohn eines Generals im Führerhauptquartier und diese Tatsache habe vieles möglich gemacht.

Nachdem er jeden Einzelnen gemustert und sich hatte vorstellen lassen, wandte er sich mit lautem Organ an Biba.

„Und Sie?"

Biba nahm lässig, aber irgendwie erkennbar Haltung an.

„Unteroffizier Biba, 6. Pionierbataillon. Vorher Pionierbataillon 9 der 9. Infanteriedivision. Verwundung bei dem Kämpfen an der Narwa August 1944. Nach Genesung Versetzung zur 6. SS-Division."

„Verwundung, aha!", brüllte Herrschmann.

„Woll, Herr Sturmführer, Granatsplitterdurchschuss im rechten Unterarm."

„Heimatschuss also." Der Offizier musterte den älteren Untergebenen langsam mit den Stahlblickaugen.

„Haben Sie Verluste an der Front erlebt?"

„Woll, Herr Sturmführer. Zusammen mit zwei Kameraden die einzigen Überlebenden des 2. Zugs der 3. Kompanie."

„Dann wissen Sie ja, wie's geht, den Feind bis zum letzten Mann zu bekämpfen, auch auf die Gefahr des eigenen Todes für den Führer und unser großes Vaterland."

„Woll, Herr Sturmführer. Aber wenn ich tot bin, kann ich nicht mehr für sie kämpfen", konterte Biba, den Blick des Offiziers aushaltend. *Dem Gegner nicht gleich das Feld lassen*, dachte er.

„Biba", brüllte Herrschmann, „ist das überhaupt deutsch? Klingt ausländisch, irgendwie italienisch oder … verjudet!"

„Vorfahren aus Belgien nach dem 30-jährigen Krieg, wallonische Katholiken."

„Katholik auch noch!" Herrschmann äffte eine Bekreuzigung nach. „Gleichmacher, Schwächlinge und Weihrauchbläser", stichelte er weiter. „Können Sie mit Ihrer Schwachenmoral überhaupt kämpfen, Unterscharführer? Oder halten Sie dem Feind den anderen Unterarm, Verzeihung, die andere Wange hin?"

Bibas Mund zuckte, aber er sagte nichts. *Der Mann ist fanatisiert!*

„Sie sind ein internationaler Europäer. Zum Glück kommen Sie aus dem Volk und sind kein studierter, weltfremder Hochgeist. Die SS zum Beispiel ist ein Paradeverband einer Völkergemeinschaft, die die Werte und Traditionen des alten Europa gegen den Ansturm barbarischer Feinde von außen retten will." Und mit überschlagender Stimme: „Als Einziger retten kann und wird!"

„Woll, Herr Sturmführer."

„Wir brauchen in Deutschland keine Moral der Nachgiebigen, keine schwächliche Demokratie und keine bolschewistische Gleichmacherei oder sonst irgendein Gleichheitsgefriemel! Das Starke wird überleben, die Trittbrettfahrer, Parasiten, Ausnutzer werden sich einpassen oder untergehen! Und irgendeine antike Dekadenz oder pseudomoderne Freiheit wird bei uns ganz schnell auf Vordermann gebracht. Dafür werden auch Sie mit Ihrer inneren Haltung und Ihrem glühenden Glauben an unser Land und seine historische Mission sorgen!"

„Woll, Herr Leut… Herr Sturmführer."

„Von allen Untergebenen sind Sie in diesem Sturm der zwielichtigste und unzuverlässigste. Ich brauche in meiner Einheit keine Drückeberger, Schlaumeier und Leute ohne Korpsgeist oder Gehorsam."

„Herr Sturmführer haben meine deutsche Eigenart gut erkannt. Sehr bedankt." Biba bemühte sich, den ironischen Unterton zu vermeiden.

„Und nehmen Sie korrekt Haltung vor einem deutschen Offizier an, Unterscharführer!" Vibrato.

Biba salutierte der leeren Uniform vor ihm.

„Wir greifen morgen die Amis an! Werde ein scharfes und hartes Auge auf Sie haben, Unterscharführer!", brüllte Herrschmann. Seine Lippen zuckten und sein Versteinerungsblick irrte, einem Offizier ungebührend, zwischen Bibas Kragenpatten und dessen Gesicht hin und her.

## 7

Berlin, 2. Juni 2010

Regierung der Bundesrepublik Deutschland
Ministerium des Innern

### Pressemitteilung

### Bundesinnenministerin setzt Arbeitsgruppe zum Verbot extremistischer Parteien ein

Dr. Claudia Diegmann-Schaffsteller (FDP), Bundesministerin des Innern, hat mit sofortiger Wirkung eine Arbeitsgruppe „Extremistische Parteien" ins Leben gerufen. Hauptaufgabe des Gremiums ist die Erarbeitung eines Rechtsgutachtens und einer Rechtsvorlage zur Beratung und Beschlussfassung im deutschen Bundestag. Vorangegangen waren interministerielle und interfraktionäre Besprechungen mit den Bundestagsfraktionen der CDU/CSU, FDP und der Grünen sowie eine Empfehlung des Rechtsausschusses des deutschen Bundestages. Der Arbeitsgruppe gehören an:

- Dr. Ing. Franz Waechter, MdB, SPD, Mitglied des Rechtsausschusses des deutschen Bundestages als Leiter
- Rüdiger Freiherr von Joßburg, MdB, CSU, Sprecher des Innenausschusses des deutschen Bundestages
- Dr. oec. Dr. rer. pol. Michael Kloft, MdB, FDP
- Dr. jur. Manfred Czaka, MdB, CDU
- Peter Kramwinkel, Ministerialdirigent und persönlicher Referent im Bundesinnenministerium
- Auf Ladung/Anhörung weitere internationale Rechtsexperten mit Beraterstatus

Erste Arbeitstreffen der Gruppe sind noch vor der Sommerpause des Parlamentes avisiert. Bis zum Ende der Sommerpause wird die Arbeitsgruppe ein erstes Rechtsgutachten vorlegen. Bis zum Frühherbst wird der Entwurf einer Gesetzesvorlage durch das Ministerium folgen.

Das Bundesministerium des Innern setzt im Benehmen mit der Bundesregierung einen weiteren Schwerpunkt ihrer politischen Agenda um. Zu betonen ist, dass weder die Bundesregierung noch das Innenministerium unter Handlungsdruck stehen. Die jetzt eingesetzte Arbeitsgruppe schafft weitere Optionen für den Umgang mit extremistischen Parteien in der Bundesrepublik Deutschland. Die Ergebnisse sollen ebenso der aktuellen, veränderten Rechtssituation Rechnung tragen wie eine langfristige, omnipolare, flexible und rechtssichere Strategie im Umgang mit solchen Gruppierungen ermöglichen helfen. Weiterhin haben die Sicherung und Stärkung der demokratischen Rechtshandlings und der Sicherung der Grundrechte der Bundesrepublik Vorrang. Ein Abgleichen von juristischen Handlungsoptionen wird vom Bundesinnenministerium ebenso forciert wie die Schaffung von Handlungsfenstern im aktiven Rechtsvollzug, beispielsweise um die Präzisierung hinreichender Anhaltspunkte für rechtsextreme Straftaten zu optimieren und kollaterale interministerielle Vorgehensweisen zu fördern.

## 8

Er war mein Großvater. Wir sagten Opa zu ihm. Er war für mich ein toller Großvater. Nach dem Sonntagsgottesdienst holte er meine Schwester und mich zu Spaziergängen ab, meistens fuhren wir dann nach Linsengericht, zum Hufeisen. Er erklärte uns die Bäume und brachte mir so Wald und Natur nahe. Ich erinnere mich, dass ich als kleiner Junge in seiner Schreinerwerkstatt spielen durfte, statt in den trostlosen katholischen Kindergarten gehen zu müssen. Dort waren große, dicke, schwarzweiße Schwestern, die aber gar nicht mit mir verwandt waren. Sie sahen bedrohlich aus, hatten riesige schwarze Umhänge an, auch wenn es nicht regnete. Irgendwie waren die Nonnen mir nicht geheuer. Sie erzählten von Jesus, nannten das Beten. Die Stimmung war irgendwie immer gedrückt, ganz im Gegensatz zu Opas Schreinerei. Hier konnte ich schnitzen, nageln, klopfen, kleine Gegenstände basteln. Ein nicht enden wollender Mikrokosmos voller Wunder aus Holz, der Traum eines fünfjährigen Träumers. Bis eine der Schwestern im Herrn fragte, wann der kleine Tom denn gesund wäre und wieder in den Kindergarten käme. Er sei schon seit ein paar Wochen nicht mehr gekommen. Mein Opa hatte sich für mich schützend gegen die Nonnen geworfen. Eine geheime, verschworene, exklusive Freundschaft. Meine erste dieser Art. Das vergesse ich ihm nie!

Er war auch derjenige, der mir von Russland erzählte. Er und seine Brüder Peter, Werner, Alfred und Martin waren als Soldaten eingezogen worden. Werner war gefallen. Onkel Martin war von Beruf Bäcker und machte unser Brot. Als Kind durfte ich oft in die Backstube und wunderte mich, wie groß der Ofen war. Vom Krieg erzählte Opa ungern und nur auf Drängen, als ob er etwas zu verbergen hätte. Hatte er? Manchmal redet man nicht, um etwas zu verbergen. Manchmal schweigt man, weil man über eine Sache in ihrer Ungeheuerlichkeit und Gewalt nicht einfach so reden kann. Manchmal schweigt man, weil man hofft, mit dem Schweigen käme Vergessen, Erlösung. Und mit dem Schweigen vererbt man. Der faule, ätzende Kern wird von Generation zu Generation weitergegeben. Vielleicht in anderen Formen und Mitteln. Ein Familienerbe, das nach Schuld und Sühne schreit und sich in die Seele der Leidenden frisst.

Erzählungen von seinen Kontakten zur Zivilbevölkerung waren ihm dafür umso lieber. Er sprach ein paar Brocken Russisch. Ich erinnere mich, dass er auf Familienfeiern ab und zu Gitarre spielte und russische Lieder sang. Ich verstand die Sprache nicht. „So sprechen die Leute, wo ich im Krieg war", sagte er damals.

Ich erfuhr, dass er heimlich Material gegen Brot, Äpfel, Kartoffeln oder selbst gebrannten *Samagon* mit der Zivilbevölkerung tauschte. Das war gegen Strafe verboten, aber er sagte, die Männer in seinem Trupp hätten Hunger gehabt. Ich erinnere mich an kleine Erzählungen über die Einwohner, in seinen Erzählungen kamen sie immer sehr positiv weg. Ich lernte, dass es Russen und Sowjetsoldaten gab. Die einen waren freundlich und hilfsbereit, die anderen schossen auf Opa und seine Gruppe. Ich fragte damals nicht, warum. Ich verstand vieles nicht, blieb aber irgendwie am Ball. Als Zehn-, Elfjähriger interessierte mich bereits der 2. Weltkrieg. Später las ich viel darüber und sah mir Dokumentarfilme im Fernsehen an. Ich wollte die Lücken füllen, die, wie ich vermutete, mein Großvater verschwieg. Dieser Stachel blieb immer; je mehr ich lernte, desto mehr piekste er, und ein tiefes Interesse in mir wurde geweckt. Sehnsuchtartiges Interesse. Und als ich studieren ging, keimte irgendwoher der Wunsch in mir auf, Russisch zu lernen. Also schrieb ich mich endlich in Mainz an der Sprachlehranlage in „Russisch für Anfänger" ein. Der erste Schritt war gemacht. Dass er mich später nach Russland und als Gastdozent an die Moskauer Staatliche Universität bringen sollte, zeichnete sich nicht ab, schien aber im Nachhinein gesehen nur folgerichtig. Mein Opa hatte den Samen gelegt und er war aufgegangen. Auch dafür bin ich ihm heute noch zutiefst dankbar.

Später erzählte er mir, er sei 1944 an der Narwa bei Kämpfen mit russischen Soldaten verwundet worden. Granatsplitter durch den rechten Unterarm. Heimatschuss. Während seiner Genesung sei er wieder dienstfähig gewesen und habe in Orb auf der Wegscheide im Lager russische Kriegsgefangene bewacht. Und dann kam diese seltsame Geschichte, die mir auch Oma Bertel erzählt hatte: er habe nach der Genesung Anfang 1945 seine Einberufung an die Ostfront erhalten. Da das einem Todesurteil gleichgekommen sei, habe er sich mehrere Wochen im Backofen seines Bruders versteckt. Ich war ein kleiner Junge, vieles von den Erzählungen war mir unverständlich. Aber ich fragte mich damals, wie man 24 Stunden am Tag in einem Backofen sein konnte, und das mehrere Wochen.

Ich erinnere mich, wie ich als vielleicht Zwölfjähriger in alten Bildern meines Großvaters stöberte. Dort war er auf einem Schwarz-Weiß-Foto als Soldat zu sehen, ein vergrößertes Portraitbild. Ich fragte, was die weißen Ränder auf seinen Schultern bedeuteten.

„Er war Unteroffizier bei den Pionieren, das sind seine Rangabzeichen", antwortete Oma Bertel.

Es war immer wieder dasselbe Portraitbild, mal kleiner, mal größer, dazwischen ganz wenige andere Bilder, meistens private Schnappschüsse. Und viele Postkarten. Je länger der Krieg dauerte, desto weniger. Als ich vor einigen Jahren anfing, die Soldatenjahre meines Großvaters in der Wehrmacht zu recherchieren, gab es zunächst dieses seltsame Gefühl. Dann die Fakten: die wenigen immer gleichen Bilder. Die Familiensaga, von Generation zu Generation weitergereicht wie ein Heldenepos. Sollte sie in ihrer Größe und Unangreifbarkeit etwas entschuldigen oder … sühnen? Die meisten Deutschen brauchten bei Kriegsende Erleichterung. Von Not, Vergewaltigungen, Vertreibung, Hunger, Entnazifizierungsprozessen, Heimatverlust, sinnlos harter Kriegsgefangenschaft, Verlust von Hab und Gut, Ehrlosigkeit, Kriegs- und politischen oder rassistischen Gewaltverbrechen quer durch Europa. Und von den Abgründen in ihren Seelen, in denen sich die Untiefen der Gräben mit Gefühlen von Schuld, Versagen, Ängsten gefüllt hatten. Nicht alle wollten oder konnten vergeben bekommen, die meisten konnten sich selbst zuerst nicht vergeben. Nicht nach Millionen Kriegstotenvergasungs-endlösungsstandgerichtsversehentlichenzivilbandenkriegs-staats-Opfern und ohne eine Chance, das Unsäglich-Unsagbare zu differenzieren. Sollte die Saga etwas bedecken? Dann gab es auch etwas zu entdecken. Dazu kamen seltsam verdächtige Zufälle, was die Einsatzorte meines Großvaters 1944 anging, seine Verwundung, das vollkommene Abreißen von Nachrichten oder Geschichten und dass er sich in den letzten Kriegswochen versteckte. Sein letzter offizieller Einsatzort war bei den Schlachten an der Narwa im Spätsommer/Herbst 1944. Aber diese Kämpfe gingen in die Militärgeschichte als „Schlacht der SS-Armeen" ein. Es gab keine Bilder aus dieser Zeit, keine Briefe oder Karten, auch später nicht. Außer einem: ein geschnittenes Bild, im Nachhinein offenbar bearbeitet. Da war die Tarnanzugjacke, hoch geschlossen, darunter die Wehrmachts-Feldbluse 44, die Ansätze der schwarzen Kragenpatten nur mit einer Lupe zu entdecken. Eine militärisch vollkommen unerlaubte und nicht ordonanzmäßige Montur. Wieso? Ich hörte aus der Versteckgeschichte meines Großvaters unterschwellig immer eine große Angst heraus. Wollte er sich verstecken? *Musste* er, weil er an einem Kriegsverbrechen teilgenommen hatte? Sollte das Fehlen von Fotos und Frontbriefen einen neuen Einsatz, die Versetzung zu einer anderen Truppe verschleiern? Kurz: war mein Opa in der SS?

**Original und Fälschung**

Engelhart Biba, Sohn von Gregor Friedhelm Biba und Anna, geborene Fleckstein. Geboren 1906 in Altenmittlau. Volksschule, Schreinerlehre beim Vater. Schreiner- und Wagnermeisterprüfung vor der Handwerkskammer. 1939 Einberufung zum Militärdienst in der Wehrmacht. Pionierbataillon 9 in Hanau. 1939 und 1940 Teilnahme am siegreichen Polen- und Frankreichfeldzug, wo er französischen Kriegsgefangenen anlässlich ihres Einzugs in deutsche Gefangenenlager die Köpfe rasierte. Beförderung zum Unteroffizier. Im weiteren Verlauf der Einverleibung deutschen Lebensraumes im Osten eroberte er im Auftrag des Feldherrengenies unseres geliebten Führers 1942 die Krim und Sewastopol. Dienst als Besatzungssoldat. 1944 Verlegung seiner Einheit in den Norden der Ostfront an die Narwa, um sich hier dem Anbranden des sowjetischen Todfeindes entgegenzustemmen. Dort bis Herbst des Jahres fast völliges Aufreiben seiner Pionierkompanie und Verwundung durch einen sowjetischen Granatsplitter im Grabenkampf am Fluss Narwa. Genesungsurlaub in der Heimat, dabei Dienst im Gefangenenlager „Wegscheide“, Bad Orb. Januar 1945 nach Genesung neuerliche Einberufung an die Ostfront, um die Offensiven der Roten Armee Richtung Reich zu stoppen und zu zerschlagen. Dies als sicheres Todesurteil empfunden und sich in des Bruders Backofen versteckt, bis an Karfreitag im April 1945 US-amerikanische Truppen Altenmittlau besetzen. Feier der Auferstehung des Herrn und des Untergangs seines Dienstherrn nach der Erlösungstat der Befreiung durch US-Truppen.

So die Familiensaga.

Tatsächlich Mitte Dezember 1944 Einberufungsbefehl und Zwangsüberstellung zu einer neuen Pioniereinheit, der 6. SS-Gebirgsdivision „Nord“ an die Westfront bei Pirmasens und Wingen sur Moder in Nordlothringen. Dort Teilnahme am Unternehmen „Nordwind“, um die scheiternde Ardennenoffensive zu entlasten. Kämpfender Rückzug durch den Hunsrück, Rheinübergang bei Boppard. Weiterer Rückzug im Verband der Kampfgruppe Brenner über Weilburg, Taunus, Wetterau. Teilnahme am Gefecht in Leisenwald und Waldensberg. Dort in einem Divisionsbericht als „vermisst vor Versetzung“ gemeldet. Schlägt sich unerkannt nach Altenmittlau durch und versteckt sich die letzten Kriegstage im Backofen seines Bruders vor fliegenden Standgerichten der Wehrmacht und US-Soldaten, die versteckte deutsche Soldaten suchen, um sie in Gefangenenlager zu bringen.

Ich hatte also im Groben eine Militärbiographie von Engelhart Biba erstellen können, aber vieles war noch unklar oder widersprüchlich. Also erweiterte ich meine Recherchen, in dem ich Kriegsarchive und andere Quellen der Zeitgeschichte anschrieb oder antelefonierte. Und bei all dem Suchen, Wühlen, Abklappern, Checken wurde mir nach und nach klar, dass mich weniger die Tatsache umtrieb, dass er in der SS war, sondern, ob er etwas erlebt hatte, das er – wie sich selbst – vor der heilen Welt von Familie, Gemeinde, der heiligen und wachsamen Mutter Kirche und Kleinunternehmerkunden verbergen musste. Aber ich ahnte nicht, dass mich diese Arbeit in die Fänge eines Geheimdienstes und ins Umfeld eines Attentats treiben sollte.

## 9

### Gelnhausen, 31. Mai 2010, abends

„Unser Staat geht an den ganzen Hartz-IV-Zahlungen noch kaputt!" Rainer schnitt mit entschlossenen Bewegungen seinen Lachs, rasches Aufspießen auf die Gabel, Kinnbacken mahlten energisch.

„Ich stimme unserem Außenminister zu, wenn er den Missbrauch von Hartz IV endlich deutlich anprangert. Das muss ja mal gesagt werden." Anne, eine Nachbarin, von Beruf Tierärztin, stieß in dasselbe Horn.

Ich warf ein, dass Fachleute aus den Parteien, auch der CDU, und selbst die Nürnberger Agentur für Arbeit diese Darstellungen als unzutreffend zurückgewiesen hätten.

„Außerdem, die ganzen Ausländer, die hier reinkommen und sofort rauskriegen, wo man sich für welche Sozialleistungen anstellen muss. Auf den Fluren der Sozialämter tummeln sich oft mehr Ausländer als Deutsche."

Ich fragte mich, wie jemand, der noch nie in irgendeinem Sozialamt Schlange gestanden hatte und wohl nie Schlange stehen müssen würde, um den Anteil ausländisch scheinender Gesichter dort wusste.

„Woran erkennst du das?", fragte ich.

„An der Hautfarbe", die Antwort.

„Deutsche können die unterschiedlichsten Hautfarben haben."

„Du arbeitest doch mit denen, du willst doch nicht sagen, dass da keiner dabei ist, der das System bescheißt oder wenigstens ausnutzt. Als Trittbrettfahrer von unsren Steuergeldern profitiert."

„Klar, die hab ich auch in den Kursen", sagte ich. „Geschätzter Anteil klar unter zehn Prozent, aber das ist meine Wahrnehmung. Neulich sagte eine junge Kursteilnehmerin, vielleicht 20 Jahre alt, Deutsch-Thailänderin, olivfarbener Teint, mit voller

Inbrunst, dass den ganzen Müll doch die Gastarbeiter wegmachen sollten. Ich fragte sie dann, ob die Aussage nicht etwas gewagt sei, schließlich habe ihre Mutter den thailändischen Pass."

Einen Moment lang nahmen leichtere und erbaulichere Themen Raum ein. Geplänkel von Kunden, die für die Behandlung ihrer Tiere Zahlungen schuldeten. Neuigkeiten aus den jeweiligen Arbeitsgebieten. Das Essen glitt in ruhigere Bahnen. Ich wartete so lange.

„Was würdest du denn gegen den Missbrauch tun?" Es war Chris, Huberts Frau, von der die Frage kam. Hubert hatte signalisiert, dass sie in Studienjahren befristet auf Sozialunterstützung angewiesen gewesen war und das kenne.

„Ich würde dagegen tun, dass ich erst mal nicht jeden Hartz-IV-Empfänger als Missbrauchstäter oder sozialen Trittbrettfahrer ansehen würde", sagte ich. „Aber nein, weiter habe ich da keine gute Antwort."

Ein kurzer Moment der Zwiegespräche, in denen jeweils bekannte Beispiele aus den Medien, dem Bekannten- und Nachbarnkreis ausgetauscht wurden. Zur Belustigung der Anwesenden veranstalteten Rob und Raja, die beiden Labradorhunde von Chris und Hubert, ein Wettrennen im sowieso schon recht kleinen Wohnzimmer. Ein klarer Gewinner konnte nicht ermittelt werden, aber der Fun-Faktor stieg bei allen Beteiligten deutlich, selbst bei mir, der ich kein ausgewiesener Hundeliebhaber war. Nach Hallo-Rufen, Beifallklatschen, dem Verteilen von Hundeleckerli und dem Entfernen einer zerbrochenen Vase kehrte wieder Ruhe ein bei Tisch. Nachdem die Teller und Gläser wieder gefüllt waren, brachte Hubert seine vermittelnde Ansicht vor.

„Ich denke, bei dem, was der Außenminister wollte, ging es um Wahlkampfhilfe für die FDP in Nordrhein-Westfalen. Da wurde ein bisschen Stimmung gemacht, das hat denen zwei Prozentpunkte gebracht. Da war diese Gruppe halt nützliches Werkzeug."

„Warum halten für die Stimmungsmache immer die Unterschichten, sozial Schwache wie Ausländer, eingebürgerte Ausländer, her? Der Außenminister setzt das ein, Roland Koch hat es bei den Landtagswahlen in Hessen zweimal gemacht. Und die extrem rechten Parteien sitzen dabei, grinsen und freuen sich, dass mal einer von den sogenannten Demokraten die Drecksarbeit macht", warf ich ein.

„Willst du jetzt den Außenminister oder unsre Ansichten mit denen der Neonazis in einen Topf werfen?" Anne spitz, Messer und Gabel lautmalerisch fallen lassend.

„Ich denke, Tom möchte Hintergründe und Zusammenhänge klarstellen, nicht nur ein paar Fakten ansammeln", sprang Hubert in die – meine – Bresche.

„Parteien suchen bisweilen Spaltungen und Animositäten, um Stimmungsmache betreiben zu können. Für das Füllen des Sommerlochs, für ihre PR, ihre politische Profilierung, für bessere Umfrage- und Wahlergebnisse. Ich will ein paar fürs Wahlvolk hingestreute Fakten von deren Propaganda trennen, sonst könnten wir ihr erliegen."

„Aber die Missbrauchsfälle der Sozialhilfe gibt es doch, die Leute stehen doch in den Fluren der Sozialämter. Sind keine Deutschen, halten aber die Hand auf, kennen sogar die Geldsätze ganz genau." Einspruch Anne. Stattgegeben.

„Ja, die gibt es", sagte Chris. „Es sollen aber geschätzt weniger als ein Prozent der Hartz-IV-Empfänger sein laut Bundesagentur für Arbeit."

„Wir sollten aufpassen und uns nicht von der sogenannten öffentlichen Meinung oder den Medien in Richtung Fremdenfeindlichkeit schieben lassen", gab ich zu bedenken.

„Du glaubst, wir sind fremdenfeindlich?", warf Rainer aufgebracht ein.

Hubert glättete erneut die Wogen. Danke!

„Schwachsinn! Diese Äußerungen sind kein Fremdenhass. Aber wenn wir Teile dieser Parteipropaganda ernst nehmen und nur die für wahr halten, dann sind wir auf dem Weg dahin“, sagte ich.

Die Diskussion über Hartz-IV-Missbrauch und Fremdenfeindlichkeit in Deutschland endete irgendwie unentschieden. Mich machte sie nachdenklich. Grenzen waren unklar, Verantwortlichkeiten vertauscht.

Und da war noch etwas …

Ich hatte vielleicht auch Feinde, die eigentlich gar keine Feinde waren. Im Gegenteil, sie waren gerne und oft nett, gebildet, weltoffen. Sie kamen aus Deutschland. Oder aus dem Ausland – solange es nicht muslimisch oder noch schlimmer war. Ich hatte mit einigen über die sogenannten Thesen Timo Mazarins diskutiert. Mit einigen emotional engagiert, fair, offen. Mit anderen anders bis gar nicht, was so ziemlich auf dasselbe hinauslief:

„Er hat recht!”

„So, hat er …?”

Oder auch: „Das müssten viele Politiker mal lesen, da steht's drin.”

Ich fragte, was darin stünde. Mein Gesprächspartner hatte – wie ich – nur Auszüge gelesen, wollte das aber sofort nach Erhalt des Buches nachholen.

„Sie sind wirklich so!”

Keine zehn Prozent!

Ich fragte mich, wie ich wirklich war. Oder meine das eben gesagt habende Gesprächspartnerin, Dr. jur., Name unwichtig.

Ich arbeitete mit diesen … wie soll ich sie politisch korrekt nennen, nicht ohne doch provozieren wollen zu können? Ich bekam ihre Mogeleien, Hamam-Vertickereien, Lügen, Selbstlügen, versuchten Trittbrettfahrereien mit. Das aufgeblasene Gockelgetue der Jugendlichen, eingeklemmt zwischen zwei Kulturen, doppelt verunsichert. Die jungen Frauen in den Kursen, die ich gab, aufgedonnert bis zum Anschlag, auf dem Nachhauseweg schnell Schleier hoch und Rock runter. Unter den Kerlen überzeugte Moslems für den wahren Glauben. Mit Drogen und Elektronikschiebereien.

„Allah ist groß, Mann", sagte mir einer der jungen Männer auf die Frage, warum unser komisches Deutschland, in dem er immerhin lebe und eine Ausbildungsstelle suche, am Arsch sei. Er tippte eine SMS in sein Handy. Ob er Allah digital anflehte? Er tippte seine SMS zu Ende, ich tippte auf eine Freundin.

Keine fünf Prozent!

Ein Buch eines Demokraten mit sogenannten Fakten über sogenannte bildungsferne, hoch fertile, Familien nachziehende und clanweise unser Sozialsystem missbrauchende ... na ja, egal, Hauptsache sie geben eine Projektionsfläche für Krisen ab. Man könnte den Eindruck bekommen, es seien Menschen gemeint. Alles in allem clever gemacht. Ein rassismusfähiges Buch, durch Fakten wissenschaftlich aufbereitet und verpackt.

Viele Statistiken, noch mehr Zahlen. Ein Wald von Ziffern und Zahlen, in dem man sich verirren konnte. Und in dem sich der Autor selbst wohl irgendwann verloren hatte. Alles verpackt in ein bisschen Pseudo-Eugenik, ein bisschen Populismus, ein bisschen gemärtyrte Meinungsfreiheit. Ein paar Spritzer Abendlandphilosophie-Bedrohungsszenarien. Dargereicht in multimedialer 3D-Dolby-Stereo-Verpackung auf den Talksesseln dieses Deutschland, Deutschland.

Kaufbar. Lesbar. Einiges korrekt. Diskutierbar. Ablehnbar.

Über alles in der Welt!

Ob es viele zufrieden und ruhig machte, wenn ihnen jemand das eigene Denken, Erleben, Leiden abnahm? Aber es ging ja auch um die Schaffung eines neuen Feindbildes, nicht wahr. Nachdem die verdammten Russen jetzt unsere Freunde waren, mussten unsere Panzer, intelligenten Lenkwaffen, Soldaten, Kriegsschiffe, Sturmgewehre doch gegen einen neuen Feind gerichtet werden. Und das neue Feindbild wollte schließlich sozial, digital, medial begründet und gepflegt werden.

Die Partei war sich einig, aber unschlüssig. Natürlich müsse er sie verlassen, offen waren nur noch das „wann“, das „wie” und das „ob überhaupt“. Schließlich sind Wählerstimmen der Shareholder-Value einer jeden Partei.

War es nicht das in Krawatte und Bourgeoisieeloquenz gewandete Schlurfen hin zum Auslesestaat. Meinungsfrei verpackt, aus Lagerregalen staubig demokrataler Bornanz. Wozu noch die NDP verbieten? Und wenn die Wahrheit kommod zwischen zwei Buchdeckel passt, brauchen wir doch auch keine Wahlen mehr.

In ein paar Tagen würde ich nach Moskau fliegen zu einer Vorlesung über die Aktivitäten rechtsextremer Parteien im bundesdeutschen politischen System und die sozialpolitischen Hintergründe.

## 10

### Moskau, 7. Juni 2010

Sonne und Regennässe, heller Blau Himmel blau und das dunkle Feucht von Bäumen und Straßen nach einem Regen im Kontrast. Daher hatte ich beschlossen, den Tag frontal anzugehen. Und Elena Petrowna im Institut ebenfalls. Sie war Ende 50, eine Koryphäe der postsowjetischen PR-Szene, Dr. phil., späte Professur. Rauchiges, keuchendes Lachen, durch aktiven Zigarettengenuss konserviert. In den Stürmen der sowjetischen Presselandschaft und später in der Demokratie eines „anything goes" à la Boris Jelzin gereiftes Gesicht. Charakter wie Aprilwetter, Herz aus Gold und eine russische Seele so unergründbar tief wie ... ja, vielleicht wie mein persönlicher Marianengraben. Die Grande Dame der postsowjetischen PR erwartete einen nicht ganz so wichtigen deutschen Journalisten.

Ich betrat das Institut. Es lag am *Maneschnyi Ploschad* gegenüber der *Manesche*, im erwürdigen, alten Bau der MGU. Steinerne Treppen, Säulen, marmorne Fluchten. Vor dem Eingang wachte staatlicherseits eine Bronzefigur des Gründers Michail Borissowitsch Lomonossow, im Inneren drei Jungspunde von der *Ochrana*, in diesem Fall in privaten Händen. Ich ging die Treppe hinauf, und im Umgang beäugte eine Einheit bronzener und steinerner russischer Wissenschaftselite misstrauisch ein deutsches journalistisches Leichtgewicht. *Strawstwuytje, towarischtschi*, dachte ich und marschierte auf den stahltorbewehrten Eingang des Institutes zu. Zerrte ihn auf, trat in einen winzigen Raum organisiert-chaotischer PR-Tätigkeit und entbot mein „Guten Tag und hallo, liebe Freunde". Es konnte einem unbedarften Neuling passieren, dass er das Gedränge für typisch russische Unorganisiertheit hielt. Tatsächlich mochte er sich mitten in einer Vorlesung befinden, weil kein Vorlesungssaal frei war, während gleichzeitig ein Bewerbungsgespräch lief, vor dem Hintergrund der alltäglichen Institutsgeschäfte. Telefone und

Handys klingelten, Stifte huschten geschäftig über Papierblöcke, Computertastaturen klackerten. Und über allem die ruhigrauchige Stimme von IHR. Sie ist da. Hinten, gedeckt von einer Barrikade aus PC, Drucker-Scanner, Kugelschreiberhaltern und einem Zeitungsstapel, geschützt von handsignierten Portraits der international anerkannten Staatenlenker Dr. Helmut Kohl und Gerhard Schröder, hat Elena Petrowna ihren Gefechtsstand. Ich kam gerne hierher und mochte die Arbeit im Institut, aber manchmal mussten Dinge geklärt werden. Also Sturmangriff durch eine Horde Studentinnen und die beiden Institutsassistentinnen Olja und Polina, und ich stand vor ihr.

Ich begann auf Deutsch.

„Guten Tag, Frau Professor Sokolowa. Sie sagten, ich sei Ihr größtes Problem. Hier bin ich!"

„Guten Tag, Tom! Setzen Sie sich, wir müssen reden!"

„Ja, ich denke auch." Ich wollte mit ihr ein paar aufgelaufene Unklarheiten besprechen, vor allem aber Ihre gestern gemachte Aussage, ich sei ein Problemfall.

Attacke!

„Elena Petrowna, Sie haben gestern gesagt, ich sei Ihr größtes Problem, vor den ganzen Leuten hier. Ich reise für wenig Geld zu Vorlesungen hierher."

Nachladen, Feuer!

„Ich habe ein anderes Salär als die Gastprofessoren. Ich warte auf Einladungs- und Visadokumente bis zum letzten Moment und wohne im Dozentenwohnheim. Ich denke nicht, dass ich damit Probleme bereite, sondern welche beseitigen helfe."

Noch eine Salve, diesmal ins Herz!

„Eher könnte ich sagen, dass *ich* deswegen oft Probleme habe. Aber ich bin gerne hier, mag Sie, das Institut und meine Arbeit hier. Aber mir hat Ihre Bemerkung gestern nicht gefallen."

„Ich entschuldige mich dafür."

Ich war baff! Madame hatte mich mit ihrer unerwarteten Rochade entwaffnet.

„Was haben Sie für einen Universitätsabschluss?"
Ein Ablenkungsmanöver, vermutete ich.
„Einen Magister in Politikwissenschaften der Universität Mainz."
„Ah, sehr gut, einen deutschen *Master*. Sie haben keinen Doktortitel?"
„Nein. Wir haben schon darüber gesprochen, und ich kann wohl auch keinen mehr machen."
„Ich habe noch eine Möglichkeit für einen Doktortitel. Sie können hier offiziell Prüfungen ablegen. Ich werde das organisieren. Ist ein kleines Danke, weil Sie immer herkommen und Vorlesungen machen."
Ich war besiegt. Und liebte es wieder, hier Vorlesungen zu machen. Die russische Spontaneität und Herzlichkeit riss mich deutschen Vernunftheini immer wieder hin. Madame trug klar den Sieg davon.

Nach unserem Gespräch waren einige Vorbereitungen zu treffen: Namensliste der Teilnehmer besorgen, meine eigene Anwesenheitsliste machen. Folienkopien der Vorlesung herstellen, damit die Studierenden besser mitschreiben konnten. Suchen des Overhead-Projektors samt Verlängerungskabel. Dazu machte mir Olja freundlicherweise einen schwarzen Tee und legte einen kleinen Keks dazu. Sollte heißen: *Willkommen, Tom Edgarewitsch, an der journalistischen Fakultät, und viel Erfolg mit deiner Vorlesung!*

Ich nahm die Listen, meine Folien und den Overhead-Projektor und ging in den dritten Stock. Voller Vorfreude, die ich jedes Mal empfand, wenn ich an diesem kleinen, feinen Institut arbeiten konnte. Ich projizierte die Vorlesung immer an die Wand. Russische Studierende sind fakten- und schreibhungrig – so konnten sie besser mitschreiben. Mein Thema in dieser Vorlesungswoche: „Rechtsradikale Parteien in Deutschland am Beispiel der NDP". Ich betrat den Vorlesungssaal. Etwa ein Dutzend junge Damen, zwei Herren. Und ein Diktiergerät. Ich hatte nichts gegen Diktiergeräte. Sie kamen in meinen Vorlesungen selten zum Einsatz, und wenn, dann immer durch weibliche Zuhörer. Diesmal stand es in der ersten Reihe. Vor einem jungen Mann. Gleich vom Beginn der Stunde an. Und lief bereits. So etwas war mir bisher noch nicht begegnet. Und gleich daneben, auffällig unauffällig: ein Handy. Ich blickte freundlich in die Runde, sagte meine Begrüßung und schaute mir diskret den jungen Zuhörer an, der so begierig darauf war, mehr über die Neonaziszene in Deutschland zu erfahren. Und Wort für Wort aufzuzeichnen.

Er war im Alter der anderen Studierenden. Keine auffällige Kleidung, weder zu teuer noch zu schäbig. Normales, unauffälliges Äußeres. Vielleicht zu unauffällig? Möchte Frau Professor die Qualität meiner Vorlesung testen? Einer der Unseren? Einer von den *Nashi*? Oder einfach nur meine Verschwörungsphantasien?

Ich begann mit etwas Geschichte. Ein kurzer Rückblick auf das Ende des Dritten Reiches, als viele ehemalige hochrangige Nazis und SS-Angehörige mit Hilfe der heiligen Mutter Kirche und insbesondere des Bischofs Dr. Alois Hurdal in den Schoß einer unauffälligen, sicheren Bleibe zurückkehren konnten, teilweise selbst das Internationale Rote Kreuz aufgrund gefälschter Personaldokumente Fluchtpässe erstellte. Ich berichtete von laschen Entnazifizierungsprozessen, von Justizbediensteten, die während der Nazizeit Juden, sogenannte Landstreicher, Arbeitsscheue oder asoziale Jugendliche ins KZ brachten und nach Kriegsende wieder ihre Dienste in der neu gegründeten Demokratie verrichteten. Selbstverständlich versehen mit der weißen Weste des Mitläufers und der staatlich geweihten Amnestie von Mittäterschaft zum Mord. Vergeben heißt vergessen. Geschichtliche Verantwortung war in den Zeiten der beginnenden Ost-West-Konfrontation ein Unwort. Wie es das auch heute vielerorts noch ist.

„Ab den 1950er Jahren bis etwa in die 70er Jahre dominierten vor allem zwei rechtsextreme Parteien das offizielle politische System: Die Nationaldemokratische Partei Deutschlands, kurz NPD, und die SRP abgekürzte Sozialistische Reichspartei. Deren Hauptmerkmal war, dass hier zumeist Personen politisch aktiv waren, die bereits im Dritten Reich Anhänger oder Mitglieder der NSDAP und/oder ihrer Gliederungen gewesen waren. Danach bestimmten Leute das Bild, die nach 1945 geboren wurden und weder Krieg noch NS-System aus eigener Erfahrung kannten."

Ich erläuterte den Studierenden das Rechts-Mitte-Links-Schema des deutschen Parteienspektrums. Sprach von Seilschaften in der Politik, im Rechtswesen, der Verwaltung und Netzwerken der Altnazis, die sich gegenseitig deckten und schützten, nach dem Krieg bis in die 60er Jahre hinein.

„In den 60er Jahren konnte die NPD in einigen Parlamenten die 5 %-Hürde überwinden und war eine Legislaturperiode lang in den Landtagen in bis zu 7 westdeutschen Ländern. Danach folgte ein jäher Sturz und über Jahrzehnte die relative politische und parlamentarische Bedeutungslosigkeit. Seit der Wiedervereinigung 1990 ist ein deutlicher Schub, insbesondere in einigen wirtschaftlich schlecht gestellten Regionen im Osten Deutschlands, festzustellen."

## Derzeit hauptsächlich aktive rechtsextreme Parteien und Gruppen

- NPD (Nationaldemokratische Partei Deutschlands), jetzt NDP
- DVU (Deutsche Volksunion), jetzt NDP
- REP (Republikaner)

## Legale Vereinigungen und Initiativen unter neutral klingenden Namen:

- „Bürgerbündnis"
- „Gruppe freier Deutscher"
- „Pro-NRW" mit Sorgentelefon für Bürger, die für rechte Parolen empfänglich sind
- „Pro Köln", die den Bau einer Moschee in Köln verhindern will
- Partei der Nationalen Sozialisten und weitere extrem-militant-faschistische Grupperungen
- sogenannte „Kameradschaften" als private Vereinigungen ohne Rechtstatus als Verein
- Kontakte und Vernetzungen zwischen extremen Rechtsparteien und gewaltbereiten Neonazis wie Freien Nationalisten oder „Kameradschaften"

## Politische Inhalte am Beispiel der NPD

- NPD: nationalistisch, selbst erklärt verfassungsfeindlich, offiziell „ethnopluralistisch", tatsächlich rassistisch (weißes Europa)
- NPD sieht sich selbst als „einzig wahre Opposition in der BRD" und ihre politische Arbeit als „revolutionär"

- Abgrenzung Deutschlands von allen „negativen“ Auslandseinflüssen, Austritt aus internationalen Bündnissen: EU, NATO, Europarat, UNO etc., Abzug allen befreundeten ausländischen Militärs
- Ausländerzuzug nach Deutschland „multiethnischer Exzess“, Deutschland „überfremdet“, Ausweisung aller Nichtdeutschen, Abschaffung des Asylrechts, „null Toleranz“
- Kritik an Zahlungen Deutschlands in die EU, das Geld solle in Deutschland investiert werden, statt Ausländer zu bezahlen, Wiedereinführung der D-Mark
- „Autoritärer Staat“ statt weicher Demokratie, Wiedereinführung der Todesstrafe
- Förderung der „deutschen Familie“, Rolle der Frau als „Hausfrau, Mutter“, Anerkennung und Bezahlung des Berufes der „Hausfrau“
- Ähnlichkeiten in Aufbau und Wortwahl des NPD-Parteiprogrammes mit dem der NSDAP von 1920
- Rückverschiebung der deutschen Grenzen von auf den Stand von 1937 (Schlesien, Ostpreußen)

## Zitate

- Holger Apfel, Landesvorsitzender NPD Sachsen: Die NPD ist eine Partei, „die das politische System in der BRD bis auf die Wurzel bekämpft … Wir sind stolz darauf, dass wir alljährlich im Verfassungsbericht stehen … Jawohl, wir sind verfassungsfeindlich.“
- Bundesvorsitzender Udo Voigt: „Natürlich ist der Nationalsozialismus als Strömung in Deutschland auch heute vorhanden. … wir versuchen … auch die nationalsozialistische Strömung zu integrieren …“

**Die jüngste Generation zeichnet sich durch folgende Merkmale aus:**

- Weitaus höhere Gewaltbereitschaft, auch Sachbeschädigung (Hakenkreuzschmierereien), steigende Anzahl an Straftaten mit rechtsextremem Hintergrund
- Ablehnung von, seit den 1980er Jahren auch tätliche Angriffe auf Minderheiten, vor allem Ausländer, Asylbewerber, Türkischstämmige
- Ausgrenzung von „Schwachen" wie Behinderten, Obdachlosen, Homosexuellen
- Sozialdarwinismus
- Wunsch nach Schaffung einer ethnisch homogenen Nation
- Leugnung oder Relativierung der Verbrechen im NS-Staat wie Judenmord, Kriegsverbrechen von Wehrmacht und SS; Geschichtsschönung der NS-Zeit
- Öffentliches Auftreten bei Aufmärschen („Hitlers Geburtstag")
- „Deutsches Kulturschaffen" mit Oi!-Musik, öffentliche Feste
- Rechtsradikale Computerspiele mit geschichtsverfälschenden Inhalten
- Verstärktes organisiertes Auftreten besonders in Ostdeutschland

Notwendigkeit der Auseinandersetzung aller Parteien mit den Inhalten rechtsextremer Parteien statt entweder plumper Ablehnung oder Verwendung den Rechten nahestehender populistisch-nationaler Rhetorik bei Wahlen

„Die NDP versucht natürlich auch über das Internet, Ihre Ideen zu vertreiben und Mitglieder zu gewinnen. In Ihrer Parteizeitung ‚Deutsche Stimme' ruft die NDP ihre Anhänger zu Propagandaaktivitäten in Internet-Communitys wie ‚Wer-kennt-wen', ‚Jappy', ‚StayFriends' und anderen mehr auf. Sie legen zunächst neutrale, aber interessante Profile an, um auf sich aufmerksam zu machen. Dann versuchen sie über Klicks und Chats, potenzielle Anhänger auszumachen und zu gewinnen, Parteimitglieder zu werben oder ihre Parteischriften zu vertreiben."

Ich berichtete von der aktuellen Strategie der Mitglieder neuerer rechtsextremer Parteien und ihrer neonazistischen Anhänger, über die Straße in die Köpfe und Herzen der Wähler zu gelangen.

„Sie veranstalten Aufmärsche, Events, Diskussionen, oft unter dem Deckmantel sogenannter Bürgerinitiativen. Damit wollen sie dann multikulturelle Einrichtungen aushebeln oder verhindern, wie den Bau von Moscheen, die Entstehung von ethnischen Ballungen in Wohngebieten, türkischen Läden, Betrieben."

Eine Hand erhob sich hinten. Es war Boris, der fragte.

„Wozu soll das gut sein, rechtsextreme Bürgerinitiativen?"

„Weil sie nicht als rechtsextrem erscheinen, sondern wie harmlose bürgerliche Gruppierungen auftreten und wirken sollen. Es ist wie ein langsames Schleichen hin zur Fremdenfeindlichkeit und Ausgrenzung. Es ist Vertreibung light."

Stifte huschten über Papier unter gesenkten Köpfen, Zungenspitzen kamen zwischen gepressten Lippen hervor. Ich wurde gebeten, meine Overheadfolien länger liegen zu lassen. Das Interesse war akademischer Art, weniger persönliche Betroffenheit.

„Ihr kennt sicher einige russische neonazistische Bewegungen oder Parteien."

Das Kritzeln stoppte, Köpfe hoben sich. *Gospodin* Biba hatte eine Frage gestellt.

„Ja sicher. Schirinowskij und die Liberale Partei", sagte Vera. Sie war sehr stark in Deutsch, konnte rasch antworten.

„*Liberale* … Partei?", fragte ich betont nach.

„O.K., sogenannte Liberale", korrigierte Vera.

„Und weitere? Kennt jemand von euch noch weitere Gruppierungen im rechtsextremen Spektrum?", fragte ich in die Runde.

„Es gibt als größere, in der Öffentlichkeit aktive Gruppen noch die RNE, *Russkowo Narodnowo Edinstwo*, und die ‚Weißen Wölfe', Ultranationalisten", antwortete Igor, der Vorlesungsprimus. Er war etwas älter als die anderen Zuhörer, sehr belesen, ein Fakten- und Kopfmensch. Naiv, im Kern das Gute suchend. Liebenswert.

„Wodurch fallen diese beiden Gruppierungen in der Öffentlichkeit auf?"

„Die RNE verfolgt und verprügelt Lesben, Schwule, Tunten, Penner", antwortete Mascha mit zarter Stimme. Sie war sonst ein eher stilles und ernstes Mädchen. Sehr gute Deutschkenntnisse, sehr treffende und ausdrucksstarke Beschreibungen in der Klausur.

„Manche haben Verbindungen zur russischen Orthodoxen Kirche. Sie geben sich religiös und führen bei Aufmärschen immer Heiligenbilder, Kirchenfahnen oder Ikonen mit. Damit wollen Sie Zustimmung bei Passanten gewinnen. Aber nur alte Leute reagieren", sagte Fedja.

„Wieso reagieren nur die Alten?", fragte ich erstaunt.

„Unsere Elterngeneration ist wegen des Sozialismus nicht religiös. Wir Jungen haben unsere eigene, eher nichtoffizielle Religion. Keine Ikonen oder Fahnen." Mascha brachte es sanft, aber treffend auf den Punkt.

„Und Prügeln aber trotzdem verbal oder mit Fäusten auf ihre selbst ernannten Feinde ein?", führte ich den vorigen Satz fort.

Nicken in der Zuhörerschaft.

„Hatte jemand von Euch schon mal Kontakt zu solchen Leuten? Privat oder als Journalist?"

Fragende Blicke, Stirnrunzeln, Kopfschütteln.

„Wenn sie wüssten, dass man Journalist ist, würde man geschlagen“, gab Sascha zu Bedenken.

„Haben die denn keine Journalisten in ihren Reihen?“, hakte ich nach.

„Wer wollte so was denn drucken?“ Igor betonte die Frage ironisch, gefolgt von Schmunzeln in der Gruppe.

„Kennt jemand von euch einen Judenwitz oder einen guten Ausländerwitz?“

Mascha lächelte mich an und hauchte: „Sie wollen provozieren.“

Wundervolle Mascha!

„Ich formuliere meine schlechte Frage anders: Wo fängt rechtsradikales Denken an?“

Schweigen.

Nach dem Schweigen hob eine kurze Diskussion an. Tenor: „Ich persönlich würde da nie mitmachen“, „Man sollte etwas dagegen tun“, „Das Problem sind ja vor allem die harten Neonazis auf der Straße“. Als ich fragte, ob der Straßenterror dieser Leute nicht in den Köpfen von Menschen beginnt, herrschte erneutes Schweigen. Dann meldete sich Rita, eine Doktorandin.

„Es gibt keine Antwort, Herr Biba. Keine, die befriedigt. Und es gibt keine klaren Grenzen. Vielleicht ist auch unser Staat schon auf dem Weg nach rechts, wenn er Gesetze erlässt, aber nicht beachtet oder sogar ihre Umsetzung oder Wirkung behindert. Wir müssten alle dagegen demonstrieren, schon unsere Vergangenheit sollte uns das lehren. Aber statt auf die Straße, gehen die Leute lieber Einkaufen oder ins Kino. Für das Recht gehen wenige auf die Straße, und das ist gefährlich.“

„Eine Anspielung auf Paragraph 31 der russischen Verfassung? Die Demos am 31. eines Monats für das Recht auf Versammlungsfreiheit?“

„Ja, das ist so ein Beispiel. Vielen Mitbürgern ist das egal, solange sie ihre Ruhe haben, genug Arbeit und Essen und der

Sprit nicht zu teuer ist. Russen sind langmütig und schicksalsergeben. Und wir verdauen 70 Jahre Kommunismus."

Nicken bei den Studierenden.

„Und was machen wir dann jetzt?", fragte ich.

„Eine kurze Pause", schlug Boris unter dem Gelächter der anderen vor. Vorlesungspause, Szenenwechsel. Handygeklapper und -geschnattere, Verabredungen für Treffen in Cafés, Restaurants, Discos. Einige holten Getränke und belegte Brote. Nur Rita und Mascha blieben nachdenklich sitzen. Ich auch.

## 11

**Berlin, 1. Juni 2010**

Mit dem korrekten Bimmeln seiner Tischglocke kehrte Ruhe ein. Dr. Waechter war ein älterer, freundlicher Abgeordneter in Berlin, rundlich, gemütlich. Für jeden ein aufmunterndes Wort. Er war ohne Biss, aber Mitglied der SPD-Bundestagsfraktion und des Rechtsausschusses. Älteren Politikern solch jovialen Formats vertraute man gerne heikle Aufgaben an wie den Vorsitz des Arbeitsausschusses „Eindämmung extremistischer Parteiaktivitäten". Aufgrund der Statistik sollte er Empfehlungen und Verfahren zum Verbot ebendieser Parteien erarbeiten und abgeben. Außer Dr. Waechter gehörten dem Gremium Rüdiger Maria Hannibal Jodokus Freiherr von Joßburg seitens der CSU, Dr. Dr. Michael Kloft von den Freien Demokraten sowie Dr. Manfred Czaka von der CDU (und eben Hausjurist der Christdemokraten) an. Dr. Peter Kramwinkel, Ministerialdirigent und persönlicher Referent der Bundesinnenministerin und ein weiterer Fachreferent, dessen Name zu neu war oder zu wenig Interesse hervorrief, um behalten zu werden, waren dem Vorsitzenden schon vor dem Klingeln wieder entfallen. Und dann war da noch, sozusagen als externer Berater und Spezialist für Naziverbrechen, Dr. Jakub Wekselman aus … war er nicht aus Jerusalem? Nein, Moskau, aber in Jerusalem geboren. So oder irgendwie anders.

Nach leisen, aber nicht weniger heftigen Protesten hinter den Berliner Polit-Kulissen seitens der unberücksichtigt gebliebenen Grünen zog ihre Vertreterin, Hanne Hollmeier-Schörl, Hinterbänklerin und einzige Frau, in das Gremium nach.

Nur die LINKE war nicht vertreten. Ihr haftete nach wie vor der Ludergeruch extremistischer politischer Gesinnung an. Zwei der Ausschussmitglieder hätten gerade diese Partei gerne im Verbotstitel mit inbegriffen gesehen, wollten die besser Informierten der Politjournalisten wissen. Darüber hinaus hielt die

Berliner Politprominenz die sozialistische Partei für noch nicht reif fürs Spiel in der ersten Liga, schon gar nicht in einem harten Match. Diverse kritische Parteiaktivitäten auf Bundesebene hatten laut den Medien diesem Manko Vorschub geleistet. Manche der Wähler hielten die Aktivitäten der LINKEN für authentisch. Aber die Wahl war ja jetzt vorbei. Es war eine promovierte Babyelefantenrunde, Herren fast ganz unter sich und dadurch nicht abgelenkt.

Mit einem gutmütigen Blick in die Runde eröffnete Waechter die erste Arbeitseinheit. Die Tagesordnung umfasste eine Kurzeingabe des Fachreferenten über die aktuelle Verbrechensstatistik rechtsextremer Parteien, ein Memorandum zu einer ersten juristischen Vorlage zu einem Verbot seitens Dr. Czaka und einen Kurzbericht des sehr geehrten Dr. Wekselman, der die ungeteilte Sympathie des Gremiums genoss. Der Freundlichkeit des Ausschussvorsitzenden sofort entgegenkommend, nahm sich Dr. Czaka zunächst das Wort und befand, die Runde stehe unter Zeitdruck. Mit Blick auf den „sehr geehrten persönlichen Referenten aus dem Bundesinnenministerium und unseren geschätzten externen Berater“ empfahl Czaka Eile gepaart mit – selbstredend juristischer – Präzision. Auf den vortragenden Fachreferenten ging er aus Zeitgründen gar nicht erst ein. Seine Neigung zu schroffer (lies: eindeutiger) Kommunikation und seine Hemdsärmeligkeit (lies: Willensstärke) hatten ihm den Ruf eines „Problemlösers“ und „durchsetzungsfähigen Entscheiders“ eingebracht, so die Presse.

Tatsächlich hatte der Hausjurist am selben Tage noch eine Vorstandssitzung eines Energieunternehmens, der er ungern fernbleiben wollte. Hier war sein juristischer Rat wie auch sein Lobbynetzwerk mehr denn je gefragt, denn es ging um eine verloren gegangene Bohrinsel in einem Naturschutzgebiet der Nordsee, ein Vorgang, der, so versicherte das Energieunternehmen der Presse und den Anwohnern, technisch unmöglich sei. Rotorblätter liefen draußen auf Staatskosten im Standby.

„Danke für Ihre befeuernden Worte“, ließ sich Waechter vernehmen, nachdem Czaka geendet hatte.

„Wenn Herr …“, rascher Blick auf die umsichtigerweise aufgestellten Namensschilder, „wenn Herr Dr. Wiemar vom BfV uns bitte die aktuelle Datenlage *kurz* darstellen würde.“

Der Angesprochene räusperte sich, dann vernehmlich: „Weimar!“

Alle blickten in seine Richtung, Dr. Czaka ergriff erneut das Wort. „Na nu legen Se schon los, aber ohne Rechtschreibkurs!“

Der Angesprochene stand auf und ging zur Stirnseite des Tisches. Ein Projektor warf Zahlenkolonnen und Diagramme an eine weiße Wand.

„Ich bin Robert *Weimar* und zeige Ihnen jetzt die neusten Zahlen und dahinterliegende Trends in der rechtsextremen Parteienszene.“

Allgemeines Zurücklehnen der Doktoren, hier und da leichtere Abwesenheit im Gesichtsausdruck. Zahlen! Die konnte man so oder so sehen. Und nach Dr. Weimar würde irgendwann noch dieser Wekselmann einen Beitrag bringen, der Zeit, Steuergelder und noch kostbarere Tantiemen kostete.

„In den vergangenen Jahren konnte das BfV steigende Zahlen politisch motivierter Gewalttaten feststellen. Von den über 2000 registrierten Vorfällen halten sich links- und rechtsextremistische Gewalttaten mit jeweils rund 980 in etwa die Waage. Wobei der Anteil rechter Vorfälle langsam und stabil ansteigt.“

Und Weimar redete. Eindringlich, nachhaltig. Er steigerte sich noch, ein von seinem Metier Besessener. Ein geradezu faustischer Trieb, die ihm übertragene Arbeit zum Schutz der Republik und ihrer Verfassung umzusetzen und ihr zum Sieg zu verhelfen über das Böse. Auf Teufel komm raus! Weimar zählte auf: Seit 1990, dem Jahr der Wiedervereinigung beider deutscher Staaten, 137 Opfer rechter Gewalt. Opferzahl tatsächlich dreimal höher als bisher von Bundesregierung oder Polizeistellen gemeldet. Kaum Verwendung des elektronischen Erfassungssystems zur politisch motivierten Kriminalität, PMK. Dunkelziffern möglich, dies auch in Bezug auf Waffenschiebergeschäfte in der rechten Szene. Das komplette Arsenal, vom Schlagring über Faustfeuerwaffen, Granaten, Minen bis hin zu hochtechnischen Bomben, vollautomatischen Schusswaffen, High-Tech-Sprengstoffen. Beschafft auf dem weißen, schmutzigen, grauen, schwarzen oder jedem anderen kapitalistisch strukturierten Markt. Zunehmende Militanz von Neonazis: Am 1. Mai 2009 Angriff „Autonomer Nationalisten" auf eine DGB-Veranstaltung in Dortmund. 2010 am 1. Mai mit Glas versetzter technisch fortgeschrittener Sprengkörper einer neonazistischen „Kameradschaft" gefunden. Torpedo um Torpedo verließ die Rohre seines Vortrages, um auf der Gegenseite einzuschlagen und Wirkung zu erzeugen. Doch die blieb aus. Rüstungen aus mehreren Jahrhunderten aufaddierter Sitzungszeit in Parlamenten, Schlammschlachten mit vermeintlichen und echten Gegnern, der Presse, dem Wahlvolk hatten die Mitglieder der Arbeitsgruppe gegen konventionelle Angriffe immunisiert.

Noch einmal setzte Weimar zum Angriff an, verfeuerte den ganzen Rest seiner Munition. Setzte die Anwesenden einem Trommelfeuer aus den neuesten Strukturen und Netzwerken der rechten Szene aus. Er öffnete Pandoras Büchse und gewährte einen kurzen Blick auf mögliche Metatendenzen in naher Zukunft.

„Rechtspopulistische Parteien sind in Westeuropa auf dem Vormarsch und mittlerweile in sechs Staatsparlamenten vertreten, wo sie aktuell insbesondere islamfeindliche Stimmung machen. In Deutschland sind es die sogenannten rechtsextremen ‚Pro-Bewegungen', die diese Rolle in Ballungsgebieten übernehmen. Sie richten sich gegen muslimische Aktivitäten, oft den Bau von Moscheen."

Weimar redete, an den heiligen Grimm Gottes gemahnend, selbst einen Schluck Wasser verschmähte er. Ob er ein Maximum an Information in sein Zeitlimit packen wollte? Die Zuhörer durch die Gewalt seiner Rede fortreißen wollte?

Aus aktuellem Anlass wies er auf die Übernahme der DVU durch die NPD hin. Die Restmitglieder der Republikaner würden seiner Meinung nach ausbluten oder zur NDP wechseln. Feine Schweißperlen auf der Stirn, wies er auf die Möglichkeiten der Gründung einer rechtspopulistischen Partei in Deutschland hin. Noch sei sie unwahrscheinlich, aber Bruchstellen am rechten Rand der CDU und die, trotz großer ökonomischer Probleme, derzeit stabile Existenz der NDP könnten bald und rasch einen Turboeffekt für die Gründung einer größeren, einflussreicheren rechtspopulistischen Partei erzeugen: „Die Rechte", als politisches Gegenstück zur Partei „Die LINKE". Die Mitglieder könnten sich hauptsächlich aus dem rechten Rand der CDU bis in den rechten Rand der SPD hinein rekrutieren, hauptsächlich aus vom neuen Kurs der SPD stark enttäuschten Mitgliedern. Weimar wurde vom Warner zum Visionär. Er sprach von einer sich stabilisierenden Neuen Rechten, die selbst die NDP aussaugen würde. Eine neue Partei, langfristig stabil eingefügt in die Berliner Vierparteienszene. Stabil bei um die 10 %. Die Notwendigkeit, in Zukunft immer Koalitionen aus drei Parteien bilden zu müssen. Das mögliche Angewiesensein bürgerlicher Koalitionen auf die extreme Rechte, wie es in einigen europäischen Ländern den Regierenden schon Kopfschmerzen und Reputationsschwund bereitete. Die sich daraus ergebenden Konsequenzen für die politischen Beziehungen zu Staaten wie China, Israel, zu Linksregierungen. Dann kam Weimar wieder auf die Gewaltbereitschaft zu sprechen, um zu organisatorischen und politischen Konsequenzen überzuleiten.

„Wir haben in diesem Jahr eine überproportional hohe Zahl linksextremistischer Terrorakte zu verzeichnen: Plus 59 %. Jetzt bieten sich mehrere Optionen an, um darauf zu reagieren: Wir stellen mehr Personal für die Überwachung linksextremistischen Terrors ab. Würden wir damit nicht den Rechtsextremismus links liegen lassen? Für die umfassende Überwachung beider Bedrohungspotenziale gäbe es weder genügend Mittel noch eine ausreichende Zahl qualifizierter Mitarbeiter. Eine neue Ressourcenverteilung könnte aber die Erfolge bei der Beobachtung, Unterwanderung und Eindämmung der extremen und militanten Rechten neutralisieren. Für sehr problematisch halte ich den Lösungsvorschlag, beide Formen der Bedrohung in einen Topf zu werfen und eine Gleichsetzung ‚rechter und linker Extremismus' vorzunehmen. Das mag parteipolitischen Nutzen stiften, hätte aber aus der Sicht unserer Behörde unsägliche Nachteile."

Weimars geballte Ladung aus Information, brillantem Vortrag unterstützt von modernster Präsentationstechnik, getragen von tiefer Überzeugung und Berufenheit und einer wahrnehmbar formulierten Spitze gegen wenigstens eines der anwesenden Arbeitskreismitglieder – sie verpuffte. Nein, noch schlimmer, einige der Zuhörer nutzen die Sprengkraft des Berichtes zum eigenen Vorteil gegen den Erzeuger.

„Sollten wir dann unser Augenmerk nicht etwas mehr der linken Szene zuwenden, wenn die Rechten sich stabilisiert haben?" Dr. Czaka in dem Wunsch, Dinge effizient voranzutreiben. Und sicher konnte man damit später auch offiziell punkten.

„Wenn Sie nur mit Quantitäten arbeiten wollen – vielleicht", konterte Weimar. „Aber wenn Sie Gehalt und Qualität der Vorfälle betrachten, gibt es erhebliche Unterschiede."

„Wenn Dinge komplex sind, sind sie nicht vermittelbar. Mir scheint, wir sollten mit griffigen, verständlichen Fakten arbeiten!", polterte Czaka wieder los.

„Sie meinen, das könnte der einfach strukturierte Bundesbürger eben noch verstehen? Schließlich sind das ja auch Wähler, nicht wahr?"

Der Angesprochene zwang sich zur Ruhe, drei Legislaturperioden in Berlin halfen ihm dabei. Dr. Wekselmann nickte dem Vortragenden freundlich zu.

Dann kam im Gremium eine sehr kurze, aber heftige Debatte zur Frage der zeitlichen Staffelung aller Aufgaben und eines fälligen Vorentwurfs einer Gesetzesvorlage. Der Vorsitzende drängte auf ein rasches Vorgehen, zwei der Mitglieder setzten auf eine gehaltvollere Ausarbeitung, um nicht wieder, wie letztes Mal geschehen, am Bundesverfassungsgericht zu scheitern. Wekselmann sah den psychologisch günstigen Moment schwinden. Er musste jetzt handeln, wollte er Synergien schaffen.

„Die bundesdeutschen Parteien diskutieren das Verbot rechtsextremer Parteien bereits seit Jahren mehr oder weniger dringlich, wie kann da jetzt Zeitdruck herrschen? Es sei denn natürlich, Sie hätten einige konkrete Aktionen im Auge.“ Gerichtet an alle Mitglieder des Kreises, gedacht für nur ein Paar interessierter Ohren. Dr. Weimar zuckte, seine Augen richteten sich interessiert auf den Gastexperten. Wekselman blieb das unverhohlene Interesse nicht verborgen. Er konnte seinen Köder langsam einholen, jemand hatte angebissen.

„Sie haben Probleme mit Ihrer rechtsextremen Politszene, wir haben in Russland ähnliche Schwierigkeiten mit der Unseren. Wie es scheint, entstehen in der letzten Zeit Kontakt- und Kooperationsversuche zwischen Neonazi-Gruppen auf internationalem Level. Das ist alles höchst bedenklich. Auch wir wollen Aktionen gegen diese Bedrohungen. Und ich brauche Sie sicher nicht an die Offerte des russischen Außenministers zu erinnern, eine gemeinsame Task Force zu bilden. Dazu kann ich auf Wunsch gerne Hilfestellung geben und Vorarbeit leisten.“

„Ich denke, dass wir dann auch über Geld reden müssen, sollte es zu Kooperationen kommen“, warf der CSU-Vertreter besorgt ein.

„Wenn es so weit kommt, ja. Aber im Moment meine ich, dass Sie anderes zu besprechen haben, meine Herren.“

So viel anscheinend auch wieder nicht, denn nachdem eine kurze Tagesordnung und ein Termin für das nächste Treffen abgenickt waren, beendete Dr. Waechter die Sitzung. Worte des Dankes, des Hoffens, zu denen der düpierte Weimar bereits hinausstrebte. Den Moment nutzend, befand man im Ausschuss, dass Fachreferenten ja nicht bei allen Sitzungen zwingend anwesend sein müssten. Schließlich sei ja bereits der persönliche Referent der Ministerin zugegen. Und wozu gab es schließlich Computer, mit denen man ein knapp gefasstes Exposé erzeugen konnte.

Einige der zuvor gehörten Bemerkungen hatten einen sichtlich unangenehmen Nachgeschmack bei dem Nachrichtendienstler hinterlassen. Andererseits wusste er, dass er ein Jäger und die hier nur Entscheider mit sitzender Tätigkeit waren. Auf dem Flur rüttelte ihn eine freundliche Stimme aus seinen trüben Gedanken.

„Herr Dr. Weimar, ob ich wohl einen Moment mit Ihnen sprechen könnte?"

Weimar stand vor Wekselman. Der Jäger traf den Fährtensucher.

„Ich hatte während der Sitzung ein wenig den Eindruck, dass Sie deutlich konkretere Dinge im Kopf und vor Augen haben als der Rest des Ausschusses." Wieder die einnehmende Stimme.

„Wie kommen Sie darauf, Dr. Wekselmann?"

„Sie sind Profi, die sind Politiker. Sie agieren, die reagieren. Ihre Anspielungen sollten, so glaube ich, ein präzises Szenario vorbereiten – was bei der Zuhörerschaft aber entweder nicht angekommen ist oder keinen Gefallen gefunden hat."

Weimar blickte sein Gegenüber stumm an und wartete.

„Ich denke, wir sollten unsere Gedanken austauschen. Wir arbeiten in Moskau vielleicht an etwas Ähnlichem. Darf ich vorschlagen, dass wir in Kontakt bleiben?"

Weimar nickte deutlich.

„Sie eine Operation – wir eine Operation. Sollten wir uns da nicht ein wenig koordinieren?"

„Ich habe den Eindruck, Sie sind über meine Arbeit deutlich besser informiert, als ich dachte", sagte Weimar hastig und etwas erstaunt.

„Nun, ich pflege mich zu informieren, das stimmt. Sollte Ihnen an einem Gedankenaustausch gelegen sein, haben Sie hier meine Nummer." Ein Visitenkärtchen wurde in eine begierige Hand gedrückt.

„Wenn Sie mich entschuldigen wollen – mein Flugzeug wartet. Vielen Dank und alles Gute für Ihre wichtige Arbeit im Hintergrund, Dr. Weimar."

Nicht der Flug hatte Dr. Wekselman gedrängt, sondern das Erreichen eines bestimmten Ortes. Als er im Freien unbemerkt und unbeobachtet war, konnte er endlich telefonieren. Nach atmosphärischem Rauschen meldete sich am Ende einer sicheren Leitung eine Männerstimme.

„Grünes Licht. Außerdem sollte ich noch erwähnen, dass es Geld geben könnte bei einer Einigung. Wo ist dein Mann?"

„Ist in Moskau", antwortete die Stimme im Rauschen.

# 12

Vertraulich! Verschlusssache!

***Personal File***
***Wekselman, Dr. Jakub Danilowitsch (eigentlich Jacques Wechselmann)***
***Aktenzeichen WJD-0045032-it 2000-01-04***

**Personaldaten**

| | |
|---|---|
| Geboren: | (gesperrt) 1954 in Moskau, Union der Sozialistischen Sowjetrepubliken |
| Adresse: | (gesperrt), Russische Föderation |
| Eltern: | Polina Petrowna Sakuskina, Hochschullehrerin für französische Literatur und Sprache an der Lomonossow-Universität<br>Daniil Petrowitsch Wekselman, ehemaliger General im KGB, beide in Frankreich lebend |
| Staatsbürgerschaft: | Russisch |
| Religion: | Keine (nach eigenem Bekunden kein Mitglied der jüdischen Religionsgemeinschaft) |

**Ausbildung und Beruf**

| | |
|---|---|
| Bis 1976 | Mittelschule in Moskau, Universitätsstudium in Ostberlin/DDR |
| Bis April 1977 | keine Daten<br>durch väterliche Protektion Eintritt in den KGB; zunächst Justitiar (Tätigkeit zweifelhaft), später Aufbau eines eigenen „Koordinationsbüros für jüdische kulturelle Angelegenheiten (KOJED)" |
| 1983-1989 | Leiter KOJED, Vorsitzender des israelisch-sowjetischen Kulturverbandes Moskau (Tarnorganisation zur Abschiebung von Dissidenten und Kriminellen). Illegale Konten in der Schweiz, Deutschland, Frankreich (Akten unter Verschluss); einige Monate Berater Boris Jelzins für die Auswanderung jüdischer Sowjetbürger. |
| 1989-1999 | keine Daten (vermutete finanzielle und logistische Aktivitäten in Deutschland, Frankreich, Liechtenstein, Israel?; vermutete Kontakte zum GRU) |
| 1.9.1999-2010 | Aufbau eines Sicherheitsdienstes |

**Sicherheitsdienstliche Erkenntnisse**

Keine/zum Teil unbekannt. Benutzt mindestens einen weiteren Pass und Identität.

**Aktueller Status**

Seit 1.9.1999 Inhaber eines Sicherheitsdienstes, Hauptaktivität: Verfolgung international tätiger Verbrecherkartelle, Auftraggeber unbekannt. Kooperationspartner unbekannt. Aktuelle Sicherheitsaktivitäten unbekannt. Reisetätigkeit zwischen Deutschland und Russland, zuletzt Nicaragua.

## 13

**Moskau, 7. Juni 2010**

Nachdem sie mich geschnappt hatten, war es jetzt auch egal. Die Miliz hatte mich an der Metrostation *Biblioteka Lenina* erwischt und sofort mitgenommen. Ich hatte einen Moment nicht aufgepasst. Meine Vorbereitungen hatte ich ebenfalls vernachlässigt. Jetzt saß ich in der Milizstation neben dem Metroeingang und wartete auf den *towarischtsch major*. Ein blutjunger Milizionär, klein und rundlich, hatte in Russisch auf mich eingeredet, ich antwortete in schnellem Englisch. So ging es schon die ganze Zeit, seit er und sein langer, hagerer Vorgesetzter mich beim Verlassen der Metrostation angehalten und dann mitgenommen hatten. Schon durch meine Kleidung und meine Brille musste ich ihnen aufgefallen sein. Als sie nach meinem Pass gefragt hatten, wusste ich, dass ich ein Problem hatte. Jetzt saß ich in ihrem büroartigen Verschlag und wartete. Die gesamte Wand links von mir nahm eine Gitterfront ein, die in zwei Zellen unterteilt war. In der linken schnarchte ein *bomsch*, ein Penner. Bedeckt mit Resten von seinem Erbrochenen, schlief er einen seiner Räusche aus. Im zweiten Teil der Zelle krümmte sich ein verängstigtes Reh mit riesigen braunen Augen. Zusammengerollt wie eine Feder unter Spannung hockte sie bewegungslos auf der Pritsche aus Stahlgitterrost und einer Matratze mit eingetrockneten Flecken unterschiedlichster menschlicher Körperflüssigkeiten. Ein Straßenkind, wie ich vermutete. Der Körper des Mädchens verharrte regungslos in Agonie, nur ihre Augen huschten angsterfüllt zwischen mir und einem älteren Milizionär hin und her. Sie mochte zehn oder elf Jahre alt sein, hatte kurze, fettige Haare, wächsern bleiche Haut und Schorfplatten auf den Knien. Ihr rechter Mundwinkel war dunkel und angeschwollen. Ich vermutete, dass der Alte sie bereits „registriert" hatte.

Üblicherweise hatten Straßenkinder keinerlei Papiere. Sie lebten in verlassenen Bauten, stillgelegten Bahnhöfen, in der

Kanalisation darunter oder in Teilen des U-Bahn-Systems. Sie waren wie ein paralleler Gegenentwurf zum real existierenden Putinismus: eine verschworene Gemeinschaft, aber der Ausgestoßenen, nicht der Arrivierten. Sie kannten Ränge und gehorchten, wollten aber überleben statt Macht oder Geld. Sie lebten wie die Mächtigen vom Diebstahl, der aber nur ihrer Reproduktion, wie Marx es nannte, diente. Von den Marktständen klauten sie Essbares, von unvorsichtigen Touristen alles, was sich zu Geld machen ließ. Statt mit Wodka, Dom Perignon oder Ararat betäubten sie sich mit Billigfusel oder schnüffelten Klebstoff aus Plastiktüten. Die Älteren unter ihnen schlugen sich ab zehn Jahren mit Prostitution, Botengängen oder Bandenbildungen durch. Wenn die Miliz mehrere von ihnen in die Finger bekam, wurden sie in Transporter geknüppelt und in sogenannte Kinderheime gesperrt oder am Stadtrand ausgesetzt. Was ihre Migration in den Moloch Moskau nur verzögerte, nicht verhinderte. Auch sie hatten ein Heim, das sie mochten und in aller Verwahrlosung pflegten. Wurden sie einzeln gefasst wie das Mädchen in der Zelle, mussten sie die Verschläge der Miliz reinigen, wurden auf gefährliche Botengänge geschickt und zur Belohnung vergewaltigt, verprügelt oder beides. Ich fragte mich, ob sie es schon hinter sich hatte oder noch „erkennungsdienstlich behandelt" werden oder sich der „umfassenden körperlichen Visitation" der Beamten unterziehen musste.

Ich hatte die Beamten überhaupt nicht kommen sehen. Sie hatten mir bei einer Routinekontrolle meinen Pass abgenommen. Sie kamen aus einer Ecke der Metrostation und sofort auf mich zu, nahmen mich in ihre Mitte. Der Ältere der beiden war kahl rasiert, riesengroß, knochig dürr, in gebückter Haltung, hatte vom dauernden Zusammenpressen schmale Lippen, ein spitzes Kinn mit Ziegenbärtchen und abgehackte Gesten, die Entschlossenheit signalisieren sollten. Der kleine Dicke hatte Locken, einen runden, wulstigen Mund, wie eine barocke Putte kurze wulstige Ärmchen und Beinchen und einen stieren Blick.

Don Quichotte und Sancho Pansa. Die drei Zeichen auf ihrem Wappenschild unter dem Doppeladler wiesen sie als wackere Vertreter der Machtvertikalen aus. Sie kämpften tagtäglich den aussichtslosen Kampf mit den schattenhaften, endlos mahlenden Windmühlen der Korruption, der Ohnmacht und der Bedeutungslosigkeit in einer Gesellschaft, deren Schutz sie eigentlich zu garantieren hatten. Sie rochen nach Kohl.

„*Passport*", lautete der barsche Befehl des Ritters de la *Militsija*.

Ich wandte meinen Blick und meine Aufmerksamkeit dem jüngeren, rangniederen Puttelchen zu. Das verwirrte den Don.

„I am very sorry, but my Russian is worse than my English. Do you speak English?"

Die ungewohnte Sprache, hastig und leise hervorgestoßen, verwirrte den kleinen Dicken. Sie warfen sich Blicke zu, um sich gegenseitig in ihrer staatstragenden Position zu unterstützen.

„*Passport, dawaj.*" Der Kämpfer mit Windmühlen machte einen Schritt auf mich zu und baute sich bedrohlich vor mir auf, hilfreich sekundiert vom Genossen Pansa.

„Passport control please", kratzte der seine Englischkenntnisse zusammen. Sie waren die Staatsmacht und erwarteten Gehorsam und Folgeleistung.

Ich lächelte beiden zu und nickte, bewegte mich aber nicht, was sie wiederum nicht gewohnt waren. Ein dummer *turist*, der nicht verstand, nicht gehorchte und nicht kooperierte. Passanten gingen vorbei und grinsten. Die *Omon* würde handgreiflich werden, mich in die Ecke zerren oder zuschlagen. Don Quichotte und Sancho Pansa waren unsicher. Ihre Position wankte. Nach genauester Prüfung meines Passes und zur weiteren Klärung, wie einem wie mir zu staatsbürgerlicher Einsicht zu verhelfen sei, befanden sie, dass ich keinen Aufenthaltsstempel hatte. Zur weiteren Klärung der Angelegenheit hatten sie mir schließlich mit Kopfnicken und Handzeichen bedeutet, ihnen in ihr Dienstverlies zu folgen. Wo ich mich auf den einzig freien Stuhl gesetzt hatte und der Dinge harrte, die einen blöden ausländischen Touristen mit mangelnden Sprachkenntnissen erwarteten.

Der *major* erschien. Seine ramponierte Uniform entsprach seinem lauten und plumpen Auftreten: Ausgedellerte Bügelfalten, die Jacke umspannte seinen Fettwanst, die pizzatellergroße Schirmmütze war schuftig und hatte eine Delle. Flecken zierten seinen Kragen. Die Stiefel, ausgebeult und schmutzig, polterten, als er hereinstürmte. Seine Haare waren fettig und unordentlich, als wenn er gerade vom Nachtlager käme. Ein süßlicher Duft von reichlich genossenem Wodka ging beim Brüllen von ihm aus. Seine Offiziersmütze warf er auf einen abgestellten Karton, seine Pranken waren noch dabei, Dollarscheine in die Tasche seiner Uniformjacke zu stopfen. Er macht sich nicht den Umstand, sie zuzuknöpfen. In Devisen bar ausbezahlter Monatslohn? Umtausch seiner Urlaubsschecks? Eine Lohnaufbesserung für dienstliches Schweigen und Wegsehen? Er ließ sich auf einen wackligen Sessel hinter seinem Schreibtisch fallen, der bedrückt ächzte, zückte einen gebrauchten, gelblichen Zahnstocher und entfernte unter Schmatzen irgendetwas aus seiner oberen Zahnreihe. Nachdem er das entfernte Relikt weggeschnippt und seinem Sessel ein weiteres Ächzen entlockt hatte, war er bereit, seinen Untergebenen die nötige Aufmerksamkeit zu schenken. Sein Schreibtisch war seltsamerweise der eines Pedanten, ein spannender Gegensatz zu seinem unordentlichen Auftreten. Ein Schachgeviert geordneter Papierstapel und Notizblöcke, dazwischen ein polierter Aschenbecher, ein Radiergummi, ein Döschen mit Büroklammern und Stifte, in Linie geordnet. Die Büromaterialien sahen wie Schachfiguren aus. Ob er gegen einen gefallenen Garri Kasparow angetreten war? Oder gegen sich selbst? Kurze, schnarrende Befehle, bei erahnter richtiger Antwort bellte er auch dazwischen. Ein trefflicher plumper Vertreter einer plumpen Staatsmacht, der seine Uniform mit Stolz und seine Mitmenschen mit Unwohlsein erfüllte. Er thronte hinter seinem Schreibtisch, wie er es wohl von Putin oft im Fernsehen gesehen haben mochte. Hier in seinem Kabuff war er wie einer der früheren Landadligen. Blick nach dem heiligen Moskau gerichtet, beseelt von vorauseilendem Gehorsam, der Geldbeutel offen. Die Dienstvorschrift und die Verfassung der Föderation als Beschwerer für erteilte Strafmandate. Er war der lokale Ausdruck vertikaler Macht und verhielt sich auch so. Nur dass unten nach all dem Vertikalisieren von oben keine Macht mehr ankam, sondern lächerlich aufgeblasene Tumbheit. Ein *Opritschnik* mit Hang zum Poltern, *drauf und dran, drauf und dran!*

Der Jungputtenmilizionär machte hastig Meldung über den Vorfall mit einem Ausländer, wobei er auf mich deutete. Angefeuert und unterstützt in seinen fahrigen Ausführungen wurde er vom behäbigen Nicken des neben ihm stehenden Ritters von der traurigen Gestalt. Die aufgerissenen Augen des kleinen Mädchens in der Zelle wurden noch größer, sie krümmte sich noch mehr zusammen. Furcht vor dem, was kommen mochte? Der Besoffene rülpste kurz im Schlaf, gefolgt von einem Röcheln. Ob er nach diesem letzten Lebenszeichen erlöst von irdischem Leid auf dem Weg in den orthodoxen Männerhimmel war? Eher nicht, wie der folgende strenge Geruch und ein Grunzer andeuteten. Er hatte eingekotet. Es war eine interessante Geruchsmischung: der Gestank der Armen, Kohlgeruch der Diensteifrigen, die Wodkafahne des Lokalfürsten. Mein Aftershave passte hier nicht hinein. Und doch, ich hatte auch andere Milizionäre kennengelernt: hilfsbereit, freundlich, integer. Sie schienen Ausnahmen zu sein.

Ein Windstoß von Außen brachte für einen unangenehmen Moment die gesamte Ordnung des Großmajors durcheinander. Ein Fenster, das nach Westen ging, war aufgestoßen worden. Seine Schachfiguren verrutschten, Papiere fegten durch den Raum. Einige Strafmandate segelten umher, weil die Verfassung vom Stoß unter den Tisch gefallen war. Sein Schachspiel war zerstört. Nachdem er unter lauten Fäkalflüchen seine Ordnung einigermaßen wiederhergestellt hatte, litt nur noch seine Fassung angesichts der plötzlich aufgetretenen Veränderung. Aber er hatte es wieder gerichtet. Don Quichotte und Sancho setzten erneut zur Berichterstattung an. Da ich doch Tourist war und keinen Stempel hatte, warfen beide die Frage auf, was mit mir geschehen solle. Sie wurden abrupt unterbrochen. Eine harte Entscheidungen gewohnte Hand zielte auf mich und wedelte zur Tür. „Raus!“, bellte der Major.

# 14

## Berlin, 2. Juni 2010

Sie saßen zusammen und planten das Attentat. Beide angemessen gekleidet, Grau in Grau, unauffällig, der modische Tarnmodus der besser gestellten Nachrichtendienstler. Vielleicht unterschieden sie sich nur mehr in Details: die Nickelbrille des deutschen Abteilungsleiters BfV und der Solitärring seines russischen Gastes. Beide Oberliga-Spione, Männer des Halbdurchsichtigen, ihr Credo war die Mehrdeutigkeit, Festlegungen und klare Aussagen schafften unnötige Risiken, konnten die Gesundheit von Menschen kosten oder sogar den eigenen Ruf ruinieren. Multiple Exitstrategien waren allemal wichtiger als glasklare Zielsetzungen, Taktierereien das Salz in der Suppe. Man saß im „Chez Paul“, Berlins exquisiter Adresse diskreter Tête-à-têtes fernab vom üblichen verwöhnten Millionärspöbel, Schickimicki- und Starlet-Rummel. Die beiden Herren saßen in einem Separée, das sonst Liebespaaren für ihre diskreten Rendezvous dienen mochte. Aber beide waren eher den Reizen der Jagd ergeben als emotionalen Ergüssen oder erotischen Lockungen.

„Vielen herzlichen Dank für Ihre Gesprächseinladung. Und dass Sie sich Zeit für unser offensichtlich gemeinsames Anliegen nehmen!“

„Keine Ursache. Wir sollten uns austauschen und unsere Kräfte bündeln, wo es für die Situation zweckmäßig scheint.“

„In der Tat, in der Tat.“ Ein Glas *Champagne Bollinger millésimé brut* wanderte zu einem verwöhnten Mund. Auf der anderen Seite tat es ein rascher Schluck stilles Wasser. Abtupfen der Mundwinkel, keine Zeit für ein persönliches Warm-up.

„Wer, wann, wo?“

„Lassen Sie uns den Rahmen und die Ziele abstecken, über mehr brauchen wir uns nicht den Kopf zu zerbrechen, Doktor. Für die Planung habe ich eine Gruppe erfahrener Experten aus dem Metier und Sie Ihr Fußvolk, nicht wahr?“

„‚Aus dem Metier‘ bedeutet?“

„Erfahrung in der Überwachung von Personen, Umsetzung von Multilevel-Operationen und Covertechniken zur Täuschung des Gegners, Organisation und Durchführung von Aktionen zur Ausschaltung von Zielpersonen auf internationalem Level, Infiltration, Exfiltration, umfangreiche Kenntnisse in Waffen- und Sprengstofftechnik, psychologische Informationsbeschaffung, spurlose Verbringung von Zielpersonen in unterschiedlichen körperlichen Phasen zu ausgewählten Zielorten, elektronische Aufklärung. Bisher reichten die sanfteren Kenntnisse zur Erfüllung unserer Aufgaben aus.“

„Das ist gut. Verlässliche Spezialisten, diskret, flexibel, erfahren, mit dem Willen zur Umsetzung! Und mit wenig Nachdenklichkeit begabt?“

„*Wir* beide planen, *sie* spüren das Ziel auf und neutralisieren es.“

„Die Bundesregierung möchte einen Schlag gegen die rechtsextreme Szene führen. In meiner Abteilung arbeiten wir seit zwei Jahren am Fall Hartmann und möchten einen Schlag gegen ihn und die NDP führen. Der Verein wird uns zu mächtig, das könnte etwas außer Kontrolle geraten.“

Bedächtiges Kopfwiegen. Kurzes Sinnieren. Der Ort beflügelte die beiden Herren. Das besänftigende halbdunkle Licht, Nischen, aus denen man hervorkommen und in die man sich wieder zurückziehen konnte, durchsichtige Seidendrapierungen. Sehen, aber nicht gesehen werden. Schwere Brokatvolants, um vor neugierigen Blicken geschützt zu sein. Überall schwebten diskret und leise dienstbare Geister, erfüllten jeden Wunsch stumm und mit Akkuratesse. Und teuer genug, um zu jeder Art von Geheimoperation stimulieren zu können.

„Sagen wir, ich hätte Informationen, dass ein russischer Neonazi ein Attentat auf Ihr Zielobjekt verüben und es neutralisieren will.“

„Vorwand?“

„Der ist ausnahmsweise mal real." Hände wurden gefaltet, Oberkörper lehnten sich entspannt zurück, ein Sakko aus der Londoner Savile Row straffte sich, italienische maßgefertigte Semi Brogues suchten und fanden unter dem Tisch einen neuen Standpunkt.

„Ihre Zielperson ist kein reinrassiger Deutscher – falls es so etwas überhaupt gibt. Aber er weiß es nicht. Dass liegt eingefleischten Ariern nicht besonders, russischen schon gar nicht. Sie können ihn also politisch oder anders neutralisieren."

„Beides gute Optionen. Einstieg?"

„Wir haben einen Mann, der an ihn herankommen kann und ein glaubwürdiges Szenario, ein Treffen für ein Interview."

„Journalist?" Rücken der Nickelbrille.

„Jemand, der unbescholten ist und es umsetzen kann."

Eine braune Samtlivree erschien und verbeugte sich lächelnd. Operative Stille trat ein. Die Hors d'oeuvres wurden gereicht. Es gab Shrimpsparfait in einer Chilisauce. Dazu ein Rosé für den eleganten Herrn aus Israel. Der andere blieb beim naturstillen Wasser. Selbst mit Kohlensäure versetztes Mineralwasser mit seinem unkontrollierten Inhalt konnte offensichtlich für manchen eine undurchschaubare Bedrohung darstellen. Zumal bei einem Spitzenbeamten des deutschen Staatsschutzes.

Während der Vorspeise wurde das Szenario kurz durchgesprochen. Das mühevolle Erarbeiten und Konkretisieren von Alternativen mit allen ihren problematischen Details würde den Operationsteams obliegen.

Erneute kurze Pause, als die Hauptspeise gereicht wurde, Lachscarpaccio mit Hummer-Schokoladensauce an gegrillten Spargelspitzen. Der Gast bat dazu um etwas französischen *Château d'Yquem*, der in einer kleinen Kristallkaraffe serviert wurde. Ein kurzes Wehen des Samtvorhangs, und die beiden Garçons waren entschwunden. Eine wundervolle Lokalität, nicht wahr?

„Wie sieht unsere Alamo-Stellung aus?", fragte der Gastgeber.

Dabei landete, von ihm unbemerkt, ein Tröpfchen Schokosauce auf dem makellosen Damasttischtuch und hinterließ einen misslichen dunklen Punkt. Sein Gast hatte den Fauxpas wohl bemerkt, überging ihn aber pietätvoll. Sicher hatte das Bundesamt für Verfassungsschutz bei der Auswahl seiner Führungskräfte nicht zuvorderst deren stilsichere Handhabung der Etikette beim Dinieren mit Gästen im Blick.

„Sie meinen, wem wir's anhängen können, um unsere beiden Arbeitsplätze nicht unnötigen Widrigkeiten auszusetzen", meinte sein Gegenüber augenzwinkernd.

Ein Lächeln auf der anderen Seite zeigte an, das hier umfassendes beiderseitiges Einverständnis herrschte.

„Nun ja, es böte sich der Natur der Sache entsprechend zunächst einmal der Attentäter an. Unser Mann könnte auch auf diesem Gebiet Nutzen stiften. Wie wäre es mit der Leitung Ihres Einsatzkommandos?" Ein fragender Blick zu seinem deutschen Gesprächspartner.

„Schlecht. Sehr schlecht. Wir sind hier nicht in Russland! Aber eine denkbare Option."

„Sie werden verstehen, dass ich meine Leute aus der Schusslinie halten werde, in jeder Hinsicht halten *muss*! Wir wollen doch beim aktuellen, widrigen Stand unserer staatlichen Beziehungen keine weitere Belastung, nicht wahr."

Nicken.

„Glauben Sie, dass Sie jemanden im Mittelbau Ihrer Organisation finden und präparieren können?"

Statt einer Antwort folgte nachdenkliches Schweigen.

„Die Vorteile auf der Metaebene?", fragte der Wassertrinker.

„Wir schaffen damit einen Anlass, unsere etwas festgefahrenen politischen Beziehungen aufzufrischen und einige zwischenstaatliche Hemmnisse aus dem Weg zu räumen."

„Wie zum Beispiel den derzeit leider ruhenden gegenseitigen Austausch von Gütern, Dienstleistungen oder Finanzoperationen", schwärmte der Mann hinter der Nickelbrille.

„Wenn alles glatt läuft!“

„Es wird alles glatt laufen. Die Aktion wird minutiös geplant und durchgeführt. Alle Beteiligten maximale Sicherheitsstufe, das heißt, im besten Falle weiß jeder, was er wissen muss. Wir legen falsche Fährten und schaffen optional einen weiteren Kreis von Verdächtigen wie auch von Akteuren, die am Ende Verantwortung übernehmen. Flexible Risikominimierung, fine tuning. Es ist eine Bilderbuch-Operation. Wie im Versuchslabor, alles läuft kontrolliert ab.“

„Wir sollten noch über die Zahlenseite der Operation sprechen.“ Die Hand mit dem Brillantring griff wieder zum Glas *Château d'Yquem.*

„Wir dachten, Ihre logistischen Bemühungen mit zweieinhalb Millionen Euro abzugleichen.“ Ein Schluck aus dem Wasserglas.

„Dreieinhalb.“ Der *Château d'Yquem* schwebte wieder auf seinen Ruheplatz zurück.

„Der übliche diskrete Bankenweg?“

„Selbstverständlich. Sie kriegen die Informationen verschlüsselt zugesandt.“

Eine Espressotasse mit italienischem *Goppion supremo* rundete das Mahl und den Deal ab. Fast hätte sich Dr. Weimar zum Dessert eine Rhabarbermousse an gehacktem Kakaobruch Dark mit Himalayasalz gegönnt. Aber seine abgestimmte Sportlerdiät erlaubte keine Extratouren. Manchmal musste man bei getroffenen Entscheidungen bleiben. Dennoch war er bester Stimmung. Ein charmanter, eloquenter russischstämmiger Jude mit israelischem Pass und ein korrekter deutscher Fanatiker der Rechte bliesen gemeinsam zur Jagd gegen deutsche und russische Neonazis. Interessant die Frage, wer dabei auf der Strecke bleiben mochte.

## 15

### Moskau, 8. Juni 2010

Mein Tagesablauf in Moskau war, wenn ich Vorlesungen gab, immer gleich. Da ich Frühaufsteher war, erst mindestens eine Stunde Arbeit am Vorlesungsskript. Gegen 7.00 öffnete die *deschurnaja* das Gitter am Lift. Wächterschlüssel rasselten in einem Schloss, beiseitegezerrtes Metall wies den mit gesenkten Köpfen wie auf die Hinrichtung Harrenden quietschend einen Weg. Es heißt, im Gefängnis werde man wirklich frei. Vielleicht brauchte der eng behauste Moskowiter deshalb ein wenig das Gefangenengefühl. Oder war es eine lange gepflegte und späte Reminiszenz an längst vergangene Zeiten des Sozialismus, der seinen unverständigeren Bürgern in Gefängnissen und Lagern zu einem Mehr an innerer Befreiung verhalf? Oder übernahm man aus vergangenen Epochen gerne das, was sich gesellschaftlich bewährt hatte und als solide angesehen wurde? Jedenfalls ging ich dann eine Runde Sporteln, zumeist Walken. Das Joggen ging nicht mehr so problemlos, das Alter empfing mich mit leichtem Ziepen in den Gliedern. Duschen, weiterschreiben an der Vorlesung. Nach einem späten Frühstück fuhr ich mittags mit der Metro ins Zentrum. Hatte ich Zeit, machte ich einen Kurztrip zu einer Sehenswürdigkeit in der Nähe des *Kreml*. Danach arbeitete ich noch mal eine Stunde im Café am Skript. Vorlesung hatte ich dann zwischen 15.30 und 17.30 oder länger.

Heute wollte ich vor meiner Arbeit kurz zum *Arbat*, um dort in zwei Souvenirläden ein paar Uhren zu begutachten. Ich wollte mir eine *Strela* des Uhrenherstellers *Poljot* oder der Marke *Sturmanskie* ansehen. Die Uhr war ein Remake aus den Sechzigern. Das Original hatte der sowjetische Kosmonaut Alexej Leonow am 18.3.1965 zwölf Minuten im Weltall getragen. Die Uhr hatte ein Handaufzugswerk 3133. Es gab sie in zwei Varianten: Eine mit veredeltem Werk, durch ein Bodenglas zu sehen. Die zweite Variante tat sich durch die Anmut russischer

Schlichtheit und einen interessanteren Preis hervor. Ansonsten spielten die Hersteller mit vergoldeten Gehäusen und Zifferblattvarianten.

Moskau war ein Moloch von offiziell acht Millionen Einwohnern. Plus Illegale. Plus Straßenkinder. Plus Familienzuzug aus den südrussischen Gebieten. Also wohl eher so um die zehn Millionen. Genaue Zahlen hatten auch die russischen Behörden nicht. Es ist ein aufgeblasener Popanz aus Stuck, Vitrinen, Reklame, ehemaligen Adelshäusern, Plattenbauten, bürgerlichen Fassaden, Stalin'schem Barock, Glas, Beton und Stahl, teuren Limousinen, Armut, Lärm, Gestank und Gewimmel. Moskau bedeutet, man hat ein *bisnis*, ist wichtig, hat Geld, Einfluss, eine Limousine mit Sirene und Blaulicht oder … na ja, wenigstens einen Importwagen. Eine Insel von Reichtum in einem riesigen Hinterland aus Wald und Wasser mit Dritte-Welt-Ambitionen.

Alle Nobelautomarken. Alle schwarz mit schwarzen Fensterscheiben. Stöckelschuhe, teure Anzüge und importierte Baumaterialien aus Westeuropa feiern nach 70 Jahren die Auferstehung dessen, was Zyniker „Sozialismus" zu nennen pflegten, Erlösung von allem Bösen. Heute bis in Ewigkeit! Moskau ist eine Vitrine, die dem restlichen Europa zuschreit: Wir sind teurer, schöner, reicher, sexyer als ihr alten Schmocks! All die Neureichen, fast money. Nach dem Zusammenbruch dessen, was einige als „real existierenden Sozialismus" betitelten und ebenso brauchten, waren wir nach Herkommen vielleicht KGB-Offizier, in der Parteispitze oder Direktor, sind aber heute mehrfache (sic!) Multimillionäre. Wir haben Geschäfte gemacht auf Teufel komm raus. Spaltbares Material, Waffen, Chemikalien, Wissenschaftler, Frauen. Wir hatten es doch – ihr wolltet es doch. Staatsmonopoltotalitarismus-Marktwirtschaftsmillionär. Und zwischendrin geht die eine oder andere Million baden. Ihr versteht doch sicher, dass ihr ein bisschen was zahlen musstet dafür, dass euer langjähriger Lieblingsfeind politisch und militärisch verschwand und ihr Mühe hattet, im islamischen Extrem-Fundamentalismus einen neuen aufzubauen, mit dem ihr all eure Grenznutzkosten entschuldigen könnt. Ist schon O.K., wir hatten auch keinen Dank erwartet, nur die plumpe Effektivität der grünen Scheine, die ihr verehrt und anbetet und die wir nutzen. Und dafür brauchen wir nicht eure Shareholder-Values, Wirtschaftsethiker oder sonst einen Schmarrn, um zu zeigen, dass Geld Macht zeugt. Wir haben euch gezeigt, wie schnell Kapitalismus wirklich geht!

Die russische Elite empfand sich immer als Teil Europas. Die neuen russischen Regierungen wären so gerne ein Teil der EU. Und die Neuen Russen wollen einfach nur reich sein, noch reicher werden und ansonsten ihre Ruhe. Zum Teufel mit den *muschiks* da draußen. Es geht die Erzählung, dass ein *novij russkij* in einer Nobelbar eine Flasche *Château Pétrus* zurückgehen ließ, weil sie nicht teuer genug war. Selbst wenn die Anekdote erfunden ist, beschreibt sie die Realität umso wahrhaftiger.

Hatte ich erwähnt, dass ich Moskau wundervoll finde und sehr gerne dort bin? Als Erstes ging ich, sobald ich frei war, zum Roten Platz, um Moskau „Hallo“ zu sagen. Danach in die kleine Kirche an der Ecke zur Nikolskaya-Straße. Eine Kerze für meine Oma, eine Kerze für meine Schwester, meine Mutter, meinen Vater, manchmal auch eine für mich. Ein kurzes Gebet. Kreuzzeichen der Hoffnung. Oder der Bedrückung. Je nachdem, ob ich den Blues hatte. Die kleine Kirche wirkte wie ein Mutterbauch, sie barg und nährte. Ich schlenderte gerne durch den *Arbat*. Oder bewunderte einige der Metrostationen, wie eher wie Mausoleen des dahingeschiedenen Sozialismus wirkten. Mit mehreren Tausend verreckten deutschen Kriegsgefangenen im Untergrund verscharrt, die bei ihrem Bau ihre Verwegenheit beim Angriff auf das sowjetische Vaterland im Juni 1941 gebüßt hatten. Und ich mochte es, im Frühling oder Sommer in einem netten Café draußen zu sitzen und die weibliche russische Ästhetik zu bewundern. *Diskretno*.

Ich kannte auch das andere Moskau, das richtige Moskau. Die Vororte um die Metrostationen *Baumannskaja* oder *Jasenjwo*. Und weitere Orte in der Millionenstadt. Trostlose *mikrorajony*, Plattenbauten aus der Sowjetzeit, Wohnraumschnellerzeugung. Dritte Welt, mich an Managua erinnernd. Trampelpfade zwischen den Hochhäusern, im Frühjahr Schlammrutschbahnen. Vor den Bauten ausgeschlachtete, verrostende *Shiguli* oder *ZIL*, wie Gerippe ausgeweideter Tiere der Metallzeit, zerlegt von Jägern, die nach Reifen, Motorenteilen, Getrieben suchten. Sie hatten dem BMsaurus oder Mercedes Rex Platz machen müssen, oder anderen, höher entwickelten japanischen Fortbewegern.

Alle Häuser gleich, alle Wohnungen wie Legebatterien. Paare mit Kindern, Großeltern und Hunden, Katzen teilten sich handtuchgroße Wohnungen. Aßen, schliefen, stritten, versöhnten und liebten sich in 45 qm „Lebensraum." Alte Menschen starben dort im Winter, wenn die Heizung einfror. Am Wochenende lagen um die Hochhäuser Wodkaleichen. Oft genug starben auch einige von ihnen im Winter, wenn sie besinnungslos irgendwo hinfielen, einschliefen und nie mehr aufwachten. In den Hausfluren, die nach Kohl, Pisse und Hundekacke stanken, war der Platz der *narkomany*, die sich einen Schuss gesetzt hatten. In kleinen, schmutzigen Bars in den Kellern der Mietskasernen konnte man Nutten bekommen. Wagte man sich dorthin auf ein Bier, riskierte man, von einer älteren, heruntergekommenen, zahnlosen und angetrunkenen Vettel angefallen zu werden. Die Herausforderung bestand dann für den Mann nicht darin, den Akt zu vollziehen, sondern sich der Nutte zu entwinden und, wenn sie fuchtig wurde und loskeifte, ihrer Schläge zu erwehren. Wolfsgesellschaft. Das Faustrecht der Schwachen. Trotzdem mochte ich die kleinen Leute. Sie versuchten nur zu überleben. Der Staat hinderte sie nicht daran, brauchte er doch ab und an Wähler, half ihnen aber auch nicht. Wer kein *bisnis* am Laufen hatte, musste halt sehen, wie er überlebte. Der Unternehmer und

Multimilliardär Abramowitsch hatte auch fast alles während der Wirtschaftskrise verloren, berappelte sich und blieb freundlich zu Putin, Medwedew, dem System. Also!

Kurz nach zwei. Über dem *Arbat* spiegelblanker Himmel mit heller Scheibe, auf dem *Arbat* Trauben von Touristen. Irgendwo dazwischen ich. Mir meinen Weg durch stöckelbeschuhte Langbeine und schwarze Bärentatzen in Spitzschuhen bahnend. Ein Mann getrieben von der Sucht nach seinem Hobby. Und die rotgrüne Cap von Yukos Oil, mal vor mir, dann neben mir. Irgendein russischer Hüne mit der Cap des gewesenen Oligarchen, Multimilliardärs, Bürgers mit politischen Ambitionen Michail Borissowitsch Chodorkowski. Für seinen Einsatz zum Wohle des Aufbaus einer demokratischen Gesellschaft und seine kremlkritischen politischen Positionen in die tundrischen Weiten versetzt und dort mit allen Segnungen des neuen, demokratischen Russlands versehen. Inoffizieller Lagergouverneur von Sibirien hinter Stacheldraht, wahrscheinlich auf Lebenszeit. Zumindest hatte die Regierung bisher immer wieder Anlässe und Notwendigkeiten gefunden, sein Mandat zu verlängern. Im Gespräch sollte eine spätere neue Verpflichtung in Segescha in der Teilrepublik Karelien sein. Aber wen juckte das schon …

Ich wusste gar nicht, dass es in Russland je solche Caps gegeben hatte. Und dass sie jetzt noch einer trägt, der schon durch seine Körpermaße besticht. Ein feiner ironischer Zug von Humor, jetzt wieder hinter mir gehend.

Ich stand vor einem Uhrengeschäft und begann, selbst in Schwingung zu geraten. Uhren sind für mich wunderschöne kleine Kunstwerke. Ein Umeinandertanzen der Mechanik, Mikrokosmos an handwerklichem Genius, zum Leben erweckte Hommage an die Zeit. Sie ließen einen nie im Stich. Und für einen Menschen wie mich, dem das Wort Kontrolle so wohlbekannt wie wichtig war, sind sie eine wundervolle Ergänzung von Eitelkeit und Charaktereigenart. Uhren versagen nicht!

Natürlich gab es billige Quarzuhren, das Zeitmess-Pendant zur industriellen Massenproduktion. Sie vermassten die Zeitanzeige mit einer zweiten Zeitanzeige plus Kurzmesszeiten plus Pulsmesser plus Countdown plus noch irgendein Massenmessungsmaß. Ohne Seele und Geschichte. Ohne Genuss. Uhrmacherhandwerk ist Kunsthandwerk. Eine mechanische Uhr ist ein Machwerk, Manufakturuhren ein Kunstwerk. Die mechanisch-künstlerische Reflexion einer Zeitepoche und: ein Aufblitzen der Person des Trägers!

Eine mechanische Uhr ist aber auch ein philosophisches Produkt. Uhren zeigen nicht bloß, sie setzen und betonen Zeit-Punkte am Tag, in der Woche, im Leben. Der Moment eines Kusses. Die Dauer einer schweren Prüfung. Das momentane Aufblitzen von Seligkeit gleich nach der Geburt. Der endlos scheinende Prozess menschlichen Durch-Leidens. Uhren begleiten ihren Träger und seinen Lebenstakt. Sie können Rhythmus geben, Struktur schaffen, die Sicherheit des Momentes vermitteln. Sie zeigen Stunden von Gebären und von Sterben, begleiten Werden und Vergehen. Das Wundervolle des Werdens und die unausweichliche Ernsthaftigkeit des Vergehens. Die Uhr ist ein Mahnmal, erinnert uns, dass die Zeit und ihr Verlauf nicht in unseren Händen liegen, mahnen zur Sinngestaltung. Eine mechanische Uhr kultiviert die Zeit und ihren Träger.

Ich betrat das erste Uhrengeschäft auf der Touristenmeile. Eine freundliche und sympathische Verkäuferin erläuterte mir in bestem britischen BBC-Englisch die Vorzüge der landeseigenen Uhrenherstellung. Als mir der Preis genannt wurde, behielt ich mein Frühstück bei mir. Kurzes Anverhandeln. Gleich bei der Produktvorstellung standen ungefragt 20 % Rabatt im Raum. Eben passierten wir die 25 %-Marke, näherten uns 30 %.

Ich: „*Njet!*"

Sie: „Und nur bei *cash.*"

Ich: „Teuer."

Sie: „Ich frage meine Vorgesetzte" – die umsichtig und lächelnd bereits neben mir steht.

Ich: „Hello!"

Kurzes russisches Stakkato zwischen den Damen, ein Blitzpreissenkungstelefonat, unter erneutem Lächeln bot Madame Vorgesetzte eine letztmalige Abrundung des Preises auf eine glatte Summe (besser gesagt, Unsumme) an.

„Klingt gut!"

*Geschwindigkeit herausnehmen*! Ich bat um Bedenkzeit, erfragte die Telefonnummer, sagte eine Antwort für kommenden Montag zu. Und von draußen lugte die ganze Zeit über die Cap durchs Fenster. Noch ein Uhrenfreak ...

## 16

### Flughafen Frankfurt am Main, 2. Juni 2010

„Taugt er etwas?“

„Du hast ihn schon gesehen. Ich meine, ja.“

„Wie ist seine Biographie?“

„Passend für die Operation. Ideales Vorleben, alles echt, wir müssen nichts basteln. Keine Vorstrafen, keine politischen Auffälligkeiten. Unbedenklich und sauber.“

„Dann können wir ihn einsetzen“, sagte der smarte ältere Herr im eleganten Zweireiher.

„Er verhandelt gerne, geht taktisch vor, hat Prinzipien, die er selbst Regeln nennt. Er ist im Job ein Solist“, sagte sein Gegenüber.

Dr. Wekselman hatte es eilig gehabt. Nach dem langweiligen, aber notwendigen Termin in Berlin musste er noch einen seiner Mitarbeiter treffen. Jetzt saßen sie in der schummrigen Ecke einer kleinen Bar am Flughafen. Die Aktion kam ins Laufen, die Finanzierung war geklärt, Kontakte zwischen Berlin und Moskau geknüpft, obwohl er selbst offiziell als Israeli auftrat. Natürlich.

„Wie war das Gespräch in der Elefantenrunde?“

„Die Finanzierung steht, sie schicken uns einen vom Bundesamt für Verfassungsschutz. Einen Doktor. Die verdammten Deutschen glauben, dass ein Doktortitel irgendwie für Sicherheit, Effizienz und Resultate sorgt. Er war der Einzige in dem Verein, den keiner ernst nahm oder haben wollte. Aber er hat was drauf, hat Kontakte zu Quellen. Die Deutschen sind effektiv und hilfreich, aber dumm, sie werden ihren Part schon spielen, kurz: Er ist der ideale Mann für unsere Aktion.“ Ein Lächeln huschte über sein Gesicht.

„*Unsere* Aktion?“, meinte sein Partner fragend. „*Uns* im Sinne von unserem Büro oder im internationalen Sinne, also mit den Deutschen?“

Wekselman lachte, ein Lachen, das von Herzen kam. Er klopfte seinem Gegenüber anerkennend auf die Schulter.

„Du schickst deinen Kerl rein. Er wird von innen Druck machen, wir von außen. Was dabei herauskommt, wird uns allen nützen, dir, mir, uns, denen und ihm. Solange die Aktion einigermaßen kontrolliert abläuft, können wir wenigstens zwei Fliegen mit einer Klappe schlagen."

Der andere saß nachdenklich über seinem Tee.

„Ich muss los, ein paar Vorbereitungen treffen. Das Flugzeug wartet."

„Wohin?", fragte der andere.

„Nicaragua", antwortete Wekselman.

„Schon?"

„Wir müssen die Gunst der Stunde nutzen."

Die Zeit drängte in der Tat. Die Vorbereitungen für das Attentat waren in Moskau angelaufen.

Obwohl sie sich die ganze Zeit auf Russisch unterhalten hatten, was ihn in der Ferne immer anheimelte, war Viktor nicht wohl dabei gewesen.

# 17

### Assenheim/Glauberg, 2. April 1945

Waldensberg war schlimm. Von allen Kämpfen in Russland und auf dem Rückzug aus Lothringen, die Biba erlebt hatte, war es der härteste gewesen. Und der sinnloseste. Warum hatten sie das Dorf besetzt und waren nicht einfach weitergezogen im Büdinger Wald? Die alten Bauern wollten Frieden und ihre Felder bestellen, die Bäuerinnen hofften, dass ihre Männer und Söhne nicht fielen oder verstümmelt wurden, sondern endlich nach Hause kamen. Die Orte hier hatten weder militärisch noch sonst einen Wert. Und Kampfgruppenführer Brenner, so hatte er gehört, wollte zu einer Verteidigungslinie in Gelnhausen oder im Spessart. Doch da waren Herrschmann und diese Frau gewesen. Und das Wort: Strafbrigade Dirlewanger. Sie machten eine Rast, und seine Gedanken wanderten zurück zum Vortag.

### 1. April 1945, mittags

Standartenführer und Oberst der SS Raithel ließ aufsitzen. Der Befehl: Weitermarsch im Schutz des Büdinger Waldes Richtung Gelnhausen, um hier eine neue deutsche Sperrlinie zu errichten. Die motorisierte Kolonne befehligte er selbst, Divisionskommandeur Brenner war bei ihm im Schwimmwagen. Zusammen mit der bespannten Einheit unter Standartenführer Goebel brachen sie aus dem Wald östlich von Assenheim auf. Biba kannte den Standartenführer und den General, hielt sich aber abseits, um eventuelle Schwierigkeiten zu vermeiden.

Herrschmann hatte sich als das herausgestellt, was Biba vermutet hatte: Einen machthungrigen, gewalttätigen, rücksichtslosen Endsieg-Fanatiker. In einem der Dörfer, durch sie sie gekommen waren, hatte er eine Frau aus ihrem Garten geschleift, auf die Straße gestoßen und auf sie eingeprügelt. Als einige Nachbarn zusammenliefen und die Situation für den SS-Offizier brenzlig wurde, hatte der seine Pistole gezückt und der Hausfrau an den Kopf gehalten.

„Eure Lehmbuden! Wir haben Weib und Kinder verloren! Und ihr hängt noch weiße Fahnen raus!"

Er schrie, er würde sie erschießen und das ganze Dorf niederbrennen, wenn die Bewohner nicht sofort mit ihrem defätistischen und volksverräterischen Verhalten aufhörten. Die drangsalierten Bauern waren zu Tode erschrocken, die Wäsche verschwand im Nu. Die geprügelte Frau rettete sich in ihr Häuschen. Sie hatte, wie viele Frauen am Waschtag, ein weißes Laken im Garten zum Trocknen aufhängen wollen. Biba war auf die Gruppe zugegangen, nur um zu sehen, was vor sich ging. Falscher Ort, falscher Zeitpunkt. Sein Vorgesetzter hatte ihn mit blutunterlaufenen Augen und gezogener Waffe angestarrt. Dann löste sich der Pulk auf, die Kolonne marschierte weiter.

Später kam eine andere Frau ins Spiel, *die* Frau.

Am Nachmittag hatte er Untersturmführer Herrschmann zusammen mit einer Frau gesehen. Nein, nicht gesehen, er war auf die beiden gestoßen. Seit Monaten schon hatte er keine entblößte Frau mehr gesehen. Und schon gar keine wie diese. Sie war klein, mager, schmutzig und hatte einen kurz geschorenen, rothaarigen Kopf. Auf ihren Lumpen stand in schwarzen Großbuchstaben „OST". Zuerst dachte Biba, Herrschmann hätte sich einen der Rekruten geschnappt, um ihm seine Befehlsgewalt zuteilwerden zu lassen. Dann sah er, dass es keine verdreckte Uniform war, dass das Bündel aus Schmutz, Elend, Knochen und Irrsinn einmal ein weibliches Wesen gewesen war, das der Sturmführer da schlug. Eine Beute für den Herrenmenschen und seinen Drang, Macht, Unterwerfung und Befriedigung durchzusetzen. Sie sah in seine Richtung. Ihr Blick war kurz, aber Biba würde ihn sein Leben lang nicht vergessen: In ihm lag das Wissen, nach Jahren durchgetragenen Leides, von Schmähungen, Hunger, Rechtlosigkeit, unbesiegt zu bleiben.

Für immer! Ihr schmales Gesicht strahlte trotz der Wunden unantastbare, unzerstörbare Schönheit aus und einen unbeugsamen Überlebenswillen. Er hatte gesehen, wie Herrschmann sich fruchtlos mühte, sie zu nehmen. Instinktiv hatte Biba an das Halfter seiner Pistole gegriffen. In dem Moment wandte sein Vorgesetzter sich um und sah ihn, die Hand an der Waffe. Er ließ von seiner Hose ab, stieß die Frau nieder, schoss auf den Unterführer zu und wollte ihn am Kragen packen Sein Angriff war unkoordiniert, Biba brauchte sich nur wegzudrehen. Sein Vorgesetzter landete, den nackten Arsch in der Höhe, Kopf im Dreck, die Arme ungeschickt unter dem Oberkörper, auf dem Boden. Die Situation war lachhaft. Nein, sie war gefährlich, weil just in diesem Moment einer der aufgegabelten Luftwaffensoldaten in der Stalltür auftauchte. Er sah die Hand an der Pistole, Biba oben, Herrschmann unten, aber nicht die Frau, und zog die Luft scharf ein.

Herrschmann hatte sich aufgerappelt, sein Kopf fuhr herum.

„Bachmann, sofort zu mir!"

Der Luftwaffenfähnrich kam mit aufgerissenen Augen heran und stand still.

„Fähnrich, Sie schnappen sich Bibas Pistole, nehmen den Unterscharführer sofort fest und bringen ihn zu Standartenführer Raithel!" Vorgesetztengebrüll, das sofort Wirkung zeigte.

Biba blieb ruhig, aber in seinem Hirn raste es. Wäre er nur nicht in den verdammten Stall gegangen. Hier war er Zeuge von etwas geworden, das schlimmer und gefährlicher war als die Waffen der anderen, ihr schier endloses Bombardement, die Tiefflieger oder ihr Artilleriegetrommel. Das hier war … todsicher.

„Biba, das wird dich deinen Arsch kosten!", brüllte Herrschmann. „Ich werde tun, was die Pflicht eines SS-Offiziers gegenüber einem Soldaten ist, der sich von der Truppe absetzt und seinen Vorgesetzten mit der Waffe bedrohen will!"

Seine Augen, blutrot unterlaufen, irrlichterten und sprangen hin und her. Biba blieb ungerührt, er hielt Herrschmann, der versuchte, ihn zu packen, auf Distanz.

„Brenner und Raithel haben Vergewaltigungen verboten."

„Das da ist eine Untermenschin, es ist Arbeitsvieh! Ein Nichts. Sehen Sie hier also eine Frau? Ich nicht!", brüllte sein Vorgesetzter.

Der Blick der Frau war ungebrochen strahlend, ruhig, fast mitleidig, kam es Biba vor. Und dann hatte der Sturmführer ihm ein Wort zugezischelt, das er schon kannte. Aus dem Lazarettzug. Von dem fiebernden Feldwebel, der es ihm zugeschrien hatte in seinem Wahnerzählungen über die Zerstörung des Warschauer Gettos.

# 18

## Moskau, 8. Juni 2010

Gleich über der Metrostation *Universitet* war das Einkaufszentrum *Universiti*. Vor der Eingangstür schlurfte eine alte, gebeugte Frau auf Passanten zu, unablässig murmelnd und sich bekreuzigend. Sie betete für ein gerechteres Mütterchen Russland. Sie erbat die Vergebung aller Sünden der Neuen Reichen. Sie bettelte um Geld. Niemand schenkte ihr Beachtung. Lediglich ein räudiger Hund blieb kurz vor ihr stehen und sah sie mit schief gelegtem Kopf an. Sie murmelte auch ihm etwas zu. Zwei *underdogs*, die sich erkannten. Von ihrer Witwenrente, die ein paar Euro ausmachte, konnte sie, wie viele Rentner, nicht leben. Vielleicht war ihr diese Welt zuwider, und sie wäre lieber in die nächste hinübergegangen. Ich gab ihr zehn Rubel und erhielt die Absolution mit Kreuzzeichen. Ich fragte mich einen Moment, was sie entwürdigender fand: die Armut? Die Nichtbeachtung durch Staat und Passanten? Oder mein Geld?

Ich trat ein. Rund ein Dutzend Mode- und Accessoires-Geschäfte, zwei Schreibwarenläden, Handyladen, Elektrogeschäft und die *Coffeebar*, ein „Dollarladen“ für gehobene Klientel. Wie alle Lokalitäten in Moskau eine Mischung aus Café, Bistro und Restaurant. Hier bekamen Gäste auch mehrere Gänge und nicht nur *bliny*, Pfannkuchen, Suppen oder *pelmeni* – die russische Antwort auf Tortellini. Der Name des Inhabers war kirgisischer Herkunft. Also genau der richtige Ort zum Weiterarbeiten am Vorlesungsskript bei ein paar Espressi oder für einen entspannenden Nachmittagscappuccino mit einem guten Buch und ein paar Godiva-Pralinen. In der *Coffeebar* waren außer mir noch die Verkäuferin des gegenüberliegenden Desscusladens *La Donna*, eine Putzfrau, die wohl Pause hatte, und ein Taxifahrer, der seine Jacke anbehielt und seine Taxilizenz darüber trug. Ansonsten hätte ihn seine Mütze mit einem gelb-schwarzen Schachbrettband verraten.

Als ich meine Unterlagen auspackte, wurde ich Zeuge, wie das kleine Bistro von zahlungskräftigen Potentaten der russischen Wirtschaft eiskalt „übernommen“ wurde. Zuerst erschienen an der Eingangstür zwei schwarze Jacketts mit dunklem Rolli, schwarzen Stoffhosen und Schuhen. Bürstenschnitt. Kurzes Ausspähen des Objektes mit begehrlichen Blicken. Ein drittes Dunkeljackett deckte Rücken und Kaufhausflur. *Ich wette, der nagelneue BMW X6 draußen vor dem Kaufcenter ist schwarz mit getönten Scheiben.* Die Modefarbe der neuen Elite. Ehrgeiz, Gewissenlosigkeit und nachlässige Eleganz, in teures Dunkel gewandet.

Ein kurzes Nicken, und aus dem Nichts tauchten zwei weitere Bodyguards auf. Einer beschützte ein kleines Männchen undefinierbaren Alters mit Glatze, Kugelbauch, O-Beinen. Wie ein russischer Kosakengeneral, der gerade vom Pferd abgestiegen war und sich nach dem Schlachtgetümmel einen Pausentrunk mit seinen Stabsoffizieren gönnte. Und im Train mit Bodyguard Nummer zwei folgte die derzeitige *ljubowniza,* seine Geliebte.

Wie frisch aus der Vogue. Platinblond, lange Beine, aufgepolsterte Oberweite, der Dress ein eng anliegender schwarzer Taucheranzug mit Ärmelbündchen in Gold. An den Fingern das Glitzern bunter Edelsteine. *Und die Stilettos mit Sicherheit von Macho Bombasto zu 1800 Dollar das Paar*, dachte ich.

Doch dann erschien noch eine hoch frisierte blonde Königin in Seide, mit goldenem Haarreif, weißen Satinhandschuhen und Ministiefeletten, von vielleicht vier Jahren. Das änderte die Beziehungssituation natürlich. Also war die Modelschönheit wohl eher seine *partnjora* oder gar die aktuelle Frau. Sollte das Alter zu viele nicht retuschierbare Zeichen der Reife hinterlassen, wurden solche Frauen im Normalfall mit Kind ausbezahlt und ausgetauscht – sofern es kein gesunder, hübscher Junge war, der später im *bisnis* Nutzen stiften konnte. Unglücklichere Damen mit zu viel unzumutbarem Wissen konnten auch einfach verschwinden. Die russische ökonomische Elite hatte das kapitalistische Prinzip der Austauschbarkeit im Interesse eines funktionierenden Gesellschaftsprozesses verinnerlicht. Taxifahrer und Putzfrau hatten vorsorglich die Flucht ergriffen, die Inhaberin des Dessousladens öffnete gerade ihr Geschäft und wollte die Chance auf einen Kundenbesuch nutzen. Die *Coffeebar* war somit fest in der Hand der Neuen Russen.

Ein schwarzes Jackett starrte mich an, ich lächelte zurück und es kam breitbeinig auf meinen Tisch zu. Captain Bull.

„Raus hier!“, sein Befehl auf Russisch.

„Good afternoon! I am afraid my Russian is very bad“, antwortete ich.

Ein russischer Fluch aus den Tiefen seiner Genitalität, er beugte sich drohend vor.

Ich machte es kurz.

„Tourist!“

Ich hielt meinen Metro-Plan wie eine Akkreditierungskarte hoch. Das Jackett stutzte. Nur ein komischer Tourist, der nichts kapierte. Er zog sich knurrend zurück.

Mein diskreter Blick wanderte wieder zu den Schwarzen. Mittlerweile hatte sich der Kosakengeneral zusammen mit seinen Offizieren an einem Tisch niedergelassen. Das Model und Prinzesschen saßen am Nebentisch, ängstlich beäugt von einem jungen Bodyguard. Sicher ein Neuling. In ihrer Hierarchie weit unten stehend. Wagentüren aufhalten, ein humorloses Lächeln angeknipst, kurze offizielle Antwortformeln. Noch nicht reif fürs echte *bisnis*.

Der General und seine Offiziere ließen auffahren: Wodka und ein Vorspeisenteller, *sakuskije* für den Feldherrentisch. *Schampanskoje* für die junge Lady, eine mit einer Limonenscheibe veredelte Cola für die Prinzessin, Wasser für den *sershant*. Eine kulinarische Hierarchie – *bud sdarow!**

Lautes Lachen der Offiziere – Herr General hatten einen Witz gemacht. Schweigen am Tisch der Damen. Polternd-

* Prost, eigentlich „Wohlsein“

aggressives Amüsement auf der einen Seite – ängstliches Zählen der verbleibenden Frist auf der anderen. Was für eine Beziehung Mann–Frau. Mein Beziehungsradar arbeitete auf Hochtouren, mein Herz füllte sich mit Melancholie. Den Blues hatte ich sowieso schon. Wie reich er war, wie arm sie sich fühlen mochte. Mit wie viel Geld er ihre Sehnsucht erstickte? Und wie bereitwillig sie das unnahbare Püppchen gab? *Wer wickelt hier wen ein, wer betrügt wen?* Welche seelische Zukunft hatte eine Vierjährige zwischen Reichtum und Missachtung? Eine Liedzeile der Bluesgitarristin Rory Block ging mir durch den Kopf: *I woke up this morning, and the blues walked in like a man.*

Russische Lokalbetreiber achteten darauf, dass die Bedienungen jung und hübsch waren, was sich meist auch im Trinkgeld niederschlug. Ich teilte ihren Hang zum Ästhetischen. Herbei schwebte ein blonder Engel mit schlanken Beinen und kurzem Rock. Feines, durchscheinendes Lockenhaar, schmales Gesicht, honigfarbene Augen, energisches Kinn, erfrischendes Lächeln, höchstens 22. Eine Ballerina, die sich statt ins *Bolshoi* ins Bistro verirrt hatte.

Ob ich die Menükarte wolle? *Nein danke, aber dein erfrischendes Lächeln nehme ich gerne.*

„Cappuccino und extra Milch bitte!"

„Sie möchten nichts essen?"

„Danke, nein."

Ihr Lächeln nahm meine Bestellung auf, und sie schwebte davon. Derart entzückt begann ich, mich um meine Vorlesungsunterlagen zu kümmern. Aufbau der NDP. Das Recherchematerial war umfangreich und gut, das Verfassen des Skriptes ging leicht von der Hand. Bis ich unterbrochen wurde. Kein blondes Lächeln, kein Herbeischweben eines Engels. Ein Bulle von 100 Kilo Kampfgewicht ließ sich auf den Stuhl mir gegenüber fallen. Kurzgeschorenes braunes Haar, rundes Mondgesicht, Hände wie Tennisschläger, riesiger Brustkorb und Bauch, stämmig. Alles eingepackt in einen viel zu engen Trenchcoat, der ihn wie eine riesige Wurst erschienen ließ. Die Yukos-Cap vom *Arbat*. Und sie sprach zweifelsfrei gutes Deutsch mit Einschlag.

„Ich bin Viktor." Russischer Akzent, das „R" wie eine Kalaschnikow im Dauerfeuer. Sich vorstellen, Jacke und Mütze ablegen, die Bedienung rufen waren eins.

„*Piwo*", zwinkerte er ihr schelmisch zu, sein Bier bestellend.

„Wir müssen reden", sagte Viktor im Ton eines alten Freundes, der etwas auf dem Herzen hatte.

„Der Tisch nebenan wäre auch frei", sage ich auf Deutsch mit einer Mischung aus Erstaunen und Ironie.

„Da gerate ich sicher in schlechte Gesellschaft", ein despektierlicher Seitenblick zu den Schwarzen.

„Ich dachte, Sie *gehören* da hin." Ein matter Einwand.

Viktor schaute mich an und zwinkerte lächelnd. „*Sie* sind der Richtige." Warum oder wofür ich richtig war, erläuterte er nicht.

„Ich kenne Sie nicht, und ich arbeite gerade, auch wenn's nicht ganz danach aussieht", sagte ich.

„Richtig", sagte Viktor. „Sie schreiben an einer Vorlesung über neofaschistische Parteien im politischen System der Bundesrepublik am Beispiel der NDP. Sie machen eine Woche Vorlesung am Institut der MGU, und am Freitag ist eine benotete Klausur."

„Woher wissen sie das? Was wollen Sie?"

„Oh, ich habe effiziente Mitarbeiter." Ein neues ermunterndes Augenzwinkern. In mir ratterte es. Ein Bulle, der 20 Euro *schtraf* wollte? Ein Zuhälter aus der Frühschicht? Eine plumpe Erpressung? Als meine Gedanken bei dem unangenehmen Wort *Mafia* ankamen, wurde mir heiß. Er kannte Details! *Der auffällig unauffällige Student mit dem Diktiergerät*, schoss es mir durch den Kopf.

Viktor legte los.

„Sie sind Tom Biba, geboren in Hanau, 47 Jahre alt, leben im hübschen kleinen mittelalterlichen Städtchen Gelnhausen bei Frankfurt. Sie sprechen nicht fehlerfrei, aber fließend Russisch.

Unter anderem. Sie machen seit fast zwölf Jahren Vorlesungen am Institut. Bezahlung sehr wenig, ein Doktortitel der MGU, kürzlich vorgeschlagen von Ihrer Doktormutter Elena Petrowna Sokolowa. Sie wohnen im Dozentenwohnheim der MGU im alten stalinschen Gebäude, Sektor E, 5. Stock, Zimmer 504. Ich war in Ihrem Zimmer und habe mir erlaubt, nach dem Rechten zu sehen. Sehr aufgeräumt und ordentlich. Gute Idee, ein anderes Zimmer mit einem anderen Schloss zu nehmen ohne die Verwaltung zu belästigen. Vertrauen ist gut, Kontrolle ist besser."

„Sie zitieren Lenin und brechen in mein Zimmer ein."

„Und Sie haben ein großes Problem", sagte Viktor, ohne auf meinen Vorwurf einzugehen. „Die russischen Neonazis."

„Weil ich eine Vorlesung mache über deutsche Neonazis? Schwachsinn!"

„Weil Sie hier in Moskau über die SS recherchieren. Ihren Großvater, Engelhart Biba."

„Sind Sie vom FSB?" Ein schlimmer Maximalverdacht raste mir durch Hirn und Gedärm.

Viktor ließ ein russisches Schimpfwort los und lachte dröhnend.

„Kein FSB!" Und lachte weiter.

„Genau das hätte der FSB auch gesagt."

„Sie lesen zu viele Spionsky-Romane." Viktor rutschte auf dem Stuhl hin und her. Der Kosakengeneral und seine schwarze Garde schenkten uns keinerlei Beachtung.

„Ich verstehe nicht recht. Sie scheinen eine Menge von mir zu wissen, aber das kann auch ein Köder sein. Sie wissen, was ich hier außer meiner Vorlesung noch mache. Und Sie handeln das ganze hier in aller Öffentlichkeit mit mir ab, mit einer heiteren Schar schwarzer Russen undefinierbarer Beschäftigung am Tisch nebenan."

„Wäre Ihnen ein Bürotreffen in der *Lubjanka* realistischer erschienen? Oder in der Milizwache in der Metrostation *Biblioteka Lenina*?"

Woher wusste er, dass ich vorhin dort gewesen war, weil die Miliz meinen Pass geprüft hatte?

„Sie folgen mir?"

„Nein!" Wieder dieses sympathische Zwinkern. „Und ja! Ich bin Ihnen heute gefolgt, aber meine Kollegen in den letzten Tagen. Und wir haben Sie schon in Deutschland beobachtet."

„Sie haben keinen offiziellen Ausweis, Ihre Pans-Augen klimpern fortwährend, aber ich habe kein Röckchen an. Sie tischen mir ein paar Fakten auf, um mich zu ködern, erklären sich aber nicht. Sie brechen in mein Zimmer ein, wollen aber kein Geld. Also wozu die ganze Viktor-Show – falls Sie tatsächlich Viktor heißen?", fragte ich mit Nachdruck.

„Sie haben in ein Bienennest gestochen."

„Wespennest. Es heißt: ‚Sie haben in ein Wespennest gestochen.' Aber das habe ich nicht!"

„Sie stehen auf der Liste."

„Welcher Liste?" Ich fragte mich, ob Viktor nur deswegen so eine Show abzog, um sein erhöhtes Bullenschmiergeld zu rechtfertigen, mit dem er mich sicher bald vertraut machen würde.

„Die RNE hat Sie im Visier."

„Warum sollten sich russische Neonazis derart um einen kleinen deutschen Journalisten bemühen, der hier Vorlesungen macht und etwas über die Soldatenzeit seines Großvaters recherchiert?"

Viktor beugte sich ruckartig vor, sein Zwinkerklimperblick wurde plötzlich hart. „Weil Sie bei Ihren Recherchen auf etwas gestoßen sind, das heiß ist. So heiß, dass Sie auf deren Liste stehen. Die haben Regeln. Deren Organisation hat Regeln. Der Schmerz hat bei denen Regeln: Erst die Nase, dann die Arme, Geschlechtsteile, dann Ihr Leben", raunte mir sein heißer Atem zu. Er legte 100 Rubel neben sein unangetastetes Bier.

„Und jetzt?", fragte ich.

„Wir bleiben in Kontakt."

Ich wollte laut werden, meine Angst kanalisieren, aber die 100 Kilo huschten bereits durch die Eingangstür. Auf dem Kassenbon neben dem Bier entdeckte ich eine russische Handynummer. Sie durfte wohl kaum von *Miss Bolshoi* sein.

Vertraulich! Verschlusssache!

***Personal File***
***Feingolt, Viktor Davidowitsch***
***Aktenzeichen FVD-009003-hh 2010-01-22***

**Personaldaten**

| | |
|---|---|
| Geboren: | (gesperrt) 1956 in Ufa, Union der Sozialistischen Sowjetrepubliken |
| Adresse: | (gesperrt), Russische Föderation |
| Eltern: | Mascha Sergejewna Gamburger, Lehrerin David Schlomowitsch Feingolt, Arbeiter im Metallkombinat Met-Kom Ufa; beide ursprünglich jüdischen Glaubens, beide verstorben |
| Staatsbürgerschaft: | Russisch |
| Religion: | Keine |

**Ausbildung und Beruf**

| | |
|---|---|
| Bis 30.7.1972 | Mittelschule Nr. 15 in Ufa |
| 1.9.1972 -31.3.1974 | Arbeiter im Städtischen Transportkombinat Ufa als Mechaniker, später als Fahrer |
| 1.4.1974 -31.5.1977 | Militärdienst Nachrichtenbeschaffung/technische Aufklärung Panzerbrigade 69; begleitend juristische Studien |

| | |
|---|---|
| 1977-1979 | Mitarbeit im Militärgeheimdienst GRU (vermutet) |
| 1979-1998 | Wechsel zum KGB (vermutet), Undercover-Einsätze in Angola und Afghanistan (vermutet). Akten geheim, unter Verschluss. Degradiert und unehrenhaft entlassen nach Tätlichkeiten gegen Vorgesetzten (Akte geheim). Letzter Rang: Podpolkownik (Oberstleutnant) |

**Sicherheitsdienstliche Erkenntnisse**

Keine/unbekannt. Benutzt mehrere Pässe und Identitäten.

**Aktueller Status**

Seit 1.1.2000 Mitarbeiter eines privaten Sicherheitsdienstes, Funktion: Sektionschef Europa. Recherchen zu einem Mordauftrag russischer Neonazis.

# 20

Er saß bei seinem Ex-Russisch-Lehrer und jetzigen Freund und dessen Frau. Obwohl er bereits herzhaft zu Abend gegessen hatte, nahm er sich eine ordentliche Portion von der Hartwurst auf dem Tisch. Die kleinen kulinarischen Freuden des Abends würden morgen Strafrunden auf dem Sportrad zur Folge haben. Sie hatten die ganze Zeit über die neue Armut in Kiew und der Ukraine gesprochen, ihrem Herkunftsland. Der Fernseher lief nebenher und litt bildschirmflackernd mit einem schwachen Euro und einem fallenden DAX. Dann kamen sie auf die Geschichte zwischen ihren Ländern zu sprechen. Der Vater seines Freundes war in der SS gewesen, er hatte ihm ein paar Informationen gegoogelt und ausgedruckt. Sie erzählte davon, dass ihr Vater als siebenjähriger Junge das unschuldige Opfer einer deutschen Fliegerbombe geworden war und seither auf dem rechten Bein gehinkt hatte. Und dass die sowjetischen Kiewer Behörden, Vorhut der Schwachen, Entrechteten und Zurückgesetzten, ihn bei der Kriegsinvalidenrente beschissen hatten. Er hörte ihnen zuerst zu, später erzählte er, dass sein Großvater als Soldat in der Ukraine gewesen war.

„Dein Opa hat mit dem Flugzeug eine Bombe auf Kiew geworfen, dann war mein Vater kriegsbehindert", sagte sie provokant.

Sein Opa war kein Luftwaffenpilot gewesen, sondern Pionier. Er wollte ihn rechtfertigen. Er aß zu viel von der Wurst. Sie diskutierten über direkte Eigenverantwortung, Befehlsketten, die Grausamkeit des Großen Krieges.

Als er auf dem Weg nach Hause im Auto saß, musste er ihr offen zugestehen, dass sie Recht hatte. Zumindest als Metapher.

## 21

### Moskau, 8. und 9. Juni 2010

Der Blitz kam aus heiterem Himmel. Obwohl es nach 22.00 Uhr war und dunkel, strahlte der Himmel plötzlich hellweiß hinter einem schwarzen Viertelmond. Ich sah weiße Schemen um mich herum tanzen, die eine russische Weise summten. Ein altes Volkslied sicher, über laue Nächte, den Mond, die Liebe zwischen Menschen. Deshalb hatte mir einer der Holde die Faust in den Magen gerammt, dass ich mich krümmte. Ich war verzückt, die Luft blieb mir weg. Und dann riss mich einer der engelhaften Schemen an den Haaren hoch und flüsterte ein englisches Liebeslied in mein Ohr: „Fak ju, schurnalist!“ Ich wanderte in die Arme eines weiteren der Holde, der meinem feuerzuckenden Leib eine weitere Aufmerksamkeit zukommen ließ, so dass ich die Sterne von ganz nah flackern sah. Dieser Hold bedachte mich wieder mit russischen Worten und Weisen, die ich aber in dem ganzen Durcheinander nicht recht einordnen und verstehen konnte … Der Schmerz; das Flackern; der Mond verkehrt herum am Himmel, und ich konnte ihn nicht zurechtrücken, denn dazu hätte ich aufstehen müssen; die vielen Worte, durcheinander, unaufgeräumt, Drohungen sicher, doch verpackt als Reim oder Lied. Ich solle in mein Scheißland zurückkehren. Unflätigkeiten über meinen Opa. Böse Worte über mich, zartfühlend formuliert, zielsicher körpersprachlich mitgeteilt. Und ein letzter Tritt in meinen Rücken. Einer der Engel, die mich heimsuchten, hatte zwar keine Flügel, aber eine Glatze. Auf dem Arm eines anderen prangte ein Hakenkreuz aus leuchtendem Schwarz. Und ich sah ein Zeichen, das in der strahlenden Dunkelheit glühte: ein russisch-orthodoxes Kreuz, auf einem Hakenkreuz stehend. Irgendwer hatte eine Odalrune am Hals. Ob es Odins Walküren waren und keine Engel, die mir eine Vorladung für Walhalla übermitteln sollten? Das Summen und die Melodie wurden leiser, auch die Helligkeit ließ langsam nach.

Als ich wieder zu mir kam, hörte ich, wie ein Student aus einer Gruppe Jugendlicher das Wort „besoffen“ murmelte. Die anderen um ihn herum lachten. Ich wollte ihre Heiterkeit teilen, aber mein Körper war voll von Schmerz und Wut. *Schmerz ist dein Freund. Er erinnert dich daran, dass du noch lebst.* Ich musste in meiner hoffnungslos-absurden Situation plötzlich an diesen Satz aus einem Film denken, in dem Demi Moore eine Soldatin in einer SEAL-Team-Ausbildung spielte. Jemand hatte mich verprügelt.

Nachdem ich mich in mein Dozentenzimmer am anderen Ende der Galaxis geschleppt hatte, legte ich mich ins Bett. Ich erinnerte mich dumpf, dass mir ein Mann vom Wachdienst am Eingang geholfen hatte, mich hochzuschleppen in den sechsten Stock. Ich war so clever, ihm nicht den richtigen Stock oder mein falsches Zimmer zu zeigen. Aber ich hatte mir sein Gesicht nicht merken können. Oder hatte es wieder vergessen. Ich beschwor noch einmal meinen Teil des Vertrags und schlief ein.

Am nächsten Tag suchte ich den Rechnungszettel aus der *Coffeebar* und wählte Viktors Handynummer. Ein kurzes technisches Summen. *Zerhacker an!*

„Ah, *Gospodin* Biba. Wie geht es Ihnen? Ich hoffe, nicht *zu* schlecht.“ Er wusste sofort, dass ich anrief und wohl auch, was mir zugestoßen war. Hatte er für jeden seiner Kunden ein eigenes Handy? Oder vergab er unterschiedliche Klingeltöne, je nach Dringlichkeit? Für mich vielleicht etwas aus dem Nussknacker von Tschaikowski? Nach gestern fühlte ich mich, als befände sich mein Körper zwischen den Backen eines riesigen Nussknackers. Musik aus „1812“ wäre auch passend gewesen. Es hätte der siegreichen Dynamik des gestrigen Abends entsprochen, den Feind und Eindringling von russischer Erde zu vertreiben.

„Ich nehme an, Sie rufen an, weil Sie eine Warnung bekommen haben, verbunden mit körperlichen Unannehmlichkeiten.“ Ich bewunderte Viktors realitätsnahe Einfühlsamkeit. Wäre mir nicht zum Kotzen gewesen, hätte ich eine ironische Bemerkung gemacht. So antwortete ich einfach.

„Ja."

„Und jetzt sind Sie bereit für ein Treffen, nehme ich an?"

„Ja."

„Und für ein offenes Gespräch?"

„Ja."

„Sie hätten nicht wie Hiob im Dreck und unter Schmerzen begreifen müssen. Ich hatte sie darauf hingewiesen, das so etwas passieren könnte."

„Ja, hatten Sie."

„Ich führe Ihre neue Einsicht und Ihre Einsilbigkeit auf das gestrige Ereignis zurück. Wir sollten den Moment nutzen für eine kleine Recherche meinerseits. Wenn Sie heute Abend am Haupteingang der MGU stehen, kommt um Punkt zehn nach sieben ein schwarzer *Shiguli* vorgefahren. Sie springen rein, er nimmt Sie mit."

„Wer ist *er*?"

Viktor hatte aufgelegt. Mein Bauch und mein Rücken schmerzten wie wild. Der Mann hatte seinen Hiob gelesen – Hut ab!

Wer waren die Glatzen? Russische Neonazis den Tätowierungen nach, aber auch andere waren denkbar. Der FSB verstand sich auf die Kunst der Aktivierung von Netzwerken und konnte das Überfallkommando bestellt oder instruiert haben. *Ich* war gemeint. Es war ernst gemeint. Eine dunkle Ecke, keine Zeugen, drei oder vier gegen mich. Überraschungsmoment, Schmerz, Effektivität. Dass sie mir nicht ins Gesicht geschlagen, in den Unterleib getreten oder meine Eier verwüstet hatten, sprach für Profis. Ich rechnete ihnen das als rustikale Respektsbezeugung an. Schließlich hatte ich ja noch Vorlesung. Und dann wussten sie das also auch.

Das ganze hatte Struktur und Plan, das waren keine besoffenen Halbstarken, die ihren nationalen Mut an einem Ausländer ausließen. Das war ein Vertragsangebot, eine mündliche Abmachung. „Wir warnen dich und schlagen dich zusammen, dafür wirst du dich einsichtig zeigen und sofort nach Hause fliegen!“ Ja, genau so hatten die Vertragsklauseln übersetzt geheißen, erinnerte ich mich. Ich hatte mit dem Krümmen meines schmerzenden Körpers unterschrieben. Also sollte ich jetzt meinen Teil erfüllen, packen und nach Frankfurt fliegen.

Ich war deprimiert. Ich hatte keine Lust mehr. *Mr. Depressio's delight*. Mein Gehirn versuchte ein paar Einwände, die völlig deplaziert waren. Dass zum Beispiel später Mittwochabend sei. Dass ich mein Ticket ja umbuchen müsse. Dass ich in meinem Zustand gar nicht so schnell oder so einfach meinen Arsch von hier nach da bewegen konnte. Meine Freunde hatten wieder mal recht, ich dachte einfach viel zu viel nach.

## 22

### Glauberg, 1. April 1945

Biba und Sturmführer Herrschmann standen sich noch gegenüber, da pfiff und zwitscherte es heran. Der Kampf begann. Goebels Kolonne war nach einer guten Stunde Marsch auf den Feind gestoßen. Die Amis schossen aus einer abschüssigen, also unvorteilhaften Position, aber ihr MG-Feuer war dicht und lag deckend. Alle Soldaten stürzten, wo sie gingen oder standen, sofort um. Einige würden nicht mehr aufstehen, hauptsächlich die Jüngeren. Biba wusste es. Neben ihm krachte ein armdicker Ast von einem Apfelbaum, von einer MG-Salve heruntergeholt. Er rollte sich schnell zur Seite, dann lag er wieder hinter seinem Karabiner 98k, schoss aber nicht. Er konnte niemanden ausmachen und wollte die Munition nicht vergeuden. Irgendwo hinten auf dem Weg brüllte Herrschmann Befehle an seine Luftwaffen-Spielzeugarmee. Da er sie mehrmals wiederholte, schien der Angriff dort nicht so recht an Schwung zu gewinnen, dachte Biba. Ein kurzer Rundumblick. Die rechte Flanke! Er schnappte sich Svoboda mit seiner MPi 40 und eines der Milchgesichter und schrie dem Rottenführer zu, er solle in ihrer Mitte auf Augenhöhe bleiben, dann sei er sicher. Sie rannten geduckt zur rechten Flanke, weil dort niemand von seinem Zug war. Ducken, rennen, hinfallen. Auf. Rennen, hinfallen. Hinter einem quer liegenden Eichenbaumstamm bezogen sie Stellung. Noch bevor sie die Köpfe heben konnten, um die Gewehre in Anschlag zu bringen, pfiff es heran. Ein Ami-MG nahm sie unter Feuer und zwang sie zu Boden. Er hatte gehofft, dass sie unbemerkt geblieben waren, aber irgendwie hatten die da drüber den besseren Überblick, dachte er, seinen Karabiner umklammernd. Vielleicht hatten sie einen Späher in einen der Bäume gesetzt. Der Stall, sein Vorgesetzter und die Frau waren vergessen. Für den Moment. Dann sah er, wie Herrschmann und ein Offizier, den er nicht kannte, zusammen mit einem weiteren SS-Mann in einem Kübelwagen direkt auf die Stellung der Amis zurasten. Sie hatten Maschinenwaffen, feuerten aus allen Rohren. Herrschmann stand im Fond, hatte ein MG 43 im Anschlag und jagte Leuchtspurmunition in deren Stellungen. Der Mann war komplett irre! Niemand greift eine uneinsehbare feindliche Stellung frontal an, wenn er nicht einmal weiß, wie viele Soldaten und welche Waffen dort sind. Das war weder schneidig noch taktisch sinnvoll. Es war einfach nur selbstmörderisch verrückt.

Die ersten schwarzen Hände zuckten hoch, weitere folgten. Browning MPis wurden quer hochgehalten. Es war vorbei. Nach heftigem Gefecht waren sie auf eine Instandsetzungskompanie zumeist Farbiger gestoßen. Biba hatte noch nie solche Menschen gesehen. Zuerst dachte er, sie hätten sich Tarnfarbe auf die Haut geschmiert. Er fand sie fremdartig und anziehend zugleich, sie weckten seine Neugier. Aber jetzt hatte er andere Dinge im Kopf. Aufklärungsflieger waren in der Luft, Artilleriebeschuss auf die eigene Kolonne setzte ein. Biba lehnte schwitzend an einem Baum, Tyszka, der Funker, hockte neben ihm und setzte eine Meldung ab.

„Adlernest, kommen, hier Wotan 1. Haben soeben eine *Ordnance-Negro-Einheit* überrannt. Keine eigenen blutigen Verluste, nur ein Leichtverwundeter. Eben setzt Artilleriebeschuss ein. Machen Gefangene in geschätzt Kompaniestärke, darunter mindestens ein Offizier. Adlernest, bestätigen!"

Aus dem Funkgerät kam ein Plärren, dann knackte es kurz.

Nach diesem Gefecht befahl Goebel den Weitermarsch. Die US-Soldaten waren entwaffnet und gefilzt worden, alle persönlichen Dokumente wurden ihnen abgenommen. Biba beobachtete, wie ein paar Uhren, ein Fallschirmjägermesser und eine silberne Dose unter unverständlichen Flüchen den Besitzer wechselten. Tyszka war auch dabei gewesen und hatte eine Uhr der Marke Hamilton genommen. Seine lakonische Bemerkung dazu war „Soldaufbesserung". Biba hätte es „stehlen" genannt. Das hatte er im Hunsrück bei den GIs ebenfalls beobachtet, die tote *krauts* nach Wehrmachtsuhren oder Luger-Pistolen durchsucht hatten.

Einige Kilometer weiter, im Erbstädter Wald, machen die Soldaten der deutschen Kolonne nach einem weiteren Feuergefecht erneut Gefangene. Sie stießen im Wald auf ein Feldlazarett des 16$^{th}$ Field Hospital der 4. Panzerdivision. Biba hörte, wie der Funker durchgab: „20 Offiziere, rund 200 Männer und zwei Panzer erbeutet. Das Lazarett zieht nach Einverständnis von StaF Goebel mit 33 amerikanischen und 26 eigenen Verwundeten nach Engelthal, südlich Punkt 203, ab."

Kurz darauf setzte Artilleriedauerfeuer ein wie schwerer Regen. Die Ausfälle mehrten sich. Das Kämpfen ging weiter und zehrte an den Nerven der deutschen Soldaten. Biba beobachtete, das anfängliche Euphorie und Zuversicht immer mehr einem Gesichtsausdruck von Resignation, Erschöpfung, Apathie gewichen waren. Gesprochen wurde nur noch im Flüsterton. Angst vor Sturmführer Herrschmann, ihrem neuen Herrenmenschen über Leben und Tod? Angst vor dem Tod selbst, den die Lieblingsschriftsteller ihrer Ausbilder, mit denen Herrschmann dauernd um sich warf, als heroische Letzttat des Übermenschen gepriesen hatten? Oder wollten sie bloß heim zu Mama? Angst machte die Runde unter den Neuen. Angst allein war nicht gut fürs Überleben, sagte sich Biba. Man braucht zum Durchkommen auch etwas, an das man fest glaubte, auf das man hoffen konnte. Aber das hatten sie denen in den Offiziersschulen wohl ausgetrieben.

Kurz darauf attackierte eine Kampfgruppe der 71. US-Division die bespannte Artillerieeinheit der 4. SS-Batterie bei Glauberg mit schwerem Artilleriefeuer und rieb sie im Gefecht auf. 60 Mann und zwei Offiziere retteten sich in die Nacht und schlugen sich zum größten Teil zur motorisierten Kolonne durch, unter ihnen der Zug Herrschmann.

„Biba, ich gebe Ihnen ein Versprechen“, schnaufte Herrschmann nach dem Angriff. „Für Ihre Fahnenflucht in den Heuschober werden Sie degradiert und strafversetzt. Es gibt eine SS-Truppe, die solche wie Sie wieder auf Vordermann bringt und für den Überlebenskampf unseres Volkes ertüchtigt. Wenn Sie ein guter Deutscher sind, werden Sie überleben. Die Order ist per Funk durchgegeben, Sie kommen zur Brigade Dirlewanger.“

Das Wort eines SS-Offiziers.

## 23

Er rutschte. Rutschte und rutschte und fiel wieder. Wenn die Probleme ihn über den Rand gedrängt hatten. Seine Ängste. Oder wenn er sich seinem ärgsten Feind stellen musste – sich selbst. Oft war es in letzter Zeit seine ausweglose, endlose Einsamkeit gewesen. Einsamkeit war flüssig. Man konnte, wenn man angestrengt strampelte, darin überleben. Aber manchmal gerann flüssige Einsamkeit zu zäher Hoffnungslosigkeit. Das Fallen dauerte, und er spürte, wenn er wieder in sein Loch fiel. Es bereitete keine üblen Gefühle, eher eine Art bittersüßer Melancholie. Auch der Aufprall am Boden tat nicht weh. Aber der Aufstieg. Das Ringen und Kämpfen, wieder nach oben zu kommen. Der kräftezehrende Weg zurück, nein, nicht zurück, aber wieder hoch. Durch ein Meer aus Zweifeln. An Abhängen aus Sinnlosigkeiten entlang, über scharfkantige Riffe aus Enttäuschungen. Es tat weh, wenn er nicht aufpasste und sich die Haut aufriss. Wieder aufriss. Hier unten hatte er nichts zum Reinigen oder Verbinden der Wunden. Es gab niemanden, der Wein und Öl in seine Wunden gegossen hätte. Das wäre auch nutzlos gewesen, die Kanten rissen die Seele auf. Hier unten war es stockdunkel, voller Bedrohlichkeit. Der Druck der Angst war ungeheuer groß. Und hier gab es entgegen den Berichten der Forscher und Wissenschaftler nichts, gar nichts! *Die dunkle Nacht der Seele.* Nicht einmal Gott kam bis hier herunter, wenn er abrutschte und fiel. Er würde strampeln und sich mühsam wieder hochkämpfen. Es zumindest versuchen.

Der Weg des Samurai liegt im Tod.

## 24

### Moskau, 10. Juni 2010

Nachdem meine schöne Designerbrille kaputt war, ich starke Schmerzen hatte von meiner nächtlichen Begegnung und der Frust kam, hatte ich Viktor kontaktiert. Er hatte mich herbringen lassen, jetzt saßen wir in einer heruntergekommenen Wohnung irgendwo in Moskau. Ich vermutete, man nannte so etwas ein „sicheres Haus“. Falls es so etwas in diesem Land gab. Vor dem Fernseher lümmelte sich ein Faktotum, dessen Herkunft und Alter undefinierbar waren. Er war mein Chauffeur gewesen, der Stumme. Aber er sah irgendwie nach weiteren Fähigkeiten aus, die man in diesem – welchem auch immer – Geschäft brauchte. Im Fernsehen sah man vorwärtsstürmende Soldaten und Mannschaftspanzerwagen. Georgien? Kirgisien? Tschetschenien? Egal, solange die Armee im Süden siegreich war.

Die Wohnung, oder was davon übrig war, beschränkte sich auf einen alten, schartigen Tisch, vier Stühle, ein Sofa, so ausgeleiert, als könne man darin versinken und käme ohne Hilfe nie wieder heraus. In der Ecke ein Kühlschrank, der ächzte und rumpelte. Warum er an war, wusste wohl nur sein früherer Benutzer. Aber vielleicht hatte der ihn einfach vergessen. Von der Decke baumelte eine nackte Glühbirne. Bad und Toilette traute ich schwere dunkle Ringe jahrelanger Benutzung bei gleichzeitiger Vernachlässigung der Pflege zu. Konzentration auf das Unvermeidbare – russisches Zen-Interieur. Ein verschlossener Nebenraum. Mit einem Monitor und weiteren Mitarbeitern? Auswertern? Vollgestopft mit Elektronik? Mit dem Konsummüll der Vorbesitzer? Liebesnest für extravagante Mitarbeiter von Sicherheitsorganen? Oder eine Kaschemme, die zur Not als Zelle für unwichtige deutsche Journalisten dienen konnte, die Informationen über ihren Großvater suchten und dabei hiesigen Neonazis in die Finger kamen? Und im Kontrast zu all dieser

Unsicherheit und Heruntergekommenheit ein Vertrauen erweckendes Zwinkern von Viktor, der vielleicht doch Viktor war.

„Die russischen Neonazis, mit denen Sie inzwischen Bekanntschaft gemacht haben, haben Sie in ihrem Radar."

„*Auf* ihrem Radar", sagte ich sanft, um es vorsichtig angehen zu lassen.

„Bei unserem ersten Treffen waren Sie voller Zweifel. Wer ich bin. Für wen ich arbeite. Woher ich so viel über Sie weiß. Da kam ich zu Ihnen, um Ihnen meine Hilfe anzubieten. Jetzt kommen Sie zu mir." Viktor sprach jetzt Russisch, vielleicht, um seinem Standpunkt mehr Charme zu verleihen.

Ich nickte.

„Angst ist eine bessere Entscheidungshilfe als Zweifel, nicht war?" Wieder ein Zwinkern.

„Wer sind diese Neonazis, von denen Sie sprechen, und was wollen die von mir?"

„Es sind Herren von der RNE."

„*Russkaja Nazionalnaja Edinstwo*."

„Genau. Russische Nationale Einheit. Ich sehe, Sie haben ein paar Hausaufgaben gemacht", sagte Viktor.

„Ich habe gegoogelt, aber nicht viel über sie herausgefunden."

„Ein sehr erlesener Herrenclub. Meistens religiös motivierte Leute. Und sehr verschwiegen." Viktor wiegte schwer mit dem Kopf.

„Dürfen wir ein paar Herren vom FSB hinzufügen? Sozusagen als Kontaktleute oder Aufpasser oder auch manchmal Auftraggeber?"

„Wie kommen Sie darauf?", fragte mein Gegenüber. Wieder dieses Zwinker-Blinker-Stahlblitzblick-Umschalten mit einem Kopfrucken in meine Richtung. Der Mann hatte mehrere Schichten.

„Zum einen hat der FSB durch seinen Vorgänger KGB eine lange Tradition im Infiltrieren von Gruppierungen, egal, wo sie politisch oder gesellschaftlich stehen. Zum anderen haben sich beide immer wieder solcher Gruppierungen bedient. Im Moment scheinen tschetschenische Gruppierungen beim FSB gerne gesehen, um … um gewisse diskrete Dienste zu leisten, von deren politischen Auswirkungen FSB, Politik und die Regierung profitieren können."

„Das sind Lügen!", brüllte Viktor.

„Ich glaube diesen Lügen", sagte ich ruhig.

„Wie soll ich einem gutgläubigen Narren wie Ihnen helfen, wenn Sie so einem Scheiß vertrauen? Sie glauben tatsächlich, der russische staatliche Geheimdienst bedient sich der tschetschenischen Schwarzen Witwen, die sich in der Metro in die Luft sprengen, um politisch Stimmung zu machen?" Immer noch verdammt laut.

„Ja."

„Das sind Verschwörungstheorien, gemacht von versponnenen Oppositionellen, reichen Russen im Ausland, verträumten Journalisten in luftdichten Büros. Wie Sie, alle fern der Realität. Sie haben keine Ahnung von diesem Verein. Putin war im KGB und später Direktor des FSB."

„Eben."

„Sind Sie hier, um mir Ihre westlichen Journalistenidiotien zu erzählen? Schließlich wollen Sie etwas von mir."

Viktor suchte einen Ausstieg aus dem Thema. Ich nicht.

„Als die beiden Frauen sich an den Stationen *Park Kultury* und *Lubjanka* in die Luft gesprengt haben und dabei 39 unschuldige Russen starben, gab es kurz davor mehrere Demonstrationen, ursprünglich mal wegen steigender Spritpreise und den Folgen der Wirtschaftskrise für die Bürger, aber auch einige Köpfe wurden gefordert. Die größte davon war in Kaliningrad mit über 10.000 Teilnehmern. Und die haben nicht nur über gestiegene Spritpreise gemeckert, sondern auch über den Staat und seine Führung. Wär mir als starke Demokratie irgendwie unangenehm. Und was macht die Regierung? Hat nach den

Attentaten neue Gesetze erlassen, die euren Resteverein von Demokratie weiter beschränken. Wäre ich Taktiker, würde ich sagen, das war der exakt richtige Moment, um etwas kreative Spannung zu erzeugen und dann eine Lösung zu präsentieren."

Viktor schaute gereizt. Kein Zwinkern mehr.

„Ich sagte, dass ich diese Version als realistische Option glaube. Vertrauen würde ich ihr nicht."

„Was ist da der Unterschied?", fragte Viktor.

„Glauben heißt, etwas für wahr nehmen, Vertrauen bedeutet, etwas Wahres ernst nehmen. Ich vertraue mir selbst."

Mein Zuhörer verdrehte die Augen und schnaubte verächtlich.

„Viktor, wenn Sie mich überwachen lassen, mir Ihre geheime Geheimnummer geben, mich quer durch Moskau in ein abgefucktes sicheres Haus bringen lassen, dann wollen *Sie* doch was von *mir*, oder täusche ich mich?"

„Ah!"

Sein Blick hellte sich wieder auf, als hätte er etwas vernommen, das sein Herz erfreute.

„Kommen wir zum Geschäft", sagte er und holte eine Flasche Wodka aus dem Kühlschrank, was dieser mit einem Rumpeln und Stöhnen quittierte. Von irgendwoher erschienen zwei saubere, geriffelte Kristallgläser. Mein Gastgeber schenkte ein. Russische Dosis, kein zurückhaltender Zen-Stil mehr!

„Trinkt er nicht?", fragte ich mit einem Nicken zum Fernseher. Vielleicht war das Faktotum ja schon vom Sofa verschluckt worden.

„Er fährt", sagte Viktor bestimmt, als ob das in diesem Land eine Letztwahrheit in Bezug auf Alkoholkonsum wäre. Ob der gute Mann Russisch konnte, blieb unentdeckt. Ob er überhaupt sprechen konnte, unklar.

„Ist er stumm?", fragte ich in Viktors Ohr.

„Diskret", lautete die kryptische Antwort.

Im Fernsehen flog gerade hinter dem beruhigenden Kommentar eines Korrespondenten ein Haus in die Luft.

„Sie brauchen meine Hilfe, wenn Sie Ihre Recherche und Ihr Leben weiterführen wollen. Und Sie haben etwas bei Ihren Nachforschungen gefunden, das mir hilft. Helfen wir uns gegenseitig. Das ist der Vertrag."

Viktor mit der Stimme eines geriebenen Händlers, der Salben und Wohlgerüche vertreibt.

„Und das, was ich gefunden habe, wollen auch die Herren, die mir gestern ihre körperliche Fürsorge haben angedeihen lassen?"

„Entweder das, oder sie wollen, dass Sie nicht noch mehr davon herausfinden."

„Sie wissen also auch nicht wirklich so genau Bescheid?"

„Mir geht es ein wenig wie Ihnen, verehrter Tom Edgarewitsch, ich suche eine Wahrheit und verfolge auch den Prozess des Suchens mit Aufmerksamkeit."

Der Weg als Ziel, Viktor Viktorewitsch als Anhänger fernöstlicher Philosophie.

„Was habe ich gefunden, und wie geht es weiter?"

Er hatte bereits einen Plan, war fertig vorbereitet.

„Wir verschwinden für ein paar Tage in ein anderes Land. Sie müssen weg von hier, es ist zu gefährlich für Sie. Da Sie heute nicht abgeflogen sind, werden die Sie wieder besuchen. Nase, Arme, Hände, Füße, Geschlechtsteil, Leben – das ist die Reihenfolge des Schmerzes, der ihre Vorschläge an Sie begleiten wird. Und Sie müssen sich unbedingt erholen!"

Viktor als fürsorglicher Onkel Doktor.

„Ins Ausland? Jetzt?"

Ich protestierte, vor allem, weil das Ganze so plötzlich kam. Ich brauche einen Moment, mich an eine sich ändernde Situation zu gewöhnen. Zwanghaftigkeit, auch im abnehmenden Maße, kostete Zeit. „Und meine Vorlesung? Mein Examen? Ich kann doch nicht einfach meine Arbeit abbrechen und denen am Institut nichts sagen."

„Wir werden uns eine Begründung überlegen, und ich werde sie übermitteln, so dass niemand sauer ist oder Sie Schaden erleiden. Die Klausur könnten Sie dem Institut doch mailen, und die Studenten schreiben sie unter Aufsicht. Das haben Sie schon mal gemacht."

Das hörte sich vernünftig an. Aber woher wusste Viktor das alles?

„Und wo sollen wir hin?"

„Dahin, wo Sie die Sprache sprechen und nicht so auffallen werden."

„Frankreich? England?"

„Ich dachte an ein abgelegenes Land, wo wir noch ein kleines, diskretes Büro voller elektronischer Hilfsmittel haben, so dass ich meine Recherchen und einen Gefechtsplan machen kann. Und wo Sie sich sicher erholen können", meinte Viktor.

„Oberbayern?"

„Ich dachte an Nicaragua."

Viktor strahlte, und ich versuchte, mir seine Bärenfigur mit Yukos-Oil-Cap im Hawaiihemdchen vorzustellen.

# 25

Sie waren gute Freunde, Mich und Tina. Er kannte beide aus der Schule. Mit Mich war er in einer Klasse. Sie hatten sich spät angefreundet. Mich hatte Tina auf einer Abiabschlussfeier kennengelernt. Er hatte vorgeschlagen, zu dieser Feier zu fahren. Beide hatten sich ineinander verliebt, geheiratet und Kinder bekommen. Er war fast jedes Wochenende bei ihnen gewesen. Es waren wundervolle Zeiten, selbst die Streitereien, die sie hatten. Er hatte Partner, endlich ein Gegenüber, es war fast wie eine Ehe. Zu nah, zu eng irgendwann. Aber er wollte nichts ändern und schon gar nicht mehr Spielraum zulassen. Als depressiv strukturierter Mensch waren ihm Freundschaften alles, er war ein Beziehungsjunkie. Dafür hätte er alles getan, sogar die Freundschaft riskiert. Auch wenn er erst spät merkte, dass das falsch war. Er hatte Fehler gemacht, einige Fehler. Der schlimmste war wohl, dass er geklammert, eine Art Abhängigkeitsverhältnis zu ihnen hergestellt hatte. Top Niveau, dennoch: es war ein Ungleichgewicht. Mit viel gutem Willen, dennoch: zum Sterben verurteilt. Aber vielleicht gibt es in Wirklichkeit für solche Dinge gar keinen Grund. Sicher keinen logischen! Sie hatten ihn fallen gelassen, in einem Anfall von Midlife-Crisis weggesprengt. Er hatte sie verloren, und weder immer wieder aufschäumende Wut noch Trauer noch Bußübungen konnten sie zurückbringen. *You lost a good man.*

Ihm als Unverheiratetem kam es wie eine sinnlose Scheidung vor.

# Zweiter Teil

*Der Weg des Samurai liegt im Tod. Meditiere täglich über den unvermeidbaren Tod. Jeden Tag meditiere neu darüber, von Pfeilen und Schwertern zerrissen zu werden, vom Wogen der Wellen davongetragen, mitten in ein großes Feuer geworfen, vom Blitz erschlagen, vom Erdbeben zu Tode geschüttelt zu werden. Von hohen Klippen zu stürzen, durch Krankheit zu sterben oder Seppuku zu begehen. Und jeden Tag fasse man ganz bestimmt seinen Tod ins Auge.*

Tsunetomo Miyamoto: Hagakure
*Japan, Anfang 18. Jh.*

## 26

### Managua, Nicaragua, 12. Juni 2010

Der Masterplan sah vor, dass ich zusammen mit Leon – so hieß das Faktotum – aber getrennt von Viktor fliegen sollte. Er wollte einen Flug vor uns buchen und uns dann in Managua am *Aeropuerto A. C. Sandino* abholen. So weit der Plan. Ich mochte Fliegen nicht, erst recht nicht, wenn es lange dauerte. Flugangst. Besser gesagt: Absturzangst! Leon war während des Fluges mehr oder weniger irgendwo hinter mir. Ich konnte ihn nicht recht entdecken, suchte ihn aber auch nicht mit den Augen, um mich nicht auffällig zu verhalten. Nur einmal ging er an mir vorbei in die Toilettenkabine.

Viktor hatte etwas von „Ratten" gebrummt, womit er wohl Verfolger meinte. Er machte einen professionellen, entschiedenen Arbeitseindruck. Als Person hatte er mehrere Schichten. Ich fühlte einerseits eine starke Aggressivität von ihm ausgehen. Er hatte etwas Zupackendes, in der Tat. Er konnte lange Phasen stumm dasitzen, fast bewegungslos. Viktor, das Chamäleon, das auf Beute wartet. Dann wieder war er offen, leutselig, sein Lachen steckte an. Er schien ein aufmerksamer Gesprächspartner, das Reden fiel ihm leicht. Er war kommunikativ, auch seine Körpersprache unterstrich und versteckte nicht. Ich traute ihm wenigstens noch eine weitere fließende Fremdsprache zu, am ehesten Englisch. Er konnte ein warmer und sympathischer Kollege sein, dann plötzlich brüllte er los. Seine raschen Sprünge zwischen unterschiedlichen Charakterausprägungen ließen mich vermuten, dass er die Stimmung je nach operativer Notwendigkeit auflegte. Aber die gesamte Mischung war verwirrend und verunsicherte mich manchmal. Es lief auf eine Doppelfrage hinaus: Konnte ich ihm trauen oder benutzte er mich rücksichtslos für seine Ziele?

Leon taute langsam auf. Mit großer Erleichterung nahm ich auf, dass er sprach und nicht stumm war. Aber er war wortkarg. Was ich bewunderte, war seine Art, mit wenig Gepäck zu reisen,

Dinge einfach zu halten. Ich hatte das Gefühl, er ging in seinem Job auf und war allzeit bereit: aufzubrechen, Pläne zu ändern, Dinge hinzunehmen, zuzuschlagen.

Ich war das letzte Mal 1992 in Nicaragua gewesen, also vor 18 Jahren. Seither hatte ich keinen Kontakt mehr dorthin gehabt. Ich hatte zwar meinen Nica-Eltern José David und Coco oft geschrieben. Erst Briefe, nach einem Jahr Postkarten, dann gar nicht mehr – es kamen keine Antworten, es war eine Einbahnstraße. Ob sie sauer auf mich waren? Warum? Oder hatten sie bei ihrem Überlebenskampf einfach keine Zeit und Lust auf einen netten, bürgerlichen Briefwechsel? Ich bedauerte es, nichts mehr von den Leuten zu hören, bei denen ich monatelang gewohnt hatte, mit denen ich gehofft, geflucht, gearbeitet, gefühlt, gelebt hatte.

Die Hitze an der Bordtür der Passagiermaschine war wie der Übergang von einem flüchtigen in ein festes, zähes Medium. Der Atem ging schwerer. All die Gerüche und Geräusche. Ich war 18 Jahre zurück und kam aus einer klapprigen *Iljuschin*-Maschine der Aeroflot auf das Rollfeld des Sandino-Flughafens. Damals, als José David und Marta, genannt *la gatita*, mich abholten. Damals, als ich nach einem Studium der Internationalen Politik mit dem Schwerpunkt Mittelamerika und einer Abschlussarbeit über „Die sandinistische Revolution von 1979" die Realität erleben und fühlen wollte. Damals, als ich meine Arbeit hier antrat. In das Kloster Dritte Welt eintrat und als Habit einen grauen, abgeschabten Arbeitsoverall nahm. Einer Revolution eines armen, kleinen, aber stolzen Volkes, das seinen Diktator mitsamt Herrscherclique besiegt und verjagt hatte, dienen wollte. Einer linken Revolution, die dieses kleine Land wieder dem Volk zurückerobert und dem Göttlichen zurückgegeben hatte, als „im Jahre 2 Rohr der *Quetzalcaotl*, die Maschine des mexikanischen Präsidenten, wieder auf dem Flughafen Sandino landete", wie es Ernesto Cardenal in einem seiner Gedichte beschrieben hatte. Und später hatten die Sandinisten alles verraten. Doppelt und dreifach. *Ora et labora* bis zum Ausverkauf der Armen.

Das Gepäck landete in den Tiefen eines olivfarbenen Niwa, Viktor am Steuer. 49ers-Cap, weiße *camiseta*, helle Leinenhose. Rot im Gesicht und strahlend wie Che nach dem Einmarsch in Havanna. Wir rumpelten los, zuerst Richtung City, dann vorbei am *Mercado mayor* über die *Pista José Angel Benavides* und die *Solidaridad* zur Straße nach Masaya.

„Sie waren in Nicaragua an der Westküste, kennen Managua, Granada, Diriamba, einen Teil der Pazifikküste. Gewohnt haben Sie in Granada bei Olga Quirroz, in Diriá bei José David Tapia Delgado und seiner Frau Coco."

Eine 1 für Viktors Hausaufgaben!

„Damit es nicht zu eng wird, haben Sie in Granada eine kleine Wohnung, direkt neben unserer."

*Sie* – also ich!

„Sie werden keine alten Bekannten oder Freundinnen suchen, aufsuchen oder sonst wie kontaktieren, das ist im Moment zu heiß. Von einer neuen *amorcita* nehmen Sie und Ihr schmiegsamer Freund bitte ebenfalls Abstand! Ich kann die Situation, in der wir sind, noch nicht klar überblicken."

*Wir!*

„Wir werden hier zusammenarbeiten, Sie haben aber auch freie Zeit zur Verfügung. Sie sollen sich erholen. Wie geht es Ihrem Bauch und Rücken?"

„Hinten auf dem Rücken ein dunkles Nazi-Tattoo als Souvenir, der Bauch tut noch weh beim Trainieren. Was mir mehr Sorgen macht, ist, dass ich immer noch nicht weiß, was wir hier machen. Genauer gesagt: was *ich* hier soll."

„Sich ausruhen, gesund werden, ein paar Leuten ein paar Fragen beantworten."

„Welchen Leuten? Was heißt: ein paar Fragen? Welche?" Ich schaute Viktor fest an.

„Heute nicht! Heute gehen wir erst einmal zu Chico's Bar und essen Garnelen", wich er aus. Als wir in Granada über die *Carretera de Masaya* ankamen, bogen wir später in die *Aveni-*

*da German Pomares* ein. Die Straße war nach *el Danto*, einem Helden und *comandante* der sandinistischen Revolution benannt, der kurz vor der Einnahme Segovias im Norden beim Angriff gefallen war. Über die *Calle Atravesada* kamen wir in das *barrio El Chiquito*. Dort lagen die sicheren Häuser. Als ich über Viktors Beschaffung der Unterkünfte sinnierte, kam mir meine Mietwohnung zu Hause in den Sinn. Langsam wurde mein Geld knapp, ich brauchte dringend Einkünfte. Sonst saß ich auf der Straße. Dabei musste ich an ein Lied des Meisters John Lee Hooker denken. Dort beschreibt er, wie er sich an der Inhaberin vorbei in seine Wohnung schleichen muss. *Da House Rent Boogie*.

„Chico's Bar – fish and chips." Keine kleinen Kneipen mehr unter Palmendach oder mit einer Wetterhaube aus Bananenblättern wie früher. Ein gemauertes Flachdachhaus mit Veranda, rustikal eingerichtet, neoliberaler Standard. Sessel aus Bastgeflecht, Holztische, eine kleine nicaraguanische Fahne auf jedem Tisch.

„Ist fürs Bestellen", erläuterte unser russischer Gastgeber. „Wenn man etwas möchte, zieht man einfach die Stoffflagge hoch und Hilfe naht."

„Für Leute wie mich unter Belagerung: Wenn ich die Flagge falsch rum aufhänge, kommt dann die Kavallerie?", fragte ich. Der Witz drang nicht durch. Auf der Veranda bezahlte jemand und ging. Ich bemerkte huschende Schatten vor der Veranda, konnte aber niemanden erkennen.

„Ich denke, Garnelen, Backbananen und chilenischer Weißwein sind für alle in Ordnung?" Viktor schaut fragend in die Runde. Leon nickte.

„Wenn es hier *tamales* gibt, möchte ich gerne die anstelle der Bananen", sage ich. *Tamales* waren damals meine Leibspeise gewesen bei Coco und José David. Wenn man gelernt hatte, durch vorsichtiges Essen in einer Masse aus Kochbananen, Kartoffeln, Schweinefleisch und Yucca die scharfen, kleinen Piri-Piri zu vermeiden, die einem nachts ein Loch in den Bauch brennen konnten. Auf der Straße sah ich, wie zwei Kinder versuchten, das übrig gebliebene Essen vom Tisch der Veranda zu klauben. Sie sahen zerlumpt aus. Die huschenden Schatten wurden von einem Wachmann wieder in ihr Slum-*barrio* getrieben.

Dann die erste Überraschung des Abends: Viktor bestellte in astreinem Spanisch für uns drei. Spanisch statt Englisch, mit leichtem russischem Stakkato unterlegt, was bei den Rs und Cs besonders deutlich wurde. Also ist dies heute Abend auch Verkehrssprache.

„Ihr Spanisch ist *superbo.*" Ich nicke anerkennend.

„Ihres muss auch ganz gut sein, wenn Sie hier in drei sozialen Bauprojekten gearbeitet haben."

„Deutlich besser als mein Russisch. Also, wir haben uns noch nicht so recht bekannt gemacht. Ich bin Tom Edgarewitsch, auf Spanisch Tomás Biba."

Ich versuchte, das Eis zu brechen. Leon prostete mir stumm, aber freundlich zu, sein Partner lächelte versonnen. Der Plan des Herrn Kommunikationsberaters stockte bereits im Ansatz.

„O.K., russische Sicherheitsleute reden nicht beim Essen." Mein zweiter Anlauf.

„Haben Sie bemerkt, wer außer uns noch hier ist?" Viktors Themensprünge, zur Ablenkung?

Ich schaute mich um. Außer uns drei sah ich einen Jungen hinter der Bar, der Drinks machte, einen fetten, mondgesichtigen Herrn, wohl Chico, der Wirt, und eine junge Bedienung, unscheinbares Aussehen. An einem Tisch in der Ecke saß ein jüngerer Mann, weiß, rotes Gesicht, blonde Haare. Cargohose, gestreiftes Hemd, Baseballcap, Nickelbrille, Jesuslatschen. Vertieft in eine Schale mit *gallo pinto.* Er aß mit der konzentrierten Hingabe eines Zenmönches. Ich schätzte ihn als US-amerikanischen Studenten, Missionar oder Helfer ein. Nebenan ein älteres Paar, dem Aussehen und der Aussprache nach wohl aus Spanien. Vorhin war noch eine junge weiße Frau hier gewesen, die aber spurlos verschwunden war. Am Tisch hinter mir diskutierten lautstark drei Männer in nicaraguanischem Spanisch. Da es unhöflich gewesen wäre, mich umzudrehen und sie anzustarren oder zu fragen, ob sie zu den guten Jungs gehörten, die uns die Ratten vom Hals hielten, verrenkte ich mich, bekam aber nur einen spindeldürren schwarzen Schnauzbart mit militärischem Bürstenhaarschnitt ins Gesichtsfeld. Er sagte nichts, nickte aber immer wieder zu seinen Gesprächspartnern, die lautstark auf ihn einschrien. Was die *señores* wohl besprachen? Die volksnahen Errungenschaften der neuen Regierung unter dem Präsidenten, ehemaligen meistgesuchten Guerrillero-*comandante* der FSLN, späteren Mitglied der Regierungsjunta und ersten frei gewählten Regierungschef Daniel Ortega Saavedra? Wie sie einen kleinen deutschen *periodista* professionell zusammenschlagen konnten, ohne sichtbare Spuren zu hinterlassen? Wie sie einem desillusionierten westlichen ehemaligen Mitarbeiter der *revolución popular* wieder zu innerer Überzeugung und Festigkeit verhelfen würden?

„Sie hatten zwei Beobachter im Schlepptau, davon ist einer jetzt hier."

„Werde ich von den Nicaraguanern auch beobachtet?", fragte ich.

„Nicht Sie. Die haben sichergestellt, dass uns keine Ratten folgen. Seit Sie am Flughafen aus der Maschine gestiegen sind."

„Und, bin ich im Zustand der Reinheit?"

„Wie es scheint, ja."

„Die folgen uns doch nicht um den halben Erdball?", fragte ich, wobei ich unsicher wurde, was Viktor auch bemerkte.

„Keine Angst, Sie sind sicher."

„Na dann: Prost", sagte ich.

„Noch nicht!"

„Was noch?

„Viktor Davidowitsch. Sehr angenehm" – die zweite Überraschung an diesem Abend.

Den Vogel schoss allerdings Leon Petrowitsch nach der Vorstellungsrunde ab, als er bei erhobenen Gläsern auf Russisch *„na bruderschaft!“* brüllte. Und uns dabei ein goldbezahntes Jahrhundertlächeln schenkte.

Vertraulich! Verschlusssache!

***Personal File***
***Schtyrkin, Leon (Leonid) Petrowitsch***
***Aktenzeichen SLP-009032-it 2001-01-01***

**Personaldaten**

| | |
|---|---|
| Geboren: | (gesperrt) 1973 in Istra, Moskauer Gebiet, Union der Sozialistischen Sowjetrepubliken |
| Adresse: | (gesperrt), Russische Föderation |
| Eltern: | Lidia Sergejewna Pribluda, Arbeiterin im Staatlichen Kombinat ISSPUT<br>Pjotr Fjodorowitsch Schtyrkin (Adoptivvater), Hausmeister im Staatlichen Kombinat ISSPUT, beide verstorben.<br>Vater unbekannt, Herkunft aus jüdischer Glaubensgemeinschaft. |
| Staatsbürgerschaft: | Russisch |
| Religion: | Keine |

**Ausbildung und Beruf**

| | |
|---|---|
| Bis 30.7.1989 | Mittelschule in Istra (unregelmäßig) |
| 1.9.1989 -31.1.1991 | Als Freiwilliger zur Armee, 3. Fallschirmbrigade; Ausbildung zum Einzelkämpfer. Abkommandiert zu den Spetsnaz, Ausbildung in elektronischer Nachrichtenbeschaffung und -auswertung. |
| 1993-1997 | Geheime Militäreinsätze in Berg-Karabach und Kirgisien (vermutet) |
| 1994-1999 | Mitarbeit im Militärgeheimdienst GRU (sehr unsicher/Akten unter Verschluss). Letzter Rang: Starsche Sershant (Hauptfeldwebel) |
| 1.10.1999 -2001 | Mitarbeiter eines Sicherheitsdienstes, Bereich elektronische Sicherheit |

**Sicherheitsdienstliche Erkenntnisse**

Keine/unbekannt. Benutzt mehrere Pässe und Identitäten.

**Aktueller Status**

Seit 1.1.2001 Mitarbeiter eines privaten Sicherheitsdienstes, Funktion: Security, Beschaffung, elektronische Überwachung und Auswertung.

## 28

### Wirtheim, 3. April 1945

Wächtersbach mussten sie umgehen, über die große Straße sollten sie nachts hinüberschlüpfen, überlegte er. Sie waren vorsichtig durch den Büdinger Wald Richtung Süden marschiert. Thorsten, Dima und Svoboda hielten sich hinter ihm, sie vertrauten ihm, er war der ortskundige Führer. Im Wald würden sie kaum auf Amis stoßen. Wegen der Bauern mussten sie vorsichtig sein. Wenn sie auf versprengte Kameraden träfen, würde er denen etwas von „Absetzen nach dem Gefecht“ erzählen. In Assenheim hatten sie per Funk Befehl erhalten, Richtung Gelnhausen zu marschieren, um dort die Wetterau-Main-Tauber-Stellung zu besetzen, eine Befestigungslinie mit Bunkern und Gefechtsständen, die 1934 von Reichelsheim über Büdingen, Gelnhausen, Aschaffenburg nach Miltenberg gebaut worden war. Am letzten Tag auf der Flucht im wandernden Kessel hatte das OKW befohlen, die 6. SS-Gebirgsdivision solle sich nach Thüringen absetzen. In Meiningen sollte ein neuer „Abwehrwall“ gebildet werden. Womit? Ausgemergelten Männern, seit Monaten im Abwehrkampf? Dutzenden von Kindern ohne militärische Erfahrung, ohne Kampfwert, voller Illusionen über „Wunderwaffen“, „Endsieg“, des Führers Wahnphantasien? Die Kampfgruppe Brenner hatte seit gestern aufgehört zu existieren, sie war in ihrem letzten Gefecht aufgerieben worden. Er wusste nicht, ob sie die einzigen ruhmreichen Soldaten der Division waren, die sich nach ihrer Niederlage aus dem Kessel davonschlichen. Egal, Hauptsache weg aus diesem blutigen Stumpfsinn, den er jetzt seit über vier Jahren mitmachte.

Biba wollte überleben. Zunächst musste er nach Altenmittlau. Dann nachts nach Hause. Früher, vor dem Krieg, hatte er zusammen mit seinem Bruder Martin, dessen Frau Lisa, seiner Schwester Agatha und seiner verstorbenen Frau Ria in einem alten Fachwerkhaus an der Hauptstraße gewohnt. Dort hatte

Martin seine Bäckerei und seinen Ofen und backte Bauernbrot nach altem Rezept. Er hatte einen Plan, wie er diesen Wahnsinn überleben wollte. Aber er hatte jetzt Verantwortung für Dima. Thorsten würde irgendwie durchkommen. Svoboda musste für sich selbst sorgen. Um Dima aber würde er sich kümmern müssen. Sein Deutsch war schlecht. Sollten irgendwo noch Parteigänger der Nazis herumlaufen, würden sie ihn ausliefern und er würde als Bolschewistenschwein erschossen. Die Amis würden ihn erst mal in ein Gefangenenlager stecken. Danach? Keine Ahnung. Würde er nach Russland zurückgeschickt, würde ihn der erste Sowjetsoldat als „Kollaborateur mit den Nazibestien" und „Verräter Russlands" sofort erschießen. Viele Rotarmisten waren zu Beginn des Ostfeldzuges zu den Deutschen übergegangen, wurden verbunden, halfen, aßen, ruhten sich aus, verschwanden wieder oder blieben als „HiWis", als Hilfswillige, im rückwärtigen Kampfraum. Obwohl die meisten von ihnen nicht mehr kämpften, war ihr Risiko hoch. Wurde die Hauptkampflinie überrollt, waren auch sie als Überläufer dran. Als Biba bei Sewastopol gekämpft hatte, hatten sie dort nach einem Angriff in einem Fabrikschuppen eine Handvoll dieser „Verräter" entdeckt. Der Jüngste unter ihnen sah wie ein Kind aus, er mochte vielleicht 12 oder 13 Jahre alt sein. Sie hatten deutsche Uniformteile an, damit war die Sache für die Rotarmisten klar. Biba mochte den Krieg nicht, aber er war Katholik. Das bedeutete, dass es im Kampf mit Feinden ein paar Regeln gab: keine Zivilisten, Frauen, Kinder; kein Erschießen, wenn sich der Gegner ergab; keine Folterungen oder Schmähungen.

Er hörte ein Klicken hinter sich und sah Svoboda, der das Zeichen für Halt machte. Kurze Rast, Atem schöpfen, Nachdenken, die Gedanken wandern lassen.

Biba war wieder in Russland.

Im Verwundetenzug hatte er mit einem Soldaten der SS gesprochen, der ihm vom Partisanenkrieg in Weißrussland erzählte. Der hatte dieselben Schulterstücke wie er auch. Ein Beindurchschuss und Brandwunden an den Händen brachten ihn „heim ins Reich“. Zwischen seinen Wundfieberphantasien stieß er seine Erfolgsmeldungen hervor. Einige klangen so aufgeblasen leer wie die Kanonenstimmen aus dem Radio, die Biba hasste.

*Sturmbrigade Dirlewanger im Kampfeinsatz … Partisanenbekämpfung in Warschau. Generalgouvernement … die Flanke der Kampfgruppe RONA decken … Unternehmen erfolgreich … abgeschlossen. Banditennester ausgelöscht. Kaminsky, das Schwein! Schickt Russen … Russen gegen Polen … Machen alles um, die Schweine … tragen … tragen unsere Uniformen … Russkies … in … SS-Uniform. Wie … pervers …*

Dazwischen immer wieder Momente der Stille, des Dämmerns. Oder der Trauer? Der Unterscharführer sammelte seine Kräfte, wie es sein Zugführer wohl vor dem Angriff getan hatte.

*… hatten ein Haus angegriffen, von Banditen gehalten … beim Angriff fünf Mann und den Zugführer verloren … 49 Banditen eingekreist, die sich ergaben …*

Pause. Nur sein Keuchen. Ab und zu stieß er undefinierbare Laute aus. Wie bisweilen der Führer. Ob er auch seinen gesamten Zug verloren hatte? Oder einen Teil seines Verstandes. Erneutes Konzentrieren seiner Kräfte. Die Salven aus Wort- und Satzhülsen wurden schwächer.

*Rest geflohen, Zahl unbekannt … Frauen und Kinder zur Sonderbehandlung aussortiert …*

Ein Laut aus seinem Mund, wie eine Granate, die heranheult.

*Haben … haben …*

Er brauchte mehrere Anläufe.

*Haben die … die Kinder … erschossen. Einer wehrte sich. Stratmann … mit dem Bajo… nett. Hat den Balg … aufgeschlitzt … ausgeblutet … wie eine … abgestochene Sau … geschrien …*

Biba dachte zuerst, er habe nur Fieberphantasien.

*Die Weiber … alle blut…* Er röchelte. Oder musste er sich übergeben? *…jung … Sonderbehandlung! Haben …*

Wieder eine Granate, die aus seinem Mund oder seiner jüngsten Vergangenheit heranheulte.

*Haben … sie genommen … gefickt … lauter Banditenweiber … Befehl … von Dirlewanger … Bolschewisten und Banditen … vorher kein Kamerad und nachher nicht …*

Seine Attacke erstarb. Schnaufendes, pfeifendes Warten. Er hatte keine Kräfte mehr zum Sammeln, seine Mannen hatten ihn verlassen. Er griff alleine an. Seine letzte, verzweifelte Attacke.

*Wir … wir …* Nachladen. *Wir haben sie erschossen … verbrannt … erschlagen … Die Frau … die Frau …*

„Welche Frau?", hatte Biba gefragt.

*Die … Partisanenfrau …*

Keine Banditin mehr, eine Frau!

*Ich … habe …*

„… sie umgebracht." Biba kürzte die Qual ab und vollendete den Satz.

Ein neues Aufstöhnen, ein letztes Mal. Danach war Feuerpause. Für den Rest der Nacht gab der Verwundete nur ab und zu ein Wimmern von sich. Es klang, als ob er mehr Schmerz für die Unbekannte empfand als für seinen Rest von Leben. Ob er die Frau vergewaltigt und umgebracht hatte? Oder versucht hatte, sie vor der Erschießung zu bewahren? Oder beides? Der Soldat im Zug kam Biba wie eines der vielen Fahrzeugwracks vor, an denen er 1941 auf der Rollbahn nach Kiew stumpfsinnig vorbeigefahren war. Blick nach unten, Ohren und Nase zu. Damit er die verrenkten, verkohlten, zerfetzten Menschenteile nicht mitbekam. Und die leeren Gerippe der Lkw, verbrannt, durch Explosionen verkrümmt und aufgerissen. Bei einem Fahrzeug, das umgekippt war, hatten der Motor und der Tank irgendwie den Granateinschlag überstanden. Die Vorderräder drehten noch, vollkommen sinnlos, im Leerlauf. Biba betrachtete den Unteroffizier und dachte: *Wie bei dem da. Genauso ein Wrack. Umgekippt, dreht leer.* Seine Erzählung war so abgerissen und verstümmelt wie die Funksprüche aus Berlin. Den Rest musste man sich denken. Den Rest konnte er sich inzwischen denken: Brigade Dirlewanger.

Er musste an das Lager denken, in dem er Wache geschoben hatte. Orb. Die Wegscheide. Ein Kriegsgefangenenlager voller Russen, die ebenfalls verreckt waren. An Krankheiten, Hunger, unmenschlichen Arbeitsbedingungen. Und an der willkürlichen „Sonderbehandlung" durch brave deutsche Soldaten. Wenn die Sowjetsoldaten ihr Land zurückerobert, die Leichenberge, die vertriebenen Zivilisten, die Ruinen und die Schutthaufen befreit hätten, hätten sie genug Wut, bis an den Atlantik durchzumarschieren, dachte er. Er war Zimmermann, zufällig Soldat. Wenn er als Katholik Regeln hatte, hatten die auch welche. Und sie würden sie in ihrem Hass und ihrer Kampfwut alle brechen. Biba wusste, was Ostfront bedeutete. Es war die Mischung aus Zerstörung, Mord, Ausrottung, Diebstahl und Versklavung im Namen eines Landes, aus dem er kam, im Namen einer Regierung, die er als Christ nicht hatte wählen können und auch nicht wollen. Das Ganze verpackt in einem Krieg und einer Ideologie, sich gegen einen Todfeind wehren zu müssen. Sie hatten doch selbst alle Regeln gebrochen. Die Eigenen hatten angefangen, er war Juli 1941 auf einem Lkw dabeigewesen, als sie von Polen aus in ein endloses Meer aus Wald, Steppe, Wasser und Staub einmarschierten. Deutschland im Osten verteidigen gegen den jüdischen Bolschewismus. Land befreien, um Siedlerstellen für deutsche Bauern zu schaffen. Er hatte in Russland nie deutsche Bauern gesehen. Nur Soldaten. Keinen einzigen Traktor, aber wie viele Panzer waren über die Brücken gerollt, die er als Pionier hatte bauen helfen. Er hatte einmal eine Stunde lang die Fahrzeuge gezählt, als eine Panzerdivision über eine kleine Pontonbrücke über einen Fluss gesetzt hatte, dessen Namen er vergessen hatte. Damals, als sie noch marschierten und siegten. Jetzt siegten sie nur noch im Volksempfänger. Klassische Musik mit Trommeln und Fanfaren und hysterisch schreienden

Stimmen verkündeten unaufhörlich die Siege bei Kämpfen, alle schon in Deutschland stattfindend. Es war wie ein Trommelfeuer aus Lautsprechern, zermürbend, zersetzend.

Er wusste nichts von den Einsatzgruppen, den Erschießungen, den Ausrottungsbefehlen, kannte die Namen Auschwitz oder Treblinka nicht. Außer, was ihm der Feldbulle erzählt hatte. Mit Fieberstolz in der Stimme. Alle erschossen. Alle! Auch die Kinder und die Frauen, die sie verächtlich „Russenweiber“, „Flintenweiber“ oder „Banditen“ nannten. Nein, es war Mord. Schlimmer als Vieh. Es gab Regeln, aber dieser Krieg hatte keine Regeln. Für Biba gab es im Moment nur eine: überleben! Nachdenken, Angst haben, schämen, bereuen – alles später.

Sie kamen an die große Straße zwischen Gelnhausen und Wächtersbach, etwa auf der Höhe von Wirtheim. Die Amis hatten hier, an der engsten Stelle des Kinzigtals, einen Bewachungstrupp zurückgelassen. Biba kannte den Ort, er hatte an dieser Stelle mit Soldaten gerechnet. Hier konnte man das ganze Tal mit ein paar Kanonen unter verheerendes Kreuzfeuer nehmen und sperren. Das sollte der Sicherungstrupp verhindern. Ein Sherman-Panzer, drei Halbkettenfahrzeuge und vier Jeeps. Zwei davon patrouillierten auf der Straße Richtung Kaltenborn und Richtung Haitz. Zwei GIs standen mit Browning MPis bewaffnet am Sherman in Deckung und rauchten. Aus einem der Halbkettenfahrzeuge stieg ebenfalls Rauch auf. Die waren alle in Deckung geblieben. Die Panzerkanone war auf Wächtersbach gerichtet. Die MGs auf den Fahrzeugen gingen Richtung beider Straßenseiten und zeigten in den Wald. Fertig zur Rundumverteidigung. Die rechneten hier noch mit Deutschen, sicher wegen des Gefechts gestern.

Ein Flugzeug explodierte plötzlich über ihnen, und als ihre Köpfe in die Höhe zuckten, donnerte eine Thunderbolt über sie hinweg. Es dämmerte, eine letzte Luftpatrouille. Der Vogel wackelte kurz mit den Flügeln, eine grüne Leuchtrakete ging vorne bei den Fahrzeugen am Posten hoch. Biba sah keine Raketen unter den Flügeln, also musste die Maschine weiter östlich irgendetwas beschossen haben. Die Reste der SS-Kampfgruppe? Vielleicht waren dort noch andere wandernde Kessel, die die Amis methodisch zerhackten. Die Deutschen würden im Leben nicht nach Berlin kommen, wahrscheinlich nicht mal bis Meiningen an den neuen „Verteidigungswall".

Dima lag ein paar Meter hinter ihnen mit einem Gewehr ohne Patronen im Anschlag. Das sollte den Feind nicht lange aufhalten. Die Amis schossen mit Kanonen auf alles, was sich bewegte und kein Englisch brüllen konnte. Thorsten stieß Biba an und nickte mit dem Kopf in Richtung Straße. Svoboda kam aus dem Straßengraben zurück, der hier ziemlich tief war. Hoffentlich war er nicht auf die Sohle gerutscht, in der sich Wasser sammelte. Sie konnten hier unmöglich Feuer machen, und eine nasse Uniform war über Nacht tödlich.

„Ein Panzer, drei Schützenpanzer mit Granatwerfern, vier Jeeps. Zwei davon mit schwerem MG Kaliber .30. Fünf GIs mit Browning MPis habe ich gesehen, also mindestens das dreifache mehr an Knallerbsenbüchsen, zusammen etwa 35 Mann." Svobodas Atem ging schwer. Seine Uniform war trocken.

„Hab's gesehen", flüsterte Biba.

„Dein Plan?"

„Hier warten, bis es dunkel ist, Rückzug in den Wald auf den Höhenzug, dann Richtung Westen. Sicherung nach hinten, alle paar hundert Meter Horchposten, dann weiter."

„Wie auf Patrouille in Baerenthal."

*Baerenthal*, dachte Biba. *Was für ein Gemetzel.* Dort sollte ein Trupp von zehn Mann in Richtung auf ein Dorf aufklären, aus dem sich der Gegner überstürzt zurückgezogen hatte. Man konnte ihre Flucht mit bloßem Auge beobachten. Es war ein Trick. Der Halbzug geriet in eine Sprengfalle von denen. Sie hatten auf Minen geachtet, aber nicht auf Stolperdrähte. Einer der Jungen, Neuen lief genau in den Draht hinein. An den Sprengladungen hatten die Amis jeweils noch Handgranaten befestigt, um Spreng- und Splitterwirkung zu kombinieren. Die drei SS-Frischlinge, die neben dem Unglücksvogel stehen blieben statt hinzufallen, waren zu dicht dran und starben durch Splitterwirkung ebenfalls. Dazu noch drei Verletzte. Sie verbanden die Verletzten und wollten sie mit zurückschleppen, da brachen die Amis blitzartig aus einem Bachbett hervor und griffen den Rest an, keiner überlebte, auch die Verwundeten wurden erschossen. Gefallen auf dem Feld der Ehre … Biba und Svoboda waren an dem Tag nicht mit der Patrouille unterwegs gewesen, aber die Geschichte sprach sich schnell herum und verschlechterte die Stimmung noch. Zum Glück wurde die Division kurz nach diesem Vorfall Richtung Hunsrück-Höhenstraße zurückbefohlen.

Ein letzter Blick rundum. In den Randbereichen im Wald waren sicherlich Vorposten. So hätte es Biba auch gemacht. Also würden sie warten, bis es Nacht war, sich dann wieder in den Wald zurückschleichen und die Enge weiträumig umgehen. Dann musste er bei Altenhaßlau Richtung Freigericht. Dort würde es an der Straßenkreuzung die nächsten Kontrollposten geben. Bis dahin waren der Wald und die Dunkelheit ihre einzigen Verbündeten.

# 29

## Granada, Nicaragua, 13. Juni 2010

*Señor* Schtyrkin war am Steuer, aufgeräumt und bester Laune. Er pfiff eine Melodie aus dem Autoradio. Ich hing trüben Ahnungen nach und fragte mich, welche Leute mir welche Fragen in Nicaragua stellen wollten, die sie mir in Moskau nicht stellen konnten. Viktor forderte eine Menge Vorvertrauen, fand ich.

Wir fuhren an der *Plaza Mayor* und der Kathedrale vorbei Richtung Managuasee. Die *Calzada* entlang und dann zur *Plaza España*, wo die Bootsanlegestellen waren. Dort wartete ein Boot auf uns. Inhaber und Steuermann war ein junger, sehniger *nica* namens Omar. Er mochte um die 22 sein. Langsam tuckerten wir in seinem Boot zu *Las Isletas*, einer kleinen Ansammlung von Inselchen. Es waren Gesteinsbrocken, die der nahe gelegene Vulkan *Mombacho* bei einem seiner Ausbrüche dorthingeschleudert und die die Natur inzwischen in Kleinodien an Flora und Fauna verwandelt hatte. Der Vulkanberg überragte mit seinen über 1400 Metern alle umliegenden Erhebungen bei Weitem. Und über seiner Spitze türmten sich Wolken wie Fragezeichen.

### Das Setting

Anscheinend waren wir die Ersten. Viktor hatte uns ein kleines Inselchen gekauft, ein Königreich mit ein paar Palmen, Kakteen, einer adretten Holzhütte in der Mitte mit festgestampftem Lehmfußboden. Ein paar Stühle aus Hartholz vervollständigten die Szenerie, wie geschaffen für eine Getränkereklame. Fehlten nur Marimbamusik und die anderen.

„Unsere Karibik *en miniature* für heute“, strahlte Viktor mit der ausladenden Geste des Besitzers, Gastgebers und örtlichen *cacique**. Auch Leon war dem Lächeln nach sehr angetan.

* in der Indianersprache Nahuatl: *Häuptling*

„Eine wirklich ausnehmend hübsche Verhörzelle", ergänzte ich. „Wer leistet uns Gesellschaft? Carlos Mejía Godoy mit seiner Gitarre? Oder Miss Nicaragua?"

„Lassen Sie sich überraschen!" Wieder sein berühmtes Zwinkern. „Vielleicht eine kleine Erfrischung für den Moment?" Viktor führte uns zu der Hütte, in der eine Kühlbox mit Getränken stand. Irgendein Vogel krächzte sein altes Lied. *CHE CHE CHE CHE CHE CHE CHE CHE CHE*. Ob Sandino wieder in den Bergen war?

Nach einer Weile war Bootstuckern zu hören. Verstärkung kam über den See. Kolumbus hatte sich aufgemacht und den Westen Indiens gefunden. Gil González Dávila steuerte die ungewisse Meerenge an. US-Marines war befohlen worden, eine Landezone einzurichten und zu sichern. Die Contra war im Anmarsch. Aus dem Boot stiegen: Voran der magere Bürstenschnitt aus der Bar von gestern Abend, danach der amerikanische Prediger aus den Hilfsprojekten. Bis auf den militärisch aussehenden Bürstenschnitt, der Mestize war, waren wir alle Weiße, sprich: Ausländer.

**Die Vorstellungsrunde**

Festlegen der heutigen Verkehrssprache, die Englisch sein sollte. Ich machte mir Sorgen um Leon, weil er schon kaum Russisch sprach. Kurzvorstellungen, freundliche Blicke, nickende Köpfe. Der Mestize, Ramon Alemán, stellte sich als Vertreter der örtlichen Sicherheitsbehörden vor, womit mir vermittelt werden sollte, dass ich weder spanische Eroberer noch Marines oder die Contra zu fürchten brauchte.

„Und Ramon ist Major der nicaraguanischen Spezialeinheiten. Natürlich im Ruhestand", zwinkerte unser Gastgeber freundlich in die Runde.

Der hagere Prediger war Dr. Robert Weimar, Deutscher. Was schon sein starker Akzent im Englischen verriet. Außer dem Deutschsein schien er keiner weiteren Betätigung nachzugehen, zumindest für den Moment. *Ich wette, ihr kennt euch alle schon von früheren Einsätzen dieser Art mit kleinen Journalisten, die in irgendeinem Dreck wühlen, der irgendwem nicht passt*, dachte ich. Ihre Blicke, der nüchterne Umgang, die routinierte und eingespielte Show.

Viktor ergriff wieder das Wort. „Ist es für alle Beteiligten O.K., dass wir uns beim Vornamen anreden?“ Ein Blick in die Runde, allgemeines Kopfnicken, selbst der von Leon wackelte emphatisch.

„Tom?“

„Ja, machen wir.“

„Ich denke, Sie mit Ihrer journalistischen Berufserfahrung können verstehen, dass bei diesem Treffen korrekte und ungeschminkte Aussagen erwünscht sind.“

„Ja, kann ich.“ *Bei einer mehrstündigen Hinrichtung gibt der Delinquent meist noch interessante Details seines Innenlebens preis.*

„Gut. Sehr gut. Dann darf ich Robert um die Einleitung bitten?“ Fragender Blick zu meinem Landsmann Weimar, hüsteln, Rücken durchdrücken, mich ins Visier nehmen. *Go!*

### Das Interview

**Dr. Weimar** (*in gedrechseltem Englisch*): Mr. Biba, dieses gastliche und schöne Land ist Ihnen nicht ganz unbekannt, Sie haben hier eine Zeit lang in sozialen Hilfsprojekten gearbeitet. Das ist zwar etwas her, aber widmen Sie Ihr Interesse noch diesem kleinen Fleckchen Erde? Lesen Sie ab und zu noch etwas darüber, was in Nicaragua passiert? Sind Sie politisch noch auf dem Laufenden, zumindest in groben Zügen?

**T. Biba**: Ja.

**Dr. Weimar**: Wollen Sie uns das ein wenig ausführen?

**T. Biba**: Ja.

**Dr. Weimar** (*ermunternd*): Dann nur zu, wir sind alle gespannt. (*Gefaltete Hände, zurücklehnen, lächeln*)

**T. Biba:** Nicaragua, zentralamerikanische Republik, rund 150.000 Quadratkilometer groß, rund 3 Millionen Einwohner. In etwa 93 % Katholiken, 6 % Protestanten, ein paar Juden. In präkolumbischer Zeit war der Westen von Chorotegas und Nicaraos, aus Mexiko stammend, besiedelt, der urwaldreiche Osten von Miskitos und Zumos, in etwa aus dem heutigen Brasilien. Im 16. Jahrhundert von den Spaniern entdeckt, unter Pedro Arias als erstem Diktator und oberstem Herrn ausgebeutet mithilfe der spanischen Oberschicht und der heiligen Mutter Kirche. 1821 unabhängig. Eine lange Zeit blutiger Bürgerkriege zwischen sogenannten Liberalen und sogenannten Konservativen, alle in den herrschenden Familien miteinander verbunden. Seit 1850 Pläne der USA, einen Kanal durch Nicaragua zu bauen, um eine Verbindung zwischen dem Atlantik und dem Pazifik zu schaffen. Von da ab bis etwa 1925 durchgehend Versuche, die Wirtschaft und die Staatsbank des Landes durch US-Banken kontrollieren zu lassen, Einmischungen in mehrere Wahlen. 1855 macht sich der US-Amerikaner William Walker zum ersten Präsidenten des Landes, zugleich die erste US-Invasion in Nicaragua. Bis 1935 folgen 48 weitere, gut gemeinte Invasionen durch die Marines. 1927 bis 1933 vertreibt der nicaraguanische Guerrillageneral César Augusto Sandino die Invasoren, die aber freundlicherweise zur Vertretung ihrer Interessen in Abwesenheit die *Guardia Nacional* unter dem Somoza-Clan aufbauen und ausrüsten. Diktatur der Somozas und extreme Ausbeutung des Landes, brutale Unterdrückung jeglicher Opposition, der beste Friedhof im *backyard*. 1963 Gründung der *Frente Sandinista de la Liberación Nacional*, kurz FSLN, Kampf gegen die Diktatur. 1979 vertreibt die FSLN den Diktator und hält die ersten freien Wahlen ab. Alphabetisierung der Landbevölkerung, Gesundheitskampagnen, Verstaatlichungen, sozialistisches Wirtschaftssystem, Wahlen. Erster frei gewählter Staatschef wird der Sandinist Daniel Ortega Saavedra. Beginn des Contra-Krieges ehemaliger Offiziere Somozas gegen die Sandinisten, verbunden mit steigender Inflation, hoher Arbeitslosigkeit, vielen Kriegstoten, wirtschaftlicher Stagnation durch US-Embargos. 1990 verliert die FSLN in

Wahlen gegen ein konservatives 14-Parteien-Bündnis unter Violeta Chamorro mit Unterstützung der USA. Die FSLN überschreibt sich noch schnell Staatseigentum - Häuser, Autos, Devisen, Ländereien, Firmen - und bereichert sich an der Volksarmut - die sogenannte *piñata**. Ausbruch der Demokratie unter Präsidentin Chamorro, harte, neoliberale Restrukturierungsmaßnahmen nach Auflagen des IWF, steigende Arbeitslosigkeit und erneute Verarmung, Ausbeutung und Korruption insbesondere unter Präsident Arnoldo Alemán. Seit 2006 regiert erneut Daniel Ortega nach Wahlversprechungen für die unteren Bevölkerungsschichten: soziale Wohnungsbauten für Arme, Erhöhung von Löhnen und Renten, soziale Hilfen wie das „Null-Hunger-Programm" für eine Million Schulkinder. Anlehnung an die Politik des venezolanischen Präsidenten Hugo Chavez. Derzeit geschätzte 80 % Arbeitslosigkeit, 40 % der Bevölkerung unterhalb der Armutsgrenze, höchste Pro-Kopf-Verschuldung der Welt, zweitärmstes Land Lateinamerikas. Das Land ist, kurz und unwissenschaftlich ausgedrückt, am Arsch. Habe ich meine Magisterprüfung bestanden?
(*Das Protokoll verzeichnet Heiterkeit, das Eis ist gebrochen. Nur Leon verzieht keine Miene.*)
**Dr. Weimar** (*ernst*): Mr. Biba, Sie haben hier in verschiedenen Projekten gearbeitet, Wasserleitungsbau, Schulbau, Erdbebenhilfe ...
**T. Biba** (*dazwischen*): Sie sind ebenfalls gut informiert ...
**Dr. Weimar:** ... haben Sie damals mit und für die Sandinisten gearbeitet?
**T. Biba:** Nein.
**Dr. Weimar** (*zweifelnd*): Aha.
**T. Biba:** Und ja.
**Viktor Davidowitsch** (*drängend*): Erklären Sie das!
**T. Biba:** Offiziell war ich ein sogenannter technischer Koordinator, der keiner politischen Richtung verpflichtet war. Für die Projekte, in denen ich arbeitete, bildeten sich jeweils in den betroffenen

* Anspielung auf ein lateinamerikanisches Kinderspiel, bei dem das Kind mit verbundenen Augen nach einer über ihm hängenden Pappfigur schlagen muss, die mit Bonbons, Schokolade, Keksen gefüllt ist. Bei einem Treffer regnet es Süßigkeiten.

*barrios* Komitees aus allen dort vorhandenen politischen Richtungen. In der Schule Santa Helena waren das, wie ich mich erinnere, Mitglieder der Liberalen Partei, Sandinisten und Christdemokraten. Tatsächlich habe ich mit den Sandinisten mehr als sympathisiert. Ja, ich habe für die Sandinisten gearbeitet. Habe das aber nie offiziell gesagt oder zum Gegenstand meiner Projektarbeiten gemacht.

**Dr. Weimar**: Sind Sie ein Linker?

T. Biba (*abrupt*): Und wer sind Sie?"

(*Murmeln am Tisch, Blicke gehen hin und her. Betretene Gesichter.*)

**Dr. Weimar** (zögernd): Ich arbeite für eine deutsche Bundesbehörde.

**T. Biba** (*ironisch*): Das Finanzamt Gelnhausen, Außenstelle Granada, Nicaragua? Oder das Bundesamt für Strahlenschutz?

(*Erneut schießen Blicke am Tisch hin und her. Viktor mustert eine Palme, die vor der Hütte steht, und nickt bedächtig.*)

**Dr. Weimar**: Ich arbeite für das Bundeskriminalamt, Abteilung Zentrale Dienste.

**T. Biba** (*mit hochgezogenen Augenbrauen*): Das Bundes... Erstaunlich! Ich dachte immer, nur der Bundesnachrichtendienst dürfe Auslandseinsätze durchführen - was eine gewisse ... Wichtigkeit des Auftrages andeuten würde.

**Dr. Weimar**: Deswegen bin *ich* hier. Der Auftrag wird von Berlin als gering wichtig eingestuft. Und deswegen haben Sie mich nie gesehen.

**T. Biba**: Und wo wir grade dabei sind - wer sind Sie wirklich und warum bin ich hier?

**Viktor Davidowitsch** (*mit langsamer Stimme, vermittelnd*): O.K., Sie haben ein Recht darauf zu erfahren, warum Sie, warum wir hier sind. Wenn es für Sie akzeptabel ist, möchte ich Ihnen hier heute nur eine kurze Zusammenfassung geben. Die Details werden Sie dann morgen erfahren. Bestimmt!

**T. Biba** (*zustimmend nickend, mit Zweifel in der Stimme*): Wieso kurz? Weil Sie glauben, dass ich die ganze Wahrheit nicht verkrafte? Um mich besser einzuwickeln für Ihre Zwecke? (*Wird lauter. Angst kommt hoch.*)

**Dr. Weimar:** Sie brauchen keine Bedenken zu haben, niemand benutzt Sie oder will Ihnen schaden. Wir wollen Ihre Arbeit in gewisser Weise sogar wohlwollend unterstützen und …

**T. Biba** (*brüllend, die Sonnenbrille verrutscht im Gesicht*): Bullshit, Sie wollen etwas von mir!

**Viktor Davidowitsch** (*seufzend, eindringlich*): Mr. Biba, ich erkläre Ihnen jetzt, wer wir hier sind. Aber Sie müssen mich bitte ausreden lassen und Ihre Emotionen einen Moment zügeln. Wäre das möglich?

(*T. Biba nickt.*)

**Viktor Davidowitsch** (*mit der Hand auf Ramon weisend*): Ramon hier ist wirklich derjenige, als der er sich vorgestellt hat. Er arbeitet im nicaraguanischen Innenministerium für die Sicherheit von .. wichtigen Staatsgästen. (*Kurze Pause zum Verdauen.*) Dr. Weimar … Robert … kommt aus Berlin und arbeitet in der Tat für das Bundeskriminalamt. Er ist deswegen hier, weil Sie während Ihrer Recherchen, ohne es zu wissen, auf etwas sehr Wichtiges gestoßen sind, das … nun ja … bundespolitische Angelegenheiten berührt. Ich heiße mit vollem Namen Viktor Davidowitsch Feingolt und arbeite in Russland für eine Ermittlungsgruppe, die sich mit faschistischen Verbrechen an Staatsbürgern jüdischen Glaubens beschäftigt. Und noch einmal: Sie sind bei Ihren Recherchen auf etwas gestoßen, das uns allen bei unserer Arbeit enorm hilft, aber für Sie und eine mögliche … Veröffentlichung Risiken birgt. Könnten Sie für heute mit diesem Informationsstand weiterarbeiten, bitte?

(*Leon gibt Signal für eine Pause – seine Zigarettenpause.*)

**Dr. Weimar:** Herr Biba, wir danken Ihnen für das Gespräch.

## 30

# REGIERUNG MÖCHTE RECHTSEXTREME PARTEIEN VERBIETEN

## DISKUSSIONEN ZUM VERBOT EXTREMISTISCHER PARTEIEN

**Berlin, 2. Juni 2010. Nach dem gestrigen ersten Treffen einer Expertenrunde im Bundesinnenministerium zum Thema „Verbot verfassungsfeindlicher Parteien" sprachen sich führende Experten für eine Neuvorlage eines entsprechenden Gesetzesentwurfes aus. Kernpunkte sind dabei eine effektivere Überwachung und Kontrolle, um gegen die Verfassung gerichteten Aktivitäten schneller begegnen und sie verhindern zu können. Mehrere Bundesminister begrüßten diesen Schritt. Mitglieder der Oppositionsparteien bemängelten, dass der Vorstoß verspätet erfolge und nicht mehr den aktuellen Erfordernissen Rechnung trage. Darüber hinaus forderten Vertreter mehrerer politischer Organisationen außer juristischen Schritten zusätzlich flankierende Maßnahmen wie Aufklärungsarbeit unter Jugendlichen, in Schulen sowie eine strengere Überwachung von Informanten des Verfassungsschutzes, sogenannten V-Leuten.**

„Wir dürfen nicht zulassen, dass extremistische Parteien unter dem Vorwand von Meinungsfreiheit, Versammlungsfreiheit oder der Freiheit zur Bildung politischer Organisationen unsere Demokratie von innen heraus zerstören", fasste Dr. Franz Waechter (SPD), Mitglied des Rechtsausschusses des deutschen Bundestages und Leiter der parteiübergreifenden Expertenrunde, die Stoßrichtung der Initiative zusammen. Sein Arbeitskollege Dr. Manfred Czaka, Rechtsexperte der CDU-Fraktion im Bundestag, strebt gar ein Verbot aller extremistischen Parteien inklusive der LINKEN an – ein hohes Wort und ein gewagter Wurf. Dem Gremium gehören gewählte Vertreter des Bundeskanzleramtes, des Innenministeriums, des Justizministeriums und des Bundesamtes für Verfassungsschutz an. Ergänzt wird ihre Arbeit durch fallweises Hinzuziehen externer Experten.

Bei ihrem ersten Arbeitstreffen gestern Nachmittag verständigte sich die Arbeitsgruppe darauf, nach der Sommerpause einen ersten Gesetzesentwurf vorzulegen. Aktuell überprüft man noch die Datenlage und den politischen Ist-Stand extremistischer Parteiaktivitäten. Die Analyse diene dem Erfassen von Hintergrundbewegungen solcher Parteien und einer Neubewertung der Bedrohungslage. Aus unterrichteten Kreisen des Bundeskanzleramtes hieß es, Ziel sei es nicht, einen ausgeklügelten Gesetzesentwurf vorzubereiten, sondern stärker und flexibler Entstehungs- und Begleitstraftaten erfassen zu können, um so mögliche Handlungsspielräume im Vorfeld politischer Arbeit kontrollieren und einschränken zu können. Man wolle zukünftig „Seziermesser statt Fliegenklatsche" einsetzen, wurde ein hoher Regierungsbeamter zitiert.

Vertreter der Grünen und der LINKEN kritisierten, dass der Neuentwurf nach der Fusion zweier rechtsextremer Parteien zur Neugründung der NDP verspätet komme und halbherzig sei. „Die angestrebte Vorlage ist keineswegs neu, sondern eine Wiedervorlage, und bedeutet auch keine massiven Einschränkungen für das öffentliche Auftreten solcher Parteien", so der Fraktionsvorsitzende der Grünen, Peter Steiner. Erich Karst, Rechtsexperte der SPD, kritisierte die nach wie vor unklare gesetzliche Handhabe gegenüber in der Szene verdeckt agierenden V-Leuten. Da sie nachgewiesenermaßen nicht nur als Informanten arbeiteten, sondern für ihre Glaubwürdigkeit auch Straftaten planen und ausführen müssten, sei ihr rechtlicher Status bedenklich. „Die derzeitigen Gesetze erlauben keine präzise Trennung der sogenannten Einheitstatbestände von Bespitzelung bei gleichzeitiger Planung von Straftaten", meinte Karst.

Vorwürfe aus den Reihen der LINKEN-Bundestagsfraktion gehen sogar so weit, der Koalitionsregierung bewusste Inkaufnahme neonazistischer Umtriebe zum eigenen Nutzen der Regierung, des Staatsapparates oder von Parteien vorzuwerfen. Carla Fahrenbrecht, Bundestagsabgeordnete der Partei, sagte der Redaktion in einem Interview: „Immer wenn Wahlen sind oder ein Umfragedebakel droht, holen die bürgerlichen Parteien und selbst die SPD den Neonazi-Joker hervor. Es geht doch hier nicht um die Bekämpfung rechtsextremer Parteien, sondern um PR auf Regierungsniveau.“

Das sich der neue politische Vorstoß der Bundesregierung gegen die neu gegründete NDP und ihren in die Kritik geratenen Vorsitzenden Hartmann richte, dementierten die Vertreter der Arbeitsgruppe. Es gehe hier nicht um die politischen Ambitionen eines Einzelnen, sondern um den Schutz der Verfassung und die generelle Stärkung der Demokratie.

## 31

### Granada, Nicaragua, 13. Juni 2010

Nach dem Essen hatten sich alle Gemüter wieder beruhigt. Ramon, der Spezialeinheitenmajor, hatte sich knapp und freundlich verabschiedet und auf Russisch „alles Gute" gewünscht. Das *gallo pinto* und die *tamales* hatten ihre Wirkung getan, der Ärger war verflogen. Nur meine Zweifel und Fragen, die blieben. Wozu das Ganze? Warum so viele Interviewer? Was steckte noch dahinter? Und wo? Wie gefährlich waren die Recherchen zur Vergangenheit meines Großvaters? So langsam begann es mir zu dämmern, dass das Ganze viel größere Dimensionen hatte als die einer journalistischen Recherche. Es ging irgendwie um große Politik. Und wenn die schon in der Tür stand, lauerten hinter ihr Macht und vor allem Geld. Schlechtes Geld, bad money, fast money, Shareholder-Value-Abschreibungskapital-Giftaktien-LehBros-Money, kurz: *Presumably zero output for Mr. Biba himself.* Und der Meister würde *The Blues is a Healer* singen.

Das Fragekarussell drehte sich weiter: meine früheren kirchlich-politischen Aktivitäten, meine Parteimitgliedschaften. Zivildienst. Politische Ansichten und Aktivitäten während der Studienzeit. Sie waren schon lange nicht mehr meine Interview*partner*, sie wurden zu gierigen Sachwaltern der kapitalistischen Informations- und Informationsreproduktionsmittel. Ihr Überbau, der allseits strahlende Himmel einer euphorisch-allmächtigen Kommunikationstheorie. Später hätte ich gesagt: einer Desinformationstheorie. Sie sezierten mich und meine Ansichten, Meinungen, inklusive Fragen und Zweifeln. Sie verdrehten, überarbeiteten, formten, gingen immer weiter und später schwanger mit Entwürfen, gebaren ein Szenario. Das Inselchen war angefüllt von Schweiß und Wehen und Pressen und Hoffen und Bangen. Ich fügte mich und änderte mich und passte mich an und war am Ende verzweifelter und ratloser als zu Beginn der Prozedur. Eine Revolution, eine totale Umkehrung. *Und sie-*

*he, alles mache ich neu*, spricht der Herr. Es war ein ungebremster Prozess von Erstakkumulation der Aussagen, Meinungen, Fragen. Manchester-Informationismus. Dann kam die Phase der zweiten Akkumulation. Denn ein Szenario ward geboren, eine Story uns geschenkt! Sie waren dem Durchbruch nahe, ich dem Abbruch. Ich war in ihrem Geschäft der Proletarier, den sie ausbeuteten und beutelten und zu opfern bereit schienen. Osho hätte mir ernst blickend und mit Wohlwollen auf die Schulter geklopft und anerkennend geflüstert: „Tom, du hast von zwei Wegen den schwereren gewählt. Ohne es zu wissen, aber du hast es getan. *Om mani padme hum,* mein Freund!"

Einen breiteren Raum gewährte der Club der Auserwählten den Fragen und Einfühlungen meiner Zeit im Nicaragua des Jahres I-Demokratie. Als die falschen Götter wiederkamen. Die Baale von Ausbeutung, Korruption, Vetternwirtschaft, IWF. Die die Armen wieder zu dem machten, was ihnen ihr euphorisches neoliberales Geschichtsbild generös zumaß: arm! Mit wem ich mich getroffen hätte, für wen ich genau gearbeitet hätte, die Unterstützer in Deutschland, die Kooperationspartner in Diriá und Granada. Woher das Geld kam, von dem ich dort lebte. Mein Bruch mit dem ersten Baumeister, Don Thomas, später das jähe Zerwürfnis mit dem FSLN-Betreuer Camilo. Dieser Arsch hatte den Nerv gehabt, nachdem er sich aus den Projekten und Parteiaktivitäten ruckartig abgeseilt hatte, weitere Unterstützung für mich vom Kauf eines neuen Motorrades aus dem Topf der Spendengelder abhängig zu machen. Es war wie ein bitterer Nachgeschmack dessen, was die FSLN während der *piñata* veranstaltet hatte. Ich verneinte damals frustriert, Camilo verschwand auf Nimmerwiedersehen.

Ich war k. o. und am Boden, die neuen Herren meiner Seele zufrieden. Ein Lächeln und ein bestätigendes Nicken sollten mir Zuspruch und Trost spenden, aber ich rutschte wieder und war auf dem besten Weg in mein Loch. Was als Recherche zu meinem Großvater begonnen hatte und in Moskau bizarr und seltsam wurde, entwickelte ich immer mehr zum Alptraum. Ich verstand ihre Fragen und ihren Faktendurst an und für sich, aber die dahinterliegende Absicht und ihre Ziele waren mir vollkommen fremd geblieben. Sie hatten genommen, ich hatte gegeben. Es war eine Einbahnstraße, eine mir nicht unbekannte Situation. Beziehungsjunkies geben gern und hoffen auf … tja. Sie hatten mich verunsichert, ließen mich im Dunkeln tappen. Und wozu schleppten sie mich dann an einen der schönsten Orte dieser Welt? *Der Weg des Samurai liegt im Tod …*

Viktor ergriff als Erster das Wort.

„Sehr gut, Tom Edgarewitsch, sehr gut!" Sein Kopf nickte, sein Lächeln blitzte, die Augen zwinkerten wieder verschmitzt. „Vielleicht sind Sie etwas erschöpft. Und sicher fragen Sie sich, wozu das Ganze. Wir denken, Sie haben sich eine Antwort verdient. Ein ehrliche Antwort."

Ich war zu müde, zu resigniert und zu deprimiert für verdiente Ehrungen durch die Meister des Kommunikationsterrors.

„Sie sind bei den Recherchen zur Geschichte Ihres Großvaters auf etwas gestoßen, das weit tiefer geht und länger währt, als Ihnen klar ist", hob Viktor wieder an.

„Ja, das sagte man mir bereits, danke für die News."

„Sie haben Recherchen unternommen zu dem Massaker an Zwangsarbeitern und Zwangsarbeiterinnen der Breuer-Werke in Hirzenhain, dies eher nebenbei. Und Sie haben Material zur Person Curt Herrschmanns gesammelt, des ehemaligen Vorgesetzten von Herrn Biba in den letzten Kriegswochen. Dieser Name ist auf das Engste verknüpft mit dem Schicksal einer verschwundenen Zwangsarbeiterin aus den Breuer-Werken, einer ukrainischen Jüdin namens Tetjana Schatwanko, die als vermisst galt. Sagt Ihnen dieser Name etwas?"

„Nein", erwiderte ich müde.

„Tom, bitte denken Sie nach, es ist wichtig."

„Ich erinnere mich vage an den Namen Schtawanko, ich …"

„Schatwanko", korrigierte mich der nette Doktor.

„Ja, gut, Schatwanko. Inwiefern verknüpft? Ich denke aber, das stimmt nicht. Es kann nicht stimmen."

„Warum?" Viktors Kopf ruckt herum, die anderen folgten.

„Die Räumung der Breuer-Werke und die Erschießung der Gefangenen waren am 26. März 1945. Das Gefecht bei Waldensberg und Leisenwald war am 1. und 2. April. Da liegen fünf Tage dazwischen. Wie sollen sich die beiden da begegnet sein? Ich kann mir nicht vorstellen, dass der SS-Mann als fahrender Ritter ihr seine Minne antrug oder sie zu ihm geflohen ist. Nein, ich denke, das stimmt nicht."

„Curt Herrschmann hat diese Frau vor der Erschießung bei der Evakuierung der Breuer-Werke gerettet. Wir wissen nicht genau, wie. Vielleicht hat sie ihn angefleht, vielleicht wollte er sich mit ihr ein Alibi verschaffen für die Zeit nach dem Nationalsozialismus."

„Was soll das bedeuten?", frage ich.

„Die jüdische Zwangsarbeiterin hatte ein Kind vom Sturmführer." Die Stimme von Dr. Weimar, einem Flüstern nahe, das in meinen Ohren zu dröhnen begann.

„Ein fanatischer SS-Offizier schwängert zwischen Rückzugsgefechten eine entflohene jüdische Untermenschin?" Mir klappte der Unterkiefer hinab.

Die Nachricht brauchte einen Moment, bis sie in meinem Kopf die gewünschte Explosion hervorrief. Ich reagierte zeitverschoben, ein Effekt, den Einstein in seiner Relativitätstheorie beschrieben hat.

„Damit ich das recht verstehe: Ein junger, stramm nazistisch indoktrinierter, fanatischer SS-Mann schießt und fickt sich durch die Wetterau? Während um ihn herum die Welt in Schutt versinkt und seine Untergebenen abkratzen. Etwa so?"

Mein Hirn raste, mein Herz tat es ihm gleich. Weggeblasen Frust und Erschöpfung. Die Recherchen zu meinem Großvater und die Story von Hirzenhain waren verbunden. Ich hatte die ganze Zeit beide Fäden in der Hand gehabt und hätte nur zu kombinieren brauchen – wenn ich es gekonnt hätte. Mein Mund musste immer noch offen stehen, denn Leon feixte.

„Ich verstehe, die Kombination hat durch ihre Außergewöhnlichkeit eine gewisse … Eigenheit. Aber keine Brisanz. Nichts was … das hier alles, diesen ganzen Aufwand, rechtfertigt."

„Da ist noch nicht alles. Der Doktor hier hat noch mehr Informationen." Viktor faltete die Hände zum Gebet und erhob seinen Blick zu Dr. Weimar, unser aller gutem Hirten. *Alle Augen warten auf dich, oh Herr, DU gibst ihnen Informationen zur rechten Zeit.*

„Das Kind aus dieser seltsam anmutenden Liaison war ein Junge. Er ist derzeit einer der bekanntesten und umstrittensten deutschen Politiker."

„Bekannter deutscher Politiker", echote ich. Mir verschlug es erneut die Sprache.

„Bitte erlauben Sie uns, seine Identität noch einen Moment zurückzustellen. Denn vorher müssen wir noch einmal über Ihren Großvater sprechen", meinte Viktor mit ernster Miene.

„In der Tat, das ist noch nicht alles." Wieder unser Hirte und Hüter geschichtlicher Geheimnisse.

„Oh, ich bin gespannt auf weitere Überraschungen aus der Geheimdienste Wunderhorn", antwortete ich ironisch.

„Es gibt eine Akte Biba."

„Eine geschichtliche Akte zu meinem Großvater?" Mir lief es kalt den Rücken herunter bei dem Gedanken, was jetzt alles gleich unumstößlich im Raum stehen konnte. „Hat der sich auch nach dem Gefecht mit entlaufenen Zwangsarbeiterinnen bei einer Lustpartie durch die Wetterau vergnügt?"

„Wir können es nicht exakt rekonstruieren, aber es scheint, dass er von dieser ukrainischen Jüdin und Herrschmann wusste. Es ist möglich, dass er sie gegen irgendetwas seitens des Sturmführers in Schutz genommen hatte. Es kam zu … ja, das wissen wir eben nicht genau. Ob es zu Tätlichkeiten kam, Drohungen ausgestoßen wurden oder schlicht Mitwisser ruhig gestellt werden sollten …"

„... oder beseitigt“, warf ich ein, etwas schärfer wohl als beabsichtigt. Denn Viktor bekam wieder diesen fürsorglichen Mutterblick.

„Woher haben Sie diese Informationen? Ich habe zur Anwesenheit meines Großvaters in der 6. SS-Division fast nichts gefunden. Bisher nicht. Mir wurde gesagt, dass die meisten Unterlagen, die im Reichssicherheitshauptamt der SS lagerten, bei einem der vielen Bombenangriffe auf Berlin verbrannt sind.“

„Es gibt Akten einer Verhandlung sofort nach dem Krieg vor einem US-Militärgericht. Diese Akten lagern nicht in der Bundesrepublik, sondern in den USA. Genauer gesagt, in den National Archives in Washington D. C. und im National Security Archive“, erläuterte der Doktor.

Viktor hob die Hand, als ob es einen Einwand gäbe – den ich sicherlich mit großer Erleichterung aufgenommen hätte.

„Wir haben außerdem einen Ausschnitt eines abgehörten Funkspruchs, den russische Abhörspezialisten der Roten Armee am 1. April 1945 notiert haben, der an das OKW in Zossen ging, in dem der Name Biba erwähnt wird. Dort funkt Oberst Raithel auf Veranlassung von Leutnant Herrschmann, den Unterscharführer aus der Stammrolle der Division zu tilgen und ihm den Rang abzuerkennen. Er sollte strafversetzt werden. Engelhart Biba wurde für einen nicht mehr exakt rekonstruierbaren Vorfall zwischen Herrschmann, Schatwanko und ihm selbst degradiert. Aufgrund der verworrenen Kriegslage wurde diese Entscheidung aber nie realisiert. Sie wären in Moskau sehr schnell auf diese Informationen gestoßen, wenn wir nicht hierher geflogen wären.“

Ich war wie ein Schwamm, der in einem unruhigen Meer aus hin- und herwogenden Gefühlen trieb, der all diese Ungeheuerlichkeiten aufsog, verstand, abspeicherte, katalogisierte. Ein elektronischer Schwamm mit Speicherablagen. Mechanisch, von allem Gefühl abgetrennt. Das musste warten, bis ich Zeit hatte, mein Gemüt wieder zu richten. Ein SS-Mann rettet eine jüdische Zwangsarbeiterin, während er in der Wetterau Soldaten in Kampf und Tod treibt. Mein Großvater weiß davon und legt sich mit ihm an. Dafür wird er degradiert und strafversetzt. Das Kind des SS-Mannes und der Jüdin wird eine Schlüsselfigur in der aktuellen bundesdeutschen Politik. Und ich war kurz davor, das zu entdecken. Nur: es stimmte nicht. Irgendetwas fehlte noch. Mein journalistisches Gefühl und mein mahlendes Unterbewusstsein signalisierten mir, das das noch nicht alles war. Es lag noch Spannung auf den Gesichtern meiner Interviewer.

„Ich denke, da ist noch etwas, das ich wissen sollte. Ihre bisherigen Informationen, so brisant sie sind, sind irgendwie noch nicht rund. Außerdem sagt mir mein Gefühl, dass gleich noch was kommt“, sagte ich und fixierte meine Gesprächspartner einen nach dem anderen.

„Richtig geraten“, antwortete Dr. Weimar kühl.

„Exakt die Cleverness, die ich Ihnen zugetraut habe und die Ihre Kombinationsgabe ziert“, zwinkerte mir Viktor zu. „Und bevor wir es über all dem hier heute vergessen: Wären Sie so nett, uns zum morgigen Treffen Ihre gesamten Informationen, oder besser gesagt: Rechercheergebnisse zu Ihrem Großvater, der 6. SS-Gebirgsdivision und seinen Aktivitäten am Kriegsende in diesem Truppenteil vorzutragen? So detailgenau und umfangreich, wie es Ihnen möglich ist, bitte?“

Sollte das ein Ablenkungsmanöver von Viktor gewesen sein, so kam das Folgende wie ein Keulenschlag aus dem Nichts.

„Das Kind des SS-Offiziers und der jüdischen Zwangsarbeiterin ist Siegfried Hartmann.“

„Siegfried Hartmann, der Vorsitzende der Nationaldemokratischen Partei Deutschlands, der derzeit aktivsten rechtsextremen Partei?“

„Korrekt“, bestätigte Weimar knapp.

Ich begann zu verstehen, die Teile setzten sich zusammen, das Spiel ergab einen neuen, höheren Sinn.

„Ich verstehe so langsam, was das alles hier soll.“

Jetzt war es raus. Ihre Szenarien und Hirngespinste bekamen einen eigenen Wert. Sie hatten die Liebenswürdigkeit besessen, mich an ihrem Wissen und ihren Mysterien teilhaben zu lassen. Es war ein Initiationsritus, eine Aufnahme in den Bund der Gerechten. Nun war ich ein Eingeweihter, einer von ihnen. Ich gehörte wieder zur Gruppe, teilte Beziehung mit ihnen. Das Paradies jedes Beziehungsfreaks. *Noch heute wirst du mit mir zur Rechten des Vaters sitzen.* Sie wussten natürlich um diesen Punkt und konnten mich einspannen. Also: Fragetechnik anwenden.

„Danke, dass jetzt die Katze aus dem Sack ist. Das beantwortet einige meiner Fragen und beruhigt eine Menge Befürchtungen, die ich hatte. Aber dennoch bleiben ein paar übrig, die noch gestellt werden müssen: wer, wann, wo, wie?"

„Das stimmt", pflichtete Dr. Weimar beflissen bei. „Wir sollten aber für heute aufhören, das war anstrengend genug für Sie, Mr. Biba."

Und Viktor, der gute Viktor Davidowitsch, Überbringer von einfühlsamen Hiobsbotschaften, sensibler Seismograph für meine nach unten stets offene Gefühlsrichterskala, fragte nur: „Was noch?"

„Wozu ich?"

## 32

### Granada, Nicaragua, 13. Juni 2010

Es war Abend. Wir waren zurück von *Las Isletas* und saßen im Patio des sicheren Hauses. Viktor und ich tranken Rum, er pur, ich mit Cola. Passend dazu unterhielten wir uns auf Spanisch. Die Flasche war fast leer. Leon hatte sich verdrückt. Oder arbeitete er hauptsächlich nachts, im Schutz der Dunkelheit? Unser Gespräch dümpelte so dahin. Aber er hätte es wirklich nicht auf dieses Thema lenken sollen.

„Das Interview heute ist doch sehr gut gelaufen", bemerkte er.

„Wenn man bedenkt, dass ich eine Menge zu verdauen hatte, total auseinandergenommen und seziert worden bin, wütend war, frustriert bin und von euch allen hin und her geschubst worden bin, wie es *euch* gefiel – ja, doch, sicher ein Erfolg", erwiderte ich ironisch. Meine Gefühle fuhren immer noch Karussell, ich war ihnen ausgeliefert. Und ich war sauer, was ich immer wurde, wenn die Angst kam.

„Kein Grund zur Enttäuschung, Sie haben hervorragend geantwortet und sehr gut kooperiert." Viktor versuchte, gut Wetter zu machen, um meine Stimmung zu heben, bewirkte aber das genaue Gegenteil. Neben meinem Frust kroch die Angst aus ihrem Loch. *Wozu meine Stimmung heben, wenn nicht eine weitere schlechte Nachricht meine Stimmung bedrücken soll*, dachte ich.

„Ihr habt mich in eurer Kommunikations-Show schön vorgeführt und hängen lassen. Ich denke, dass ich immer noch nicht weiß, worum es geht. Wetten, ihr habt einen Plan? Und ich bin dem ausgeliefert."

„Sie reden in ‚ich' und ‚ihr da' – ich dachte und hatte gehofft, Sie hätten das Ganze als Teamarbeit verstanden", schwächte Viktor ab.

„Nein. *Ihr* wollt etwas von *mir*. Ihr greift mich an, macht mir ein beschissenes Gefühl, baut mich dann wieder auf, indem ihr mir das Gefühl gebt, in eurem Team mitzuspielen. So macht man das bei Verhören, wenn man einen über den Tisch ziehen will – auf *eure* Seite", stellte ich klar.

„Aber die ganzen Informationen, die Sie jetzt haben! Das hilft Ihnen doch bei Ihren Recherchen. Haben Sie vielleicht schon den Gedanken gehabt, dass Ihr Großvater in all dem Chaos und der Gewalt etwas bewirken wollte, ein Zeichen gesetzt hat?" Viktor der Mediator.

„Was für ein beschissener Versuch, mich bei meiner Familienehre zu packen."

„Keiner ist gegen Sie, wir sind auf Ihrer Seite, bitte verstehen Sie das doch!", flehte Viktor. Was ihn in meinen Augen noch verdächtiger machte.

„Sie repräsentieren verschiedene Sicherheitsorgane. Ich hab's nicht so mit Autorität. Vielleicht habe ich das auch von Großväterchen geerbt."

Sie hatten mich in der Hand und konnten mich fallen lassen. Wann, wo und wie sie wollten. Die Angst … Ich kam ins Rutschen. Aber mein Gesprächspartner ließ nicht locker und legte nach.

„Wollen Sie mir sagen, was Sie bedrückt, Tom?"

„Danke, das Letzte, was ich nach diesem Tag brauche, ist ein russischer Sicherheitsagent, der mir eine Stunde psychologische Beratung gibt."

Viktor starrte mich zunächst mit offenem Mund an. Dann sagte er: „Sie sind für uns eine Idealbesetzung und ein Glücksgriff. Denken Sie bloß nicht, dass das Bösartigkeit oder Psychospielchen waren, Ihnen heute so zuzusetzen. Das muss sein. Sie haben das ideale Profil für unsere Aufgabe und das Projekt. Sie sind so real, Ihre Biographie so absolut passend, dass man es besser weder erfinden noch stricken könnte. Die wollen nur checken, ob es da noch Schwachstellen gibt, die die Gegenseite verunsichern oder nicht anbeißen lassen könnte. Das ist alles. Ansonsten sind Sie auf dem besten Weg."

„Der Weg des Samurai liegt im Tod."

Ich wollte hier weg, alleine sein mit meiner Angst, mich um sie kümmern. Mich remotivieren. Schutzreflex Flucht.

„Sie haben Angst, das kann ich verstehen, aber Sie brauchen keine Angst zu haben", sagte er.

Ich stand auf, ging auf Viktor zu und sagte mit deutlicher Wut in der Stimme, bereit zum Angriff: „Viktor Davidowitsch, Sie können mich am Arsch lecken. Und der ganze Verein mit seinem schönen Scheißplan auch."

Viktor lachte schallend.

Und dann, auf Russisch, hinter mir her: „Tomsky, du bist *filosof*, aber kein besonders poetischer."

Wir waren also endlich beim „Du".

## 33

### Büdinger Wald/Gelnhausen, 3. April 1945

Sie hatten sich langsam wieder in den Wald zurückgezogen und gewartet, bis es dunkel war. In einer Bodenkuhle hatten sie sich die Rangabzeichen und die SS-Runen vom Kragen abgeschnitten, da es zu feucht und zu gefährlich war, den Uniformrock zu verbrennen. Eine letzte Dose Büchsenfleisch und etwas Brot war ihr Abendessen. Die leere Dose und den Brotbeutel vergruben sie und tarnten die Stelle. Nur nicht nachlässig werden und dem Feind durch Unvorsichtigkeit in die Hände fallen. Danach hatten sie sich unter ihre Tarnplanen gelegt und so etwas wie geschlafen. Svoboda übernahm die Wache. Biba schätzte seine ruhige, verlässliche Art. Er würde leise sein, niemanden wecken und wahrscheinlich sogar das Umfeld ihres Standortes sondieren.

Rottenführer Theo Svoboda war seit Finnland dabei. Er kam aus dem tschechischen Sudetenland und war dort nach dem Einmarsch der Wehrmacht in die SS eingetreten, zunächst in die Standarte 11. Später war er nach Finnland gegangen und hatte in der Kampfgruppe Nord, der späteren 6. SS-Gebirgsdivision, mitgekämpft. Er hatte Glück: keine Gefangenschaft durch die Russen, keine Erfrierungen oder Verwundungen, keine Querelen mit fanatischen Vorgesetzten, kein Ausradieren seines Zuges oder seiner Kompanie durch Artilleriebeschuss. Er war mit Biba zusammen abgehauen, weil er Angst hatte vor dem, was die Amis mit ihm machen würden, wenn sie ihn erwischten. Svoboda hatte gehört, dass die anderen keine SS-Gefangenen machten oder dass sie heimlich erschossen würden. Biba hatte ihn nach einer entsprechenden Äußerung im Verdacht, dass er eher einen Selbstmord versuchen würde, als sich gefangen nehmen zu lassen. Für ihn selbst als Katholik keine Lösung.

Momentan hatte der Rottenführer keine Waffe, um so etwas zu versuchen. Andererseits lagen genug davon überall herum. Sie selbst hatten an Waffen nur noch Dimas Karabiner 98k, aber keine Patronen mehr. Als psychologischer Faktor war er allerdings von Bedeutung. So stand man dem Feind nicht vollkommen nackt gegenüber und hatte etwas, das einem selbst Halt gab. Das war vor allem für Dima wichtig, der schnell unruhig wurde und oft Angst hatte. Biba hatte noch seine Walther P38 mit drei Schuss Munition. Jeder hatte ein Taschenmesser, Svoboda ein Bajonett. Sie würden jeden Kampf vermeiden. Selbst wenn Sie eine MPi 40 und Munition gehabt hätten, hätte Biba befohlen, sie wegzuwerfen. Es ging ums Überleben, nicht ums Sterben. Das war eine andere Art von Kämpfen, die ebenfalls Mut, Umsicht und Planung erforderte.

Der Vorteil ihrer Situation lag darin, dass sie so weniger zu schleppen hatten, schneller und lautloser vorankamen. Der Krieg war aus. Er war schon im Elsass aus gewesen, nur hatten die in Berlin das nicht bemerkt. Sie funkten immer noch ihre Befehle, gaben Koordinaten durch, Bereitstellungsräume für Angriffe, die nicht mehr kamen, einfach weil jeder nur noch seine Haut retten wollte. Biba hatte mit dem Funker gesprochen. Der hatte ihm gesagt, dass das OKH ihre versprengte Truppe immer noch als Division bezeichnete, obwohl sie nur noch Bataillonsstärke hatte. Maximal. An Verbündeten hatten sie die Dunkelheit, den Wald und Gott. Biba betete. Nicht unbedingt, weil er Angst hatte, die hatte man immer. Er suchte Unterstützung, Hilfe, Lösungsansätze.

Thorsten hatte die zweite Wache gehabt. Er weckte die anderen. Schweigend machte sich jeder fertig. Wirklich geschlafen hatte keiner, dafür war es zu kalt und die Anspannung zu groß. Biba ging voran, Svoboda übernahm die Rückendeckung, Abstand fünf Meter nach jedem Mann. Dadurch, dass die Nacht im Moment wolkenlos war, gab der Mond spärliches Licht. Sie mussten leise sein, vorsichtig, ihrem Gespür vertrauen. Die Gegenseite hatte gelernt, sich unsichtbar zu machen und Hinterhalte zu legen.

Nach der Landung in der Normandie hatten die Amis ihre Patrouillengänge und Aufklärungsunternehmen ziemlich stümperhaft ausgeführt. Sie setzten auf Überfluss statt auf Taktik. Ihre Flankendeckung war schlecht, sie machten nachts offenes Feuer, lagerten in Gruppen. Sie gaben ein ideales Ziel ab für Feuerüberfälle und Scharfschützen. Also hatten sie mit Blut bezahlt und ihre Lektion gelernt. Vor allem nach den Kämpfen während der Ardennenoffensive und im Hürtgenwald. Inzwischen verteilten sie sich, waren lautlos, legten Wert auf Tarnung. Auch mit der Kälte und dem schlechten Wetter kamen sie besser zurecht und betrachteten sie als ihre Verbündeten. Es gab US-Kommandeure, die Sondierungen nur in der Dämmerung oder bei Regen, Schneetreiben oder Nebel anordneten. Ihre Untergebenen hatten anfangs gemault, dann aber schnell begriffen. Statt der Kameraden fielen die Verlustzahlen.

Der Viermanntrupp schlich los. Auf einem Waldweg mit vielen Kurven kamen sie gut voran. An jeder Kurve hielten sie, spähten und horchten. Biba blickte auf seine Uhr: Mitternacht. Es war eine Hanhart, die eigentlich als Wehrmachtseigentum nur an fliegendes Personal ausgegeben wurde. Er hatte sie von einem verwundeten Piloten bekommen, den er aus einer abgeschossenen Me 109 gezerrt hatte. Aber anstatt sich retten zu lassen, gab der ihm seine Uhr und starb einfach.

Weiter zur nächsten Biegung. Mit den schweren Knobelbechern musste man aufpassen, wenn man leise gehen wollte. Svoboda hatte Schnürstiefel, die waren weicher und leiser. Sie achteten jeder darauf, Äste und Holzstücke zu vermeiden, damit das Knacken nicht Ungebetene aufmerksam machte. Sie umgingen Blätterhaufen. Achteten auf verräterische kleine rote Punkte, die aufleuchteten, wenn jemand an seiner Zigarette zog. Wieder halten und horchen.

Irgendetwas war da, das sagte ihm sein Instinkt. Auch wenn er im Moment noch keine Geräusche wahrnahm. Ein Dutzend Spähtruppunternehmen an der Narwa hatten seine Sinne geschärft. Er blickte sich um zu Dima hinter ihm und reckte die Faust. Halt! Dann legte er einen Finger vor den Mund. Sein Hintermann gab den Befehl weiter. Der Trupp verharrte vollkommen reglos im Schatten, den der Mond warf. Trotz angestrengtem Äugen war im Wald nichts zu sehen, keine Bewegung auszumachen. Auch kein Flüstern oder Rascheln war hörbar. Sie konnten jetzt unmöglich ihre Waffen entsichern, das Klicken hätte ihre Position sofort verraten. Sie hatten sowieso nicht genug Munition, also ließ Biba seine Walther im Holster. Auch die anderen bewegten sich nicht, um ihre Waffen in Anschlag zu bringen. Er kontrollierte seinen Atem, damit das Herz wieder langsamer schlug und sich beruhigte. Panik hatte einigen seiner Kameraden den Tod gebracht. Also keine Bewegung, kein Geräusch, Stille.

Der Trupp blieb regungslos, vielleicht eine Ewigkeit lang. Außer einem sehr sanften Wind, dem Rascheln einiger Blätter und einem Käuzchen, das irgendwo in der Ferne schrie, war nichts zu hören. Weiterhin Deckung und Stille. Bibas Konzentration und Ruhe kehrten zurück, sein Herzschlag normalisierte sich. Ob er überreagierte? Das wenige Essen, kaum Schlaf, das dauernde Gejagtsein – vielleicht waren das nur seine Nerven, die ihm etwas vorgaukelten. Um endlich erschossen zu werden. Um aufzugeben. Damit das ganze sinnlose Kämpfen, Wegrennen und Verstecken ein Ende hatte.

Diesmal hörte Biba sie. Ihr regelmäßiges Atmen und leise Bewegungen, irgendwo halbrechts aus dem Wald. Er konnte nichts erkennen, auch die Entfernung zu den Geräuschen konnte er nicht bestimmen. Aber sie waren da. Er zeigte mit dem Finger nach rechts in der Hoffnung, dass Dima sein Zeichen bemerkte, wagte aber nicht, sich umzudrehen. Niemand sprach oder flüsterte drüben, er hörte kein Klicken von Gewehrschlössern, die entsichert wurden, auch kein Knacken von Ästen. Entweder waren die Amis ahnungslos, oder sie fühlten sich so sicher, dass sie Geräusche machten. *Wenn die da Nachtgläser haben, sind wir geliefert*, dachte Biba. *Oder sie warten, weil sie denken, wir wären nur eine Art Spähtrupp, und der Rest käme nach.* Clever gedacht! Deswegen warteten sie auch noch mit dem Entsichern der Waffen. Vielleicht waren sie die ganze Zeit schon auf einen Kampf vorbereitet und längst schussbereit.

Dann ging der Zauber los. Ein Rennen und Keuchen kam auf sie zu, Äste knackten, Getrampel und Getrappel, Stiefel stampften den Boden. Eine größere Gruppe der Amis griff an. Er sah, wie Dima zu Boden kullerte, aus den Augenwinkeln bekam er mit, dass Thorsten sich ebenfalls hinfallen ließ. Svoboda war außerhalb seines Gesichtsfeldes, aber nach vier Jahren in der Division war er sicher längst am Boden. Biba riss seine Pistole aus dem Halfter, legte sofort nach dem Hinfallen an und drückte ab. Nichts. Ladehemmung. Der gegnerische Zug brach aus dem Walddickicht hervor und schwenkte kurz vor ihnen nach links, um sie mit aufgepflanzten Bajonetten aus der Flanke heraus lautlos niederzumachen. Als er mitten im Angriff aufschaute, konnte er den Gegner im Dunkeln endlich erkennen. Sie waren von einer Gruppe aus mehreren Schafen angegriffen und überrumpelt worden, die von den Bauern hier versteckt wurden.

Nach einer längeren Rast hatten die vier Soldaten sich wieder beruhigt und arbeiteten sich weiter durch den Wald, bis sie endlich Lichter flackern sahen und Fahrzeuggeräusche hörten. Lkw, dazwischen das hellere Singen von Jeeps, die anfuhren oder beschleunigten. Das Kettenklirren kam von ihren Mannschaftstransportern oder von Panzern. Das musste Altenhaßlau sein, an der Kreisstraße, denn Gelnhausen lag am Hang, wahrscheinlich vor ihnen. Biba ließ sammeln.

„Wir sind da, das da unten ist Altenhaßlau."

„Bist du sicher?", fragte Svoboda.

„Ja, ich komme von hier."

„Was jetzt machen?", fragte Dima ängstlich.

„Warten", sagte Biba.

„Es ist noch dunkel genug, wir sollten den Kontrollposten umgehen“, schlug Thorsten vor.

„Dazu sind wir zu kaputt. Die Schafe vorhin haben mich fertiggemacht. Wären das *die* da gewesen, wären wir jetzt alle tot! Wir machen Pause, igeln uns ein, abwechselnd Wache und Schlafen. Bis morgen Nacht haben wir einen Plan und gehen durch.“

„Warum nicht jetzt noch?“ Thorsten.

„Du hörst doch, was da los ist. Das ist die Hauptstraße zwischen Frankfurt, Fulda und Leipzig. Hier ist nicht nur ein Sicherungstrupp, hier rauscht der ganze verdammte Amiverein durch nach Osten. Während wir ein paar Kilometer durch den Wald gekrochen sind, ist da unten eine halbe Division durchgefahren.“

Svoboda nickte.

„Ich Angst“, krächzte Dima.

*Ja, du hast Angst, das glaube ich dir. Ich habe auch Angst. Weil ich nicht weiß, was ich mit dir machen soll. Weil ich dich nicht wegjagen und nicht verstecken kann. Weil ich mich um dich kümmern muss und du der Klotz an unserm Bein bist. Und weil ich weiß, was dir passiert, wenn sie dich zurückschicken. Wer auch immer* die *sind, denn das Ganze würde auf meinem Gewissen lasten*, dachte Biba. Er würde um Hilfe beten. Nur, beten war für einen Katholiken hilfreich, brachte aber nicht immer von sich aus Lösungen. *Schon gar nicht in dieser Uniform und mit einer halben US-amerikanischen Division, die unter uns vorbeimarschiert und den Thunderbolts über uns, die uns morgen früh wecken, sobald es hell wird. Wenn wir dieses Glück noch haben werden.*

## 34

### Granada, Nicaragua, 16. Juni 2010

„Ortswechsel!“, antwortete Viktor auf meine Frage, wohin es heute ginge.

„*Si!*“, nickte Leon bedeutungsschwanger, die Augenbrauen hochgezogen.

„Und wohin diesmal?“

Sie hatten mir einen freien Tag gegönnt, den ich zum Wandern und zum Baden genutzt hatte. Abends hatte Leon eine leckere Paella gekocht und einen passenden Weißwein dazu besorgt. In der Tat schien dieser Mann über verborgene Talente zu verfügen.

„Zuerst hier, dann in die Fabrik“, antwortete Viktor auf Russisch.

Der Mann verwirrte mich. *Kann er oder kann er nicht – Fremdsprachen*?

„Wir bleiben erst mal hier in der *casa*?“

„Korrekt, Tomsky. Wir erwarten heute“, der erste Aufzählfinger schnellte hoch, „einen hohen Gast.“

„Aha. Wen?“

„Wir möchten deine Mitarbeit gewinnen.“ Meine Zwischenfrage blieb unbeantwortet, aber: zweiter Finger in die Höhe.

„Wir wollen den Durchbruch zur Lösung schaffen!“ Der dritte gereckte Finger bedeutete mir: Heute ging es also nach all dem Fragen, Reden, Weben einer wasserfesten Story und Identität an eine Art Lösung. Ich hörte einen Wagen heranfahren. Langsam. Gemächlich. Leises Blubbern des Motors. Eine Tür wurde zugeschlagen, eine zweite fiel sanft ins Schloss. Gemessene Schritte näherten sich der offenen Verandatür. Diskrete Worte und ein knappes „Jawohl“ auf Russisch. Als die Haustür aufschwang und von einem Mann in dunklem Anzug mit Krawatte aufgehalten wurde, wunderte es mich schon nicht mehr. Der distinguierte Herr aus dem Eiscafé in Gelnhausen, seine Erlauchtheit, Seigneur de Pomp, gab sich die Ehre und uns eine Audienz. *Wir haben Sie schon in Deutschland beobachtet*, ging es mir durch den Kopf. Monsieur tragen eine strahlend weiße *camiseta*, ein feines Hemd, wie es in Nicaragua auch von Personen des öffentlichen Lebens getragen wird, mit Bügelfalten wie Rasiermesser. Eine beige Leinenhose und braune Mokassins komplettieren modisch Ton in Ton sein Auftreten. Aber die nonchalante Eleganz, mit der er seine Freizeitkleidung trug, würde jeden geschniegelten Schweizer Bänker mit Savile-Row-Zweireiher in den Neid treiben.

Monsieur traten ins Zimmer. Platinfarbenes Haar fuhr herum, eine Designerbrille drehte sich in meine Richtung. Die grauen Augen dahinter strahlten mich an, und ein diesmal warmes Lächeln. Eine Hand drückte fest die meine und ein herzliches „*Buenos dias, Señor* Biba" hieß mich in seiner erhabenen Welt willkommen. Ich erwiderte die herzliche Begrüßung und war wenig erstaunt, dass wir einander auf eine unerwartet vertraute Art begegneten. Wiederbegegneten. Aber ich war noch unwissend.

„Darf ich dir, lieber Tom Edgarewitsch, Herrn Dr. Jakub Wekselman vorstellen. Er ist der verantwortliche Leiter unserer kleinen Truppe", sagte Viktor zwinkernd.

„*Towarischtsch komandir*", sekundierte Leon mit einem Kopfnicken in dessen Richtung und präsentierte frohgelaunt sein Goldgebiss.

„Wir sind uns bereits begegnet, und jetzt verstehe ich ein wenig, warum", sagte ich dem Kommandeur auf Russisch.

„In der Tat. Sie saßen in diesem Café und haben wie der Teufel geschrieben und auf der Tastatur Ihres Notebooks geklappert." Vollkommen akzentfreies, sauberes Deutsch, keine Lokalfärbung. Warum hatte ich mir so etwas schon gedacht?

„Aha. Deutsch also auch", sinnierte ich.

„Wir müssen reden", brachte Wekselman unsere Vorstellungs- und Begrüßungsparade zum Ende und leitete den offiziellen Teil ein.

Der dunkle Anzug hatte sich diskret zurückgezogen, obwohl ich kein Auto anfahren hörte. Die Tür war fest verschlossen. Leon verriegelte die Verandaflügel. Stühlerücken und Setzen. Der Kriegsrat begann, der Kommandeur erwartete einen Lagebericht von seinen Troupiers.

Viktor erhielt das Wort und fasste die Besprechungen der vorherigen Tage so knapp zusammen, dass sich mir der Verdacht aufdrängte, Monseigneur Wekselman habe in den letzten Tagen bereits Informationen erhalten. In der Tat sollte er sich im Verlauf der Besprechung als umfassend und präzise informiert zeigen. *Wir haben Sie schon in Deutschland beobachtet – und sammeln schon seit Jahren Belastungsmaterial gegen Sie!*

***

Wir waren losgefahren und ratterten in demselben alten Armee-Niwa, der mich bei der Ankunft nach Granada in das sichere Haus gebracht hatte, über einen Flickenteppich aus Asphalt und Schlaglöchern in die „Fabrik". Vier Herren beim Sightseeing in und um Granada. Doch ich erwartete wieder nichts Gutes. Ein Kommandeur und sein Erschießungskommando brachten mich zur Hinrichtung. Eine Szene ging mir durch den Kopf, als ich in einem anderen Leben in Diriá für die Revolution Schulen baute. Ich saß auf einem Ochsenwagen, der durch eine breite Wasserrinne schaukelte, die am Morgen noch ein Weg gewesen war. Sturzwassermassen vom Himmel hatten den Weg innerhalb einer Stunde in einen teilweise reißenden Bach verwandelt. In solchen Bächen ertrinken nach wie vor kleine Schulkinder. Unten das trübe, schmutzige Braun, über dem Braun eine Ladung zugesägter Tuffsteine, Baumaterial, das in der Gegend abgebaut wurde. Der Transportunternehmer Ernesto hatte die Fuhre bis an den Dorfrand von Diriomo gefahren, weiter kam er im aufgeweichten Boden nicht. Also musste ich Don Socrates anfordern. Er hatte zwei Töchter auf der im Bau befindlichen Schule von Punta Oriente und einen Sohn. Nur mit seinem Ochsenkarren konnte das Baumaterial sicher zur Baustelle gebracht werden. Solche Holzkarren kamen in Nicaragua überall hin, und der von Socrates mit seinen Ochsen meisterte jede Rinne und alle Untiefen. Es ging sogar die Sage, dass selbst die Revolutionäre von 1979 die Ochsenkarren der Bauern den erbeuteten Lastwagen der *Guardia Nacional* vorgezogen hätten. Also schaukelten Socrates, sein Sohn Niño und ich durch den Urwald. Die Stimmung war gut, und wir würden dringend benötigtes Material an die Bauleute, zumeist freiwillige Väter aus dem Weiler, liefern. Don Tomás, der Baumeister, würde sich freuen und den ganzen Tag lachen, weil er das Hochmauern der Wände weitertreiben konnte. Der Transport war wichtig. Bis wir an eine Querrinne kamen, aus der das Wasser mit einem Strahl vom Berg herunterschoss wie aus einer riesigen Spritze. Socrates und die Ochsen nahmen zweimal Anlauf, aber sie schafften die Rinne und den Seitendruck des Wassers nicht, der Karren rutschte und geriet bedenklich in Schieflage.

Socrates sagte: „Wenn wir es nicht nach Punta Oriente schaffen, steht der Schulbau still. Aber es ist gefährlich. Ihr müsstet absteigen, euch zugleich festhalten, vom Boden abstoßen und schieben. Und wir alle, auch du, Tomasito, können den Berg hinuntergespült werden. Was sagst du?"

„Eure Entscheidung zuerst."

Niño nickte.

Don Socrates zog die Stirn in Sorgenfalten.

Ich sagte: „*Vamos!*"

Das Problem war: wenn der Karren kippte, konnten die Ochsen draufgehen und auch die Ladung. Die Fluten würden den leichten Tuffstein den Hang hinunterspülen, die zähen Ochsen, zwei gutmütige *nicas* und einen verrückten *alemán* gleich hinterher. Dasselbe Gefühl von „wichtig" und „gefährlich" zugleich fühlte ich auch jetzt hier im Geländewagen.

Damals hatte alles geklappt.

Als wir ankamen, sah ich auf den ersten Blick eine verlassene Fabrik, die früher Zucker, Drahtrollen oder Bauholz hergestellt haben könnte. Alt, an den unverputzten Steinwänden Riefen von abgewaschener Farbe und Schmutz. Ein vergammeltes Holztor und mit Brettern zugenagelte Fenster, die verrammelten Höhlen eines leeren Totenschädels aus den Tagen der Sandinisten. Oder noch älter. Vielleicht ist das hier doch ein Erschießungskommando, der Ort und meine sich verschlechternde Stimmung passten dazu. Wie sollte Rettung kommen, wo hier Niedergang und Tod herrschten?

Leon hatte das Handy am Ohr, und als er es gerade zuklappte, ging knarrend eine Holztür in einem der Torflügel auf. Wir traten ein gemäß der jeweiligen Rangfolge, Wekselman zuerst, Leon zuletzt. Aber die baufällige Holzklappe war in Wirklichkeit der Zugang zu einer anderen Welt. Die zerfallende Fabrik verbarg in ihrem Inneren Wunderwerke der modernen Technik. Es war wie an Bord von Käpt'n Nemos Nautilus. Baulich angelegt mit ineinander übergehenden Stockwerken, Wände und Decken mit einem Geflecht aus Metallnetzen bedeckt. Ich entdeckte Computerräume, einen Sitzungssaal in einem Glaskörper mit riesigen Monitoren und einem langen, ovalen Konferenztisch mit eingelassenen Docking-Stationen für Laptops, der dunkel und leer war und aussah wie ein durchsichtiger Sarg. Überall elektronische Schranken mit Magnetkartenlesegeräten oder Fingerabdruckscannern. Ich nahm an, dass das Glas der Bürofenster und der Glassarg des Besprechungsraumes schusssicher waren. Das Drahtnetz sollte die Funkstrahlung abschirmen. Trotzdem fragte ich mich, wie die Russen es fertigbrachten, all die elektronischen Aktivitäten, die Hitzeabstrahlung und den Personenverkehr vor Entdeckung zu schützen. Und wo es Antennen gab, denn so etwas konnte ich bisher nicht sehen. Leon sollte es mir später erläutern.

Ich sah nirgends Wachen, aber mir fielen Anzüge mit stets geschlossenem Sakko auf, die bei Bewegungen Beulen in der Achselhöhe bekamen. Da war sie also, die Security. Die Gesichter, die ich bisher sehen konnte, wirkten nicht unbedingt typisch russisch. Einige eher europäisch, die meisten waren unauffällig bis nichtssagend.

Nach dem Staunen kroch die Ungewissheit wieder in mir hoch. Wie vermutet, geleitete uns Wekselman in den großen Konferenzraum. Wo er hinstrebte, öffneten sich Schranken, Glastüren glitten mit leisem Zischen zur Seite, Köpfe nickten respektvoll. Er war hier in der Tat der verantwortliche Offizier. Wir wurden alle gebeten, auf dem Stuhl Platz zu nehmen, der hinter dem jeweiligen Namensschild stand. Diesmal war es nicht locker und ungezwungen, diesmal gab es eine Ordnung, einen Plan. Dinge verdichteten sich und strebten einem Ziel zu. Zum ersten Mal spürte ich dieser Runde so etwas wie bedrücktes Schweigen. Doch der Chef schaltete erst einmal einen Gang herunter und erleichterte den Situationsdruck mit Rückversicherungen und einfühlenden Komplimenten.

„Herr Biba, wir haben uns in den letzten Tagen erlaubt, Ihre Rechercheergebnisse mehrmals zu überprüfen und mit uns zugänglichem Material querzuchecken. Die bisherigen Ergebnisse sind hervorragend und absolut sauber recherchiert." Er sprach Englisch. Der Punkt ging an mich.

„Daher zunächst mein Dank an Sie für Ihre hohe Kooperationsbereitschaft und das Material, das Sie uns freundlicherweise überlassen haben", fuhr Wekselman fort.

*Was für einen Beziehungsjunkie wie mich ja auch das wenigste ist, was ich tun kann*, dachte ich bei mir.

„Mein nächster Dank geht an Dr. Weimar, der die schwierige Aufgabe übernommen hatte, die deutsche Quellenlage zu überprüfen. Auch von seiner Seite haben wir grünes Licht, so dass wir jetzt einen Schritt weiter gehen können."

Gespanntes Schweigen. Viktor hatte hier offensichtlich keine offizielle Funktion, er war still und ernst.

„Bevor wir weitermachen", sagte Wekselman langsam, wie um Zeit zu gewinnen, „möchte ich Ihnen sagen, wo wir hier sind, und ein paar einleitende Worte an Sie richten. Denn Sie sind zum ersten Mal in der Fabrik."

Seine distinguierte Dynamik trieb die ganze Aktion in Nicaragua einem Höhepunkt zu. Ein aufmunternder Blick in unsere Runde, und doch fragte ich mich, wieso ein Mann, der in den Höhen eines Dr. Wekselman lebte und arbeitete, sich in die Niederungen einer schnöden Vorstellung einer zerfallenden Fabrikhalle begab. Wollte er Zeit schinden? Warteten sie noch auf irgendein Dokument oder Testergebnis? Oder gaben sie mir Zeit, mich an eine problematische Situation zu gewöhnen? Ich wünschte mir, dass mein Hang zu Verschwörungstheorien heute wirklich neurotisch und nicht real war.

„Die Funktion, die ich bekleide, ist die des verantwortlichen Leiters unserer kleinen, schlagkräftigen Arbeitsgruppe. Ich habe das Büro gegründet und auch diese Teammitglieder hier rekrutiert. Mit Unwichtigkeiten wie Rang, Funktion oder Rolle jedes Einzelnen möchte ich niemanden langweilen. Das Büro, wie dieses Team, hat es sich zur Aufgabe gemacht, länderübergreifend in Verbrechen mit neonazistischem und faschistischem Hintergrund, beginnend mit dem Jahr 1923, zu ermitteln, sie zu bekämpfen und die Täter nach Möglichkeit einer jeweils zuständigen Justiz zu übergeben. Darüber hinaus erlauben wir uns eine Art Öffentlichkeitsarbeit aus dem Hintergrund, um den betroffenen Ländern, Bürgern, Opfern, Politikern und weiteren Akteuren wichtige Informationen zukommen zu lassen. Dies schließt dort auch jeweils Presseorgane inklusive elektronischer Medien mit ein. Wir betreiben unsere Arbeit, das werden Sie verstehen, vornehmlich diskret und leise."

Eine kleine Pause des Chefs, damit sich das Gehörte setzen konnte. Dann hob er erneut an.

„Diese Einrichtung ist Eigentum der russischen Föderation und koordiniert gewisse staatliche … Aufgaben für den gesamten mittelamerikanischen Raum. Wir befinden uns hier am Stadtrand von Managua. Zu Ihrer Information, Herr Biba: Wir sind weder offen noch verdeckt eine Organisation des FSB, der GRU, des SWR, FPS, FPO, der Miliz oder irgendeines anderen russischen staatlichen Sicherheitsorgans. Wir alle haben eine Art Freiwilligenstatus, unterstehen aber Regeln, sind finanziell autark und kooperieren mit helfenden Organen und Einrichtungen wie dieser hier. Die Nutzung der Einrichtungen ist für uns diesmal kostenfrei, wir zahlen aber mit Informationen. Die hiesigen staatlichen Mitarbeiter werfen sozusagen einen Blick aufs Gedruckte, bevor es weiterversandt wird. Das ist der Vertrag."

Wekselmans Platinschopf wandte sich mir zu, seine freundlichen Augen kamen auf meinem Antlitz zur Ruhe.

„Was Sie jetzt erfahren, ist streng geheim."

Bedeutungsschweres Kopfnicken der Entourage.

„*Top secret!*" – Leon mit erhobenem Zeigefinger. Woher zum Teufel wusste der gute Mann, wo wir im Gespräch waren?

Viktor übernahm wieder – der Bote für unangenehme Nachrichten, die er aus Mitgefühl für den Delinquenten freundlich überbrachte.

„Russische Neonazis haben einen Anschlag auf den deutschen Politiker geplant, über den wir gestern gesprochen haben: Hartmann."

Endlich! Das Puzzle war vollständig. Ich war im Besitz aller Informationen, oder doch zumindest der lebenswichtigen.

„Die RNE. Jene Herren, die mir in Moskau ihre Aufmerksamkeiten zuteil werden ließen."

„So ist es."

Eine kurze Pause unterbrach den Fluss der Ausführungen.

„Ich denke, das wirft einige Verwirrung und auch Fragen auf. Neonazis, die Neonazis ermorden – wie kann das einen Sinn ergeben?"

„Geben Sie uns noch einen Moment, und das wird sich ebenfalls aufklären." Viktor wieder in seiner Rolle als Moderator. Doch er blickte schon auf seinen Vorgesetzten.

„Ich will es kurz machen, Tom Edgarewitsch, wir brauchen weiterhin Ihre uneingeschränkte Kooperation und Hilfe!"

*Meine* Hilfe*! Wozu brauchte der Big Boss, Auftraggeber und Besitzer teurer Anzüge, Herr einer Spionagefabrik der Russischen Föderation, Chef des jüdischen Nazijägerrings, sitzend zur Rechten der Allmächtigen, zu richten die Lebenden und vor allem die Rechtsextremisten, in aller Welt* meine Hilfe*?*

„Aha", sagte ich. „Wie könnte diese … Hilfe … aussehen?"

„Kurz gesagt: Sie arbeiten weiter wie bisher, bekommen unsere Unterstützung und nicht unerhebliche technische Hilfe, berichten an uns und veröffentlichen am Ende Ihre Ergebnisse angemessen. Selbstverständlich erhalten Sie ein hervorragendes Honorar plus Spesenausgleich."

„Ich habe das kleine Wort ‚angemessen' im Bezug auf das Wort ‚Veröffentlichung' gehört", sagte ich.

„Herr Biba, ich weiß, Sie werden einige Fragen haben, und ich weiß auch, dass Sie sehr genau hinsehen und ein zäher Verhandler sind. Aber ich möchte Sie bitten, alle diese Feinheiten mit Viktor auszuhandeln. Er hat umfangreiche Vollmachten meinerseits, mit Ihnen eine Abmachung zu treffen. Ich möchte Sie jetzt gerne dazu bringen, uns weiterhin Ihre überdurchschnittlich hohe Motivation, Ihren äußerst regen Geist, Ihre Fähigkeiten zur kritischen Recherche, kurz: Ihre Dienste zu gewähren. Ich bin heute hierher geflogen, um mit einem ‚Ja' von Ihnen wieder zu gehen."

„Selbstverständlich, ich verstehe", sagte ich.

Der Mann glaubte, seine erlesenen Manieren und sein stilvolles Auftreten ließe alle Herzen, Einwände und „Neins" dieser Welt dahinschmelzen.

„Sie sagen Ja?"

„Nein!"

Ich wartete.

Langes Warten, umrahmt von Seufzern, Stirnrunzeln, unerfreuten Blicken und einem Dr. Wekselman, der auf seinem

Edellederchefdrehsessel unruhig hin und her pendelte. *In die Opferrolle gehen. Täuschen, ablenken, angreifen.*

„Ich befürchte, Dr. Wekselman, ich kann das nicht machen.“ Leise. Blick zu Boden, Schultern nach unten. *Dabei habt ihr mich in Deutschland nicht beobachtet!* Wekselmann wollte erstens Entscheidungen und zweitens zum Flieger. Ich aber brauchte Klarheit und einen Anreiz. Das Handbuch der Spieltheorie empfahl bei konkurrierenden Bedürfnissen die Erstellung eines Entscheidungsbaumes. Dazu hatte er keine Zeit und ich nichts mehr zu verlieren. *Ich bin ein Opfer.* Nach einigem Zögern schaltete sich Viktor ein.

„*Daragoi* Tomsky, möchtest du, dass Dr. Wekselmann seine Pläne umstellt, noch hierbleibt und uns bei der Entscheidungsfindung hilft?“ In Russisch. Sanft meinen Beziehungssensor ansprechend. Clever!

„Nein. Ich möchte weder Dr. Wekselman aufhalten noch seine überaus wichtigen Verpflichtungen durchkreuzen. Ich arbeite, ich habe die Gefahren. Ich habe den Stress. Ich will Geld!“

Geld ist ab einer gewissen Menge ein sehr ernstes Argument. Das *einzig* ernsthafte Argument. Das sollte sie etwas hinhalten.

Einige „Hmhms“, „Sosos“ und eine Schnaufforgie später musste der Chef dann „doch so langsam zum Flugzeug“, Viktor nannte mich wieder knallhart Mr. Biba. Ich erhielt die Zusage von 100.000 Euro Verhandlungsbasis, er uneingeschränkte Verhandlungsvollmachten. Zerknirscht bedankte ich mich, wünschte „guten Flug“, senkte wieder den Blick. Abschiedshändeschüttelorgie.

„Tomsky, du bist auch so einer, der nur ans Geld denkt“, befand Viktor später enttäuscht. „Was war das denn eben? Der Versuch, noch mehr Geld rauszuschinden?“

„Das eben war Sunzi“, antwortete ich ruhig.

„Was?“

„Eher ‚wer‘. Chinesischer Philosoph und Militärtheoretiker, 4. Jahrhundert vor Christus. Ist Bestandteil der militärtheoretischen Ausbildung von Offizieren in der russischen Armee. Nie gehört?"

„Aha. Und was sagt der so?"

„Täusche Inkompetenz vor. Verwirre deinen Gegner. Greife ihn da an, wo er es nicht erwartet!"

In Viktors Kopf ratterte es, und ich sah den Mann das erste Mal wortlos starrend.

„Ich muss geräuschlos, effektiv und schnell arbeiten, ich brauche einen Partner, der mich ohne Bettelgänge meinerseits mit Papieren, Dokumenten, Geldmittel, Technik und Möglichkeiten, kurz gesagt, mit einem Auffangnetz ausstattet, wenn die Kacke am dampfen ist. Und ich scheiß auf euer Geld!"

*Wenn du dich selbst und den Feind kennst, brauchst du den Ausgang von hundert Schlachten nicht zu fürchten.*

## 35

### Granada, Nicaragua, 14. Juni 2010

Er wollte über russische Skinheads reden. Er hatte sich vorbereitet. Zwei leere Wassergläser und eine Flasche Wodka standen erwartungsvoll auf dem Tisch.

„Tomsky, du kennst dich ein wenig mit russischen Neonazis aus?“ Viktor ergriff Möglichkeit und Wort beim Schopf. Und danach die Flasche, um uns beiden einzuschenken.

„Ja, ein wenig durch meine Recherchen, ein wenig durch körperliche Selbsterfahrung in Moskau“, antwortete ich.

„Ich habe hier für dich eine kleine Zusammenfassung über Neonazis und Skinheads in der Russischen Föderation. Na ja, ist nicht von mir, ist eigentlich von Leon“, zwinkerte er wieder.

„Dann vielen Dank der russisch-deutschen Kooperation. Oder sollte ich sagen: der jüdisch-russisch-deutschen Kooperation.“

„Ein gewisses Stadium der Freundschaft lässt Länder, Sprachen, Religionen hinter sich, nicht wahr, mein Lieber?“ Viktor, der Weise!

„Lies es, lass uns darüber sprechen, es dient als Vorbereitung und Arbeitsgrundlage. Aber vielleicht können wir auch eine schöne Diskussion haben.“ Ein großer Schluck aus dem Wodkaglas.

Ich fragte, wo Leon sei.

„Leon überprüft ein bisschen deine Rechercheergebnisse und vergleicht sie mit unseren Quellen.“

„Wer ist ‚uns‘, wer seid *ihr*?“

„Hab noch einen Tag Geduld, Tomsky. Wir sind die Kavallerie, und wir haben einen Plan“, meinte Viktor schmunzelnd.

Ich fragte mich, für wen sie ritten und wer sie anführte. General Custer hatte am Little Big Horn auch einen Plan gehabt.

Ich nahm den Kurzbericht. Er trug den Titel „Neonazistische Bewegungen in Russland“ und begann mit dem Mord an einem neunjährigen Mädchen aus Tadschikistan, das 2004 von russischen Neonazis in St. Petersburg als Kakerlake bezeichnet und erstochen worden war.

„Sie begehen wahllos Gewalttaten und hoffen, dass der Funke überspringt. Sie halten sich in ihrem extremen Hass für unbesiegbar. Damit haben sie schon verloren“, sagte ich.

„Wieso sagst du, sie haben schon verloren?“, fragte Viktor mit hochgezogenen Augenbrauen.

„Weil sie in ihrer negativen Machtbesessenheit fixiert sind. Jeder, der glaubt, er habe unbegrenzte Macht, verfällt der Ohnmacht und verliert. Er braucht mehr Macht. Oder Aggressivität. Er spürt noch mehr Ohnmacht, es ist eine Negativspirale. Sieger sind Verlierer, sie wissen es nur noch nicht.“

„Und wie heißt das Gegenteil?“

„Gewinner.“

„Ah, der *filosof*.“ Viktor lächelte sein Viktorlächeln.

Ich las:

*Zentren der Bewegung: Moskau und St. Petersburg. Rund 50 verschiedene, zum Teil sehr kleine Neonazi-Organisationen. Sie haben Namen wie „Russische Nationale Einheit“, „Schulz88“, „Russische Faust“, „Kolowrat“ oder die russische Sektion von „Blood & Honour“. Seit den 90er Jahren steigende Anzahl von Skinheads und Sympathisanten, die inzwischen russlandweit auf 50.000 geschätzt werden, mit steiler Aufwärtstendenz. Rund 10.000 davon werden nach Angaben russischer Stellen „überwacht“ – was auch immer das für die russischen Sicherheitsbehörden bedeuten mag. Anstieg fremdenfeindlich motivierter Verbrechen im Land innerhalb eines Jahres um 30 %. Dabei: jährlich geschätzt 20 bis 30 Todesopfer. Teilweise sehr hohe bis extreme Gewaltbereitschaft. Kaum strafrechtliche Verfolgungen, weil Verbrechen dieser Art nicht als „Hassverbrechen“ mit höherem Strafmaß, sondern als „jugendliches Rowdytum“ oder „Vandalismus“ umbetitelt werden und keine Priorität genießen. Leichtere Haftstrafen wegen „Hooliganismus“, die zum Teil erlas-*

*sen werden. Neonazistische Bücher oder Zeitschriften wie „Russische Ordnung" sind an Zeitschriftenständen problemlos zugänglich. Steigender Aktivitäts- und Organisationsgrad im Internet. Offener Aufruf zu Antisemitismus, extremer Hass auf Immigranten aus den südlichen Staaten wie Tschetschenien, Dagestan, Armenien, Aserbaidschan.*

„Der sogenannte Schwarze Gürtel mit den *Schwarzärschen*", sagte ich. Viktor nickte.

Aufrufe zur Vertreibung von Minderheiten oder zum Untergrundkampf à la IRA oder al-Qaida. Und, passend: Aufrufe zum „heiligen Rassenkrieg"!

*Mordgeile Extremisten aller Länder – vereinigt euch!*, schoss es mir durch den Kopf.

„Die Hintergründe für den Zulauf und die verstärkten rechtsextremen Aktivitäten ähneln den Zuständen bei uns", sagte ich. „Neuer Nationalismus, in dem Fall postsowjetisch geprägt. Stockende Reformen, hohe Arbeitslosigkeit, Aufspaltung der Gesellschaft in immer Reichere und immer Ärmere, sich verstärkende Migrationsströme, vor allem Jugendliche lassen sich ansprechen und anwerben. Könnte auch aus einem Bericht des deutschen Innenministeriums stammen."

Ich las weiter in Leons Exposé.

*Organisationsform: kleine rechtsextremistische Zellen, die via Internet kommunizieren. Ermordung des führenden russischen Rassismus-Experten Prof. Nikolaj Girenko, aufgrund dessen Gutachten viele Neonazis als „Hassverbrecher" verurteilt wurden. Wurde als „Verbrecher gegen russische Patrioten" oder „Verräter" „zum Tode verurteilt". Ebenso Oberstaatsanwalt Eduard Chuwaschow, der es gewagt hatte, Mitglieder der ultranationalistischen „Weißen Wölfe" zu Haftstrafen zwischen sechs und 23 Jahren zu verurteilen – ermordet von „Unbekannten".*

„Warum haben die mich in Moskau nur verprügelt und mir nichts Schlimmeres angetan? Oder mich ermordet?", formulierte ich eine meiner Ängste als Frage, die mir gerade durch den Kopf ging.

„Ich weiß es nicht, Tomsky", sagte Viktor mit treuen russischblauen Augen. Wieder ein genussvoller Schluck aus dem Wodkaglas. „Wirklich, ich kann nur vermuten: ein Denkzettel, eine Warnung, vielleicht dachten sie, du als Intellektueller bekommst Angst, kneifst und fliehst sofort."

„Nun, ich habe Angst. Mehr als vorher. Das haben sie geschafft!"

„Ja, aber du bist noch dran."

„Angst ist wie ein Leitmotto in unserer Familie, eine Erbschaft, von Generation zu Generation weitergegeben, sorgfältig gehütet. Wenn ich da nicht dranbleibe, verliere ich ganz."

„Ich glaube, ich verstehe. Du willst nicht siegen, du willst gewinnen."

„Einer meiner Psychologie-Ausbilder sagte immer, man kommt aus einem Problem nur raus, indem man reingeht. Diesen Satz vergesse ich nie."

„Du stellst dich. Gut!"

„Warum haben sie bei ihrem Überfall auf mich nicht versucht, mich auszufragen, auch mit Gewalt?"

„Dazu habe ich wieder nur Vermutungen. Aber gute Vermutungen. Entweder sie waren nur zu einem Job geschickt worden und kannten nur einen Teil der Zusammenhänge. Sie wissen so viel, wie sie wissen müssen. Oder sie wussten etwas, von dem sie dachten, dass du es nicht weißt und nie herausbekommen wirst. Sie hätten dann sich, dich oder die Situation vollkommen falsch eingeschätzt. Beides können wir für unsere Zwecke nutzen."

„Ja, das könnte indirekt bestätigen, dass das, woran wir arbeiten, in die richtige Richtung geht."

„Du hast ‚wir' gesagt, Tom Edgarewitsch." Als Viktor das anmerkte, fiel es mir auch auf.

„Sicher ein Freud'scher Versprecher."

„Diese Sache verträgt keine Fehler, nicht mal die von Freud."

„Nun ja, offensichtlich brauche ich in dieser Sache Hilfe, Verbündete. Ich hatte das Gefühl, du und dein Verein, ihr könntet das übernehmen."

„Ja, wir können und wollen dir helfen." In Viktors Stimme klangen ansatzweise Stolz und eine gewisse Freude mit.

„Woher wussten sie von mir und meiner Recherche? Waren sie vom FSB oder von ihm angeheuert?"

„Nein, Tomsky, es ist viel einfacher. Ich bin sicher, sie hatten einen Mann in der Bibliothek sitzen. Oder beim Roten Kreuz. Die russischen Neonazis sind zwar vernetzt, aber sie brauchen Informanten. Es gibt genug Pensionäre bei den Wachdiensten, denen das Geld für die Miete nicht reicht. Hände aufhalten und Augen zu. Ich glaube nicht einmal, dass sie am Ende wissen, wem und wofür sie diese Informationen liefern. Aber ich denke, Leon wird sie ausfindig machen. Auch er hat ein kleines Netzwerk." Bei diesen Worten grinste er schelmisch und rieb sich die Hände.

„Wie kommt es, dass russische Neonazis ein Attentat auf einen deutschen Neonazi planen, der momentan noch dazu im Rampenlicht steht? Das sind doch Gesinnungsgenossen, sollte man meinen. Welche Kontakte können die haben, wenn sie nur in kleinen Zirkeln organisiert sind und unter der Hand keine staatliche Unterstützung genießen?"

„Es stimmt, jede dieser Gruppen wäre zu klein und zu unbedeutend, hätte weder die Mittel noch die richtigen Beziehungen, eine solche Operation durchzuführen. Sie versuchen zwar, Kontakte ins Ausland zu bekommen, vor allem aber, um anerkannt zu sein. Das läuft hauptsächlich übers Internet oder vereinzelte persönliche Kontakte, hauptsächlich in die USA. Euer Rechtsextremismus ist seit dem Dritten Reich homogen gewachsen, unserer ist neu, unsystematisch, hat Lücken. Ein Vorteil, den wir nutzen. Und sie brauchen, auch aus diesem Grund, Hilfe. Wiederum korrekt formuliert."

Viktor stellte vorsichtig sein Glas ab, rutschte behäbig auf seinem Stuhl nach vorne und legte andächtig die Hände ineinander. Welche Nachricht bedurfte solch sorgfältiger und nachsichtiger Einstimmung? Selbst seine Mimik diente eher meiner als seiner Vorbereitung.

„Bei dem, was ich jetzt sage, bitte ich einen Moment um deine Geduld, Tom Edgarewitsch. Gib mir die Möglichkeit, auszureden, sonst entstehen Missverständnisse auf deiner Seite."

Er suchte und erhielt meine vollste Konzentration, ergänzt um mein Schweigegelöbnis. Ich würde ihn nicht unterbrechen, keine Fragen stellen.

„Sie arbeiten nicht alleine."

Pause.

„Sie haben Hilfe."

Pause.

„Uns beziehungsweise unser Büro."

Wieder Pause, damit ich den Klops schlucken konnte.

„Wir haben sie infiltriert. Aber sie wissen nichts davon, nichts von unseren Leuten, unserer Existenz. Es ist eine Operation in einer Operation."

„Ein Büro jüdischer Nazijäger hilft russischen Neonazis bei der Planung eines Attentats, um sie zu infiltrieren und dieses zu verhindern?"

Statt meiner sonstigen Beklemmung spürte ich diesmal erleichternde Verwirrung.

„So könnte man sagen." Viktor nickte.

„Und wie stellt euer Club sicher, dass weder ihr noch die Neonazis längst vom FSB unterwandert oder umgedreht wurden?"

„Wir haben eine Abmachung mit dem FSB, in der für diese Sache Interessen- und Aktionsfelder klar abgegrenzt wurden."

Eine Aussage im Brustton der Banalität, wie wenn er sagen würde, dass es morgen wieder frisches russisches Schwarzbrot gäbe.

„Offen gestanden, Viktor, sind diese Auskünfte für mich weder befriedigend noch beruhigend. Im Moment würde ich sagen, ich bin so eine Art Beschaffer. Oder vielleicht wäre das Wort ‚Lockvogel' passender. Das bedeutet, ich bin in der Sache exponiert. Welches Bedrohungspotenzial gibt es? Wer schützt mich? Wie nachhaltig? Wie lange?"

„Ich verstehe deine Sorgen und Fragen." Viktor langsam, ohne mich anzusehen.

„Und woher wisst ihr, wissen wir, weiß ich, dass nicht irgendein russischer Sicherheitsdienst eine Operation in der Operation einer Operation durchführt?"

„Ich kann dich nur bitten, uns zuzuhören, uns etwas von deinem Vertrauen zu schenken, zu wagen, was du wagen kannst oder willst." Und mit einem langen, offenen Blick zu mir: „Wenn du nein sagst, akzeptiere ich das, und auch unser Büro. Ein nicht motivierter Partner würde weder sich selbst noch uns oder der Sache nützen. Ganz im Gegenteil, er könnte alle und alles gefährden."

„Und wie kämt ihr da rein, wenn ich ‚Nein' sagen würde?"

„Das wissen wir nicht", antwortete Viktor mit leiser Stimme.

„Manchmal bin ich mir sehr unsicher, ob ihr mir in der Spionage-Fabrik alles erzählt habt. Ich frage mich jetzt, auf was ich mit meiner Recherche *wirklich* gestoßen bin."

Ein weiteres Wasserglas voll Wodka verschwand in den Tiefen seiner russischen Seele.

„Die Frage, lieber Tomsky, ist nicht, auf was du gestoßen bist, sondern welche Auswirkungen das haben kann. Aber es ist ab jetzt deine Entscheidung."

Nachdenkliches Schweigen.

Obwohl ich das Lied der FSLN lange, lange nicht gehört hatte, sagte ich: „*Sí, compañero* Viktor, vorwärts in einer Front mit der *Frente*!"

# 36

## Managua, Nicaragua/Berlin, 17. Juni 2010

„Wir haben den Kontakt hergestellt."

„Sehr schön. Über wen?"

„Einer unserer Mittelsmänner, auch ein Journalist aus deren politischem Umfeld, ist an Hartmann herangetreten." Ein sichtlich zufriedener Dr. Weimar sprach über die abhörsichere Leitung mit seinem Arbeitskollegen in einem kleinen befreundeten Sicherheitsdienst in Tel Aviv.

„Würden Sie mir bitte erzählen, wie er das gemacht hat? Doch nicht einfach so, ohne entsprechenden Aufwand, oder sollte ich eher sagen: Gegenleistung?" Die freundliche Stimme und das gepflegte Deutsch seines Kollegen, so makellos wie sein Aussehen. Kein Akzent, keine Dialektfärbung. Reines Hochdeutsch, fast aseptisch.

„Wir haben über einen anderen Mittelsmann Geld angeboten. Sein Verein ist hoch verschuldet. Und Werbemöglichkeiten im Internet angedeutet. Schließlich sind in den nächsten acht Monaten eine Kommunal- und zwei Landtagswahlen."

„Ein Bundesbeamter, der Neonazis verfolgt, in dem er sie unterstützt – ich hoffe doch, verehrter Doktor, dass solche Vorgänge Journalisten … anderer Couleur verborgen bleiben." Selbst der ironische Ton mit einem spürbaren Lächeln vorgetragen, sanft, fast liebevoll.

„Ein Treffen wurde für in einer Woche avisiert. Genauer Ort und Zeit werden noch bekannt gegeben. Ihr Mann muss alleine erscheinen. Keine elektronischen Geräte, sie werden ihn röntgen. Nur Mund, Auge und Ohr."

„Fast biblisch, lieber Doktor. Auge um Auge. Lesen Sie ab und zu im Alten oder im Neuen Testament?"

Weimar war irritiert. Bibelzitate statt klarer Fakten? Ideologische Störgeräusche, gebettet in das Rauschen einer abhörsicheren Verbindung.

„Glauben Sie, dass eine Fernüberwachung möglich wäre? Richtmikrofone, hoch auflösende Kameras, 3D-Abhörmittelpräparation vor Ort?“ Selbst nüchterner Fachjargon klang aus seinem Mund wie eine Liebesbeteuerung.

„Das kommt auf den Ort an, den die vorschlagen, und auf das Zeitfenster, das uns für Vorbereitungen bleibt. Da in dieser Szene viele Leute aus Sicherheitsdiensten und Militär aktiv sind, denke ich, die werden dieses Risiko kennen und minimieren.“ Der elektronische Überwachungsagent brach sich leichter Bahn im Bundesbeamten als emotionale Resonanzen.

„Darf ich Sie dann bitten, mich bei Dateneingang rasch und diskret in Kenntnis zu setzen“, bat die sanfte Stimme. Dass es kein Abschiedswort oder einen Dank als Anerkennung seiner Mühen gab, sondern nur ein kaltes, technisches Knacken, empfand Weimar aber doch seltsam.

Genau genommen hatte eine Verwandlung stattgefunden. Aus dem so langweiligen wie pflichtbewussten Juristen Dr. Weimar war zu Hause wieder der zwar unbe-, aber anerkannte Jäger der Verbrecher geworden. Besser gesagt: Jäger von Verbrechen, denn in die schmutzigen Tiefen der Festnahmen mit all den Tätlichkeiten von Beschimpfungen über Rangeleien bis Schusswechseln schickte er dann doch Sondereinsatzkommandos oder V-Leute. Schließlich waren die auf diesem Gebiet Profis. Doch ohne Treiber konnten die anderen nichts fangen. Und er war ein Treiber. Hart, schnell, entschieden, digital. Sicher hatten die eigenen festen, sicheren Bürowände anstelle von Palmblättern und Bambusstreben wie auch die erleichternde Tatsache, dass sein halb ausgesprochenes Wort hier Befehlsstatus besaß, ebenfalls segensreichen Anteil an dieser Verwandlung. Endlich konnte er wieder befreit arbeiten, unbeobachtet, unkommentiert. Hier stieß niemand die Tische seiner Datentransfers und Infowechslergeschäfte um. Verbrecherjagd nach eindeutiger Aktenlage, Verfolgungen am Bildschirm in Echtzeit. Datenauswertung, Datengegenüberstellung, Datenabgleich – das war seine Welt.

Beruhigende Spannung erfüllte ihn. Er, Dr. jur. Robert Weimar, Absolvent der Rechtsfakultät der Universität Bochum, würde den Neonazi Hartmann zur Strecke bringen. Und weiter noch: Zusammen mit Kramwinkel, dem Staatssekretär und persönlichem Referenten der Innenministerin, konnte er die rechte Szene aufmischen. Die Neuvorlage desGesetzesentwurfs zum Verbot verfassungsgefährdender rechtsextremer Parteien konnte sogar ein Verbot aller Rechtsparteien möglich machen. Wenn Weimar SPD-Mitglied gewesen wäre, hätte sein Herz links schneller geschlagen. Aber er hielt nichts von Parteimitgliedschaften. Er glaubte an Zahlen und Taktiken, nicht an wacklige Theorien oder den Glauben Wankelmütiger. Was existierte, war messbar, beweisbar, digitalisierbar. Und jetzt hatte er sich um die Kontakte zu einem Operatorenteam der GSG 9 zu kümmern, Einsatzort nahe Berlin. Und den persönlichen Referenten der Ministerin zu informieren.

Doch so einiges an dem Gespräch war ihm entgangen, kleine, lässliche Fehler. Nein, eher unwichtige Nachlässigkeiten, ohne praktisches Gewicht. Hätte er die Telefonnummer zurückverfolgt, wäre ihm aufgefallen, dass sein Gesprächspartner nicht in Tel Aviv, sondern in der mittelamerikanischen Region, genauer: Nicaragua, zu orten gewesen wäre. Tatsächlich räkelte dieser sich an seinem letzten Abend auf dem Balkon seines Zimmers in Managua. Er war auch kein israelischer Staatsbürger und, um ganz ehrlich zu sein, in seinem ganzen Leben nicht einmal in Israel gewesen. Früher hatte er für den KGB gearbeitet, ohne dass Juden dort gelitten hatten. Aber irgendwer musste sich ja um die Kontakte der Judendiaspora im Mutterland des Sozialismus kümmern, das verstanden sogar seine Vorgesetzten, Parteimitglieder. All die geretteten Seelen, die vielen Ausgewanderten, die jetzt im verheißenen Land lebten, beteten, Jahwe dankten. Was waren dagegen ein paar Informationen, einige gebremste Untergrundaktionen, die paar zurückgehaltenen Dossiers realitätsferner, gläubiger Phantasten. Keine Toten. Keine, von denen er wusste. Bis er die Schnauze voll gehabt hatte, ausgestiegen war und einen eigenen kleinen, diskreten Dienst eröffnet hatte. Neue Verbindungen, alte Kontakte, hier ein Bekannter, dort eine Telefonnummer. Erfolg war auch, womit man sich gut kleiden und leben konnte. Sein manikürter Finger schaltete den digitalen Aufnahmemodus aus, in dem das gerade getätigte Telefongespräch unter Kollegen gespeichert war und eventueller späterer Benutzung harrte.

Da ihn niemand mit Nebensächlichkeiten belästigen wollte, wusste der agile Dr. Weimar von all dem nichts.

## 37

*Der Weg des Samurai liegt im Tod!*

Deswegen konnte er auch nicht einschlafen, und durchschlafen schon gar nicht. Sein Gemüt zog ihn hinab, wie ein Gewicht, das dem Delinquenten am Fußgelenk hängt und ihn bei jedem Schritt erinnert. Aber was hatte er verbrochen? Welche Form der Angst war sein Vergehen gewesen gegen die schöne, leichte Form des Lebensgenusses? Er hatte versagt, schimpflich versagt! Im Job, in seiner Familie, bei einigen Freunden. Und sich selbst gegenüber. Sinnlose Kämpfchen statt Biss und Zupacken, trotz einer wohldosierten Menge Aggressivität in seinen Charaktereigenschaften. Anstelle des Er-wartens hatte er nur *ge*-wartet. Er wusste es, und er hatte während einer gewissen Zeitspanne das Gefühl, später den Wunsch, sein Leben zurückzugeben. *Versager haben keine zweite Chance,* hatte er damals gedacht. Inzwischen wusste er es besser. Weil er sich dann irgendwie durchgebissen hatte.

Es musste sauber gelitten werden! Viele dachten, das Leiden sei unbedingt zu vermeiden. *Leben ist kurz … jeder so sein Päckchen … Tom, Probleme braucht hier echt keiner … ich will Spaß im Gesicht!* Oberflächliche Verdrängerfreuden. Wenn man nicht sauber litt oder das Leiden vermied und eine Lichtquelle durch die Klarsichtfolien des Unterbewussten schien, drückte sich ein Farbfehler durch jede Folie durch bis in die oberste Schicht des Lebens. Der erste neue vermeidbare Fehler.

Wenn er in seinen Marianengraben sank, wollte er sauber leiden. Das war er seiner Psyche, seiner Angst, seinem Leben und Gott inzwischen schuldig. Im Leiden steckte die Spannung, die ihm jene Aggressivität nutzbar machte, die er nachher wieder brauchte, um den Kampf erneut aufzunehmen. Um sich zu stärken, weiterhin das Schwache zulassen zu können. Manche verwechselten Schwachsein mit Schwäche. Wer verstand das schon … Er! Ein paar seiner Freunde! Ganz sicher Tsunetomo Miyamoto!

Durchleiden bedeutete die Bereitstellung von Spannung und Energie, einem Ausweg. Also fasste er in dieser Nacht einen Entschluss. *Was auch immer euer Plan ist, welche technischen und politischen Ressourcen ihr auch immer habt, wie trickreich und taktisch vorbreitet ihr auch vorgehen werdet, welche Macht euch auch immer zu Verfügung steht – ich werde es aushalten. Ich will diese Recherche, bei der es jetzt auch um mich geht, nicht beenden, ohne zur anderen Seite durchzubrechen. Ihr* siegt *vielleicht – ich halte mein Leben dagegen und werde* gewinnen.

Als Kämpfer würde er diesen Moment, den ihm das Leben hinhielt, nicht ungenutzt lassen. Diesmal war er sanft auf dem Grund aufgeschlagen, weil der Druck riesig war, nicht mehr messbar. Hier war er am größten, hier entstand die beste Spannung. Sie lieferte die Energie zu seiner Remotivation.

*Der Weg des Samurai liegt im Sterben, nicht im Tod*, dachte er hoffnungsfroh. Und dieser Strohhalm ließ ihn endlich Schlaf finden.

## 38

### Altenhaßlau, 4. April 1945

Er stand genau vor Ihnen und hatte die Tommy Gun schussbereit. Sie hatten den Kampf im Dorf überlebt, den Nachtmarsch überstanden, ein Lager gefunden und so etwas wie geschlafen. Und jetzt stand er vor ihnen, zielend, schussbereit. Ein GI der 2nd Cavalry Group, genau oberhalb des Straßengrabens. Einen Schritt vor und sie waren entdeckt. Immer noch trug er diese verdammte Uniform, wie auch die anderen. Er wusste von dem Befehl des US-Generals, gegenüber solchen deutschen Soldaten keinen Pardon zu zeigen und zu gewähren – vor zwei Tagen, 48 Stunden, Dutzenden Toten und einer Armee mit Panzerflugzeugkanonengewehrhandgranatensoldaten, die in dem Dorf scharf geschossen hatten, wütend waren und tödlich.

Biba machte langsam und lautlos eine Handbewegung: unten bleiben, nicht rühren. Wachsam sein, konzentriert sein, mit der nassen Erde verschmelzen. Nichts rührte sich, niemand atmete, selbst die Grashalme, die sprossen, waren ohne Bewegung. Er hatte seine Walther-Pistole umklammert. Aber was nutzten drei Schuss gegen diese Armee? Und wie sollten sie so auf die andere Straßenseite gelangen? Nach dem Kampf gestern waren die da oben in Alarmbereitschaft und würden das drei- und vierfache an Munition verballern auf alles, was nach deutscher Uniform aussah. Und die, die *sie* trugen, waren denen besonders verhasst. Sie hatten keine Chance. Nicht einmal die, unentdeckt zu bleiben. Gleich würde der Ami in ihre Richtung blicken, dann würden sie auffallen und entdeckt werden. Weil ein Metallteil silbrig blitzte. Oder jemand in diesem Moment eine winzige Bewegung machte. Luft holte. Hustete. Oder weil es Dima vor Angst nicht mehr aushielt. Sie waren zu viert und lagen auseinandergezogen im Straßengraben an der Chaussee nach Gelnhausen, er an der linken Flanke, genau über ihm der schussbereite Soldat.

Biba dachte kurz daran, sich zu ergeben. Er führte als Unteroffizier vier Mann, auch sich selbst. Er fühlte sich verantwortlich für Dima und sein hohlwangiges, zittriges, angsterfülltes bisschen Leben. Immer Hunger, kein Schlaf, dauernd marschieren, kämpfen, hetzen, flüchten. Aber der Druck der Verantwortung – das war es, was ihn mürbe machte. Er konnte kein Englisch, war kein Offizier, militärisch unwichtig und für *die da* nur ein weiterer *fucking kraut*. Schützen konnte er niemanden mehr. Eine Hilfe war er nicht, ebenso wenig, wie er weiter kämpfen wollte oder konnte. Er war der verantwortliche Unteroffizier und hatte nichts mehr zu verantworten. Was würden *die da* mit ihnen machen? Was würden sie mit Dima machen?

Englische Laute drangen an sein Ohr. Ein weiterer Ami war an der entfernten rechten Flanke aufgetaucht und rief seinem Kameraden etwas zu. Der lachte, öffnete den Mund, ein Buchstabe, ein Laut. Die Antwort konnte Biba nicht mehr hören, denn sie ging im Bellen und Rattern der Gewehre unter. Das Feuer der Gewehrläufe konvergierte zielgerichtet in einem Punkt. Das Schwirren von Projektilen, langsam, träge, zielsicher tödlich. Biba musste an die fetten Maikäfer auf dem Kartoffelfeld seiner Eltern oberhalb der Kirche am Schulgarten denken.

Da hub ein dissonanter Gesang an aus Schreien, Befehlen, Keuchen, Lautlosigkeit und wieder Schreien. Hunderte Gewehrkugeln, einige kunter-Leuchtspur-bunt, wiesen einen lichten Weg zur anderen Seite. Wie kleine Kerzen, am Boden aufgestellt, am Rand. Der Tanzboden beim Kirchweihfest in Altenmittlau. Über allem lag ein heller Dom aus Lichtstrahlen, kommend aus Schweinwerfern und sich, Lichtpunkt für Lichtstrahl, zusammenfindend, zusammenbindend zu einer Kuppel aus Hell unter dunklem Himmel Nacht. Hände gestikulierten behende, Fäuste kreisten um Hüften mit Granaten in Bewegung. Er sah rechts von sich Svoboda, hüpfend, Stiefel stampfend, sich windend. Ein Tanz in der Uniform der Garde auf einer Kerb mit Licht, Bier,

Paukenschlägen. *Tatata bumm, ratata bumm* der Takt. Und Dima, vom Bier schon ganz beseligt, lag da, eine dunkle Lache unter sich. Ein verzerrtes Gesicht, es ging ihm wohl nicht gut.

Licht aus!

***

Als er wieder einen klaren Gedanken fassen konnte, fand er sich auf der anderen Straßenseite, im Chausseegraben geduckt rennend. In der einen Faust hatte er immer noch die Pistole, in der anderen … nichts mehr. Er hatte die ganze Zeit Dimas hagere, knochige Hand gefühlt. Sie war weg. Wie auch sein Leben.

Biba wusste, dass er gefallen war, schließlich hatte er seinen Todestanz gesehen, Arm in Arm mit Svoboda. Was mit Thorsten war, wusste er nicht, vielleicht hatte der fliehen können. Dann würden sie ihn spätestens morgen gefangen nehmen, und dieser unwirkliche Alptraum war für den Jungen beendet.

Er besah den Nachthimmel. Der war in Ordnung. Er tastete seinen Körper ab. Zwar empfand er keine Schmerzen, aber aus Russland wusste er, wie listig Splitter schmerzlose Wunden schlagen konnten. Bis der Körper sich beruhigte und das Gefühl, der Schmerz, das Blut, das Stöhnen und Schreien wiederkamen. Aber er war nicht getroffen worden, nur seine Oberschenkel und Hände waren nass von der Erde. Von Dimas Blut? Nach dem Himmel und seinem dünnen Körper begutachtete er aufmerksam einen Stein, der vor ihm aufgetaucht war. Aber auch der Stein war unversehrt und gesund. Irgendwo zwitscherte ein Vogel, der Tag wollte kommen. Also ging es auch dem Vogel gut. Alle waren zufrieden und wohlauf. Nur Dima, *sein* Dima nicht!

Nach drei Kilometern war oben auf der Anhöhe am Waldrand ein Unterstand für Kühe. Er konnte nicht hierbleiben, die anderen würden ihn suchen, sie hatten ihn fliehen sehen und sicherlich bemerkt, dass er keine Gefahr darstellte. Außerdem war es eben noch dunkel. Biba war niedergeschlagen, aber er zwang sich dazu, weiterzumarschieren. Er war im Graben an der Straße Altenhaßlau–Lützelhausen, die ins Freigericht führte. Da lag Altenmittlau, da war sein Haus mit der Backstube seines Bruders Martin und einem großen Ofen darin.

# Dritter Teil

*Den Äußerungen der Alten nach sollte man seinen Entschluss innerhalb von sieben Atemzügen treffen. In dieser Beschränkung entsteht der Geist, zur anderen Seite durchzubrechen.*

Tsunetomo Miyamoto: Hagakure
*Japan, Anfang 18. Jh.*

## 39

**Moskau, 20.–22. Juni 2010**

**Tag eins**

Die Planungen für das Attentat befanden sich im fortgeschrittenen Stadium. Viktor Feingolt war alleine gekommen, Leon war nicht mit dabei. Also ging es los. Sie waren aus verschiedenen Richtungen und über Umwege nach Moskau geflogen. Dort befanden sie sich außerhalb der Stadt in einer sicheren Datscha. Früher war das Gelände eine *basa*, ein Ferien- und Erholungscamp eines Staatsbetriebes, gewesen. Ein kleiner See mit Steg, eine dreieckige Grillhütte, eine russische *banja* und lange Waldwege erleichterten die schwierigen Vorbereitungen.

**Tag zwei**

„Wir müssen darauf achten, dass jede Kleinigkeit stimmt und alles zueinander passt. Wir dürfen weder Fehler denken noch zulassen noch machen. Ein winziges falsches Detail, und alles kann umsonst gewesen sein. Die anderen dürfen keinen Verdacht schöpfen. Und wir müssen es hinkriegen, sie zu warnen, ohne dass sie dich aufs Korn nehmen oder die Warnung missverstehen."

„Ich soll also reingehen, ein Interview machen, euch dabei mit Informationen versorgen, den Parteivorsitzenden warnen, mich nicht umbringen lassen und wieder gehen, hab ich's so richtig verstanden?", fragte ich.

„Genau. Und dafür sollten wir jetzt die Details und Abläufe der Tage vor dem Interview besprechen und abstimmen. Danach erstellen wir eine Inhaltsliste für das Interview, eine Zeitleiste der Abläufe vor Ort und eine Liste möglicher Gegenfragen. Aber zu Beginn erstellen wir eine lückenlose Biographie von Hartmann. Wichtig: Das alles muss perfekt sein, aber es darf nicht perfekt wirken. Wenn es zu gut ist, erregt das Verdacht.“ Viktor kam in Fahrt, Planungen komplexer Aktionen waren seine Vorliebe. Je schwieriger, je besser. Ich mochte das im Grunde genommen auch, hatte aber so meine Befürchtungen, was den Ablauf des schwierigen Interviews in einer Gruppe von Neonazis betraf.

„Stalingrad“, sagte ich vor mich hin.

„Wieso Stalingrad?“

„Musste grade daran denken. Ging mir so durch den Kopf. Ich möchte kein Stalingrad erleben. Weder geistig noch arbeitstechnisch noch körperlich.“

„Nicht Stalingrad, Waldensberg!“ Viktor hielt das für einen guten Witz, denn er lachte ausgiebig über sein Wortspiel. Der Rest des ersten Tages war mit der Sichtung und dem Zusammenstellen von Hartmanns Profil vergangen, ebenso der nächste Tag. Bis ich alle Daten und Fakten des neuen Führers der neuen extremen Rechten kannte. Danach machte ich mich mit ihnen vertraut. In all dem Datenwust kam der Name Tetjana Schatwanko nicht ein einziges Mal vor. Dr. Weimar hatte in einem Päckchen alles liefern lassen, was er hatte. Oder was er uns glauben machen wollte, dass er hatte. Es war auch so viel zu viel Material, selbst um uns in die falsche Richtung zu lenken. Als der als Monteur verkleidete Kurier das Material aus seinen Arbeitskisten gepackt hatte, wünschte er launig „Frohe Jagd und alles, was so dazugehört, die Herren!“ Nachdem er verschwunden war, widmeten wir uns wieder unseren Planungen.

„Also: wir erstellen eine Zeitleiste für die Vorgänge in Waldensberg, aber zuerst eine für die Geschehnisse in Hirzenhain. An diese Zeitleiste hängen wir die entsprechenden Informationen und haben ein Rohgerüst für den anzufertigenden Text. Nach deinen Unterlagen waren in Hirzenhain die Buderus-Werke, deren Aktienmehrheit seit 1923 die Breuer-Werke Frankfurt hatten. Seit 1943 stellten sie Gussteile für Panzer im Rahmen des ‚Adolf Hitler Panzerprogramms‘ her, ebenso Zylindergussteile, Stromerzeugungsaggregate, Sternpumpen, hydraulische

Steuerungen für die Panzertypen Panther und Tiger. Wie hieß der Werksdirektor?"

„Scraback."

„Die Belegschaft?"

„Abgesehen von den deutschen Arbeiterinnen und Arbeitern waren es ein paar deutsche Strafgefangene, vor allem aber Zwangsarbeiterinnen und Zwangsarbeiter aus den von den Deutschen besetzten Gebieten. Hirzenhain war als Arbeitserziehungslager eingestuft. Die männlichen Zwangsarbeiter kamen aus dem Arbeitslager Rodgau-Rollwald, die weiblichen zumeist aus Polen, der Ukraine, Russland, später, oder besser gesagt, zuletzt auch aus dem Gestapo-Frauengefängnis Frankfurt-Heddernheim."

„Lagerleiter?"

„SS-Hauptsturmführer Karl-Ludwig Weimar. Die Namen sind auf SS-Intendantur- und Zeugenlisten verzeichnet."

Viktor nickte.

„Wann kam Tetjana Schatwanko in das Arbeitslager der Breuer-Werke?"

Bevor ich antworten konnte, klingelte das Mobiltelefon. Viktor nahm ab, ohne sich zu melden. Der Anrufer schien bekannt. Mehrmaliges Nicken, dann am Ende ein „Gut". Er klappte das Telefon zu.

„Freudige Mitteilung, Tomsky. Leon hat Kopien der Akte Biba bekommen und bringt sie heute Abend mit. Damit sind alle Unterlagen komplett."

Ein Lächeln auf meinem Gesicht, bedankte ich mich bei *Towarischtsch* Feingolt. Wir wandten uns wieder der jüdischen Zwangsarbeiterin zu.

„In der Nacht vom 23. auf den 24. März 1945 wurden laut Liste 49 weibliche Gefangene, hauptsächlich Russinnen, Polinnen, Deutsche, Französinnen per Bahntransport aus dem Frankfurter Gestapogefängnis Klapperfeldstraße nach Hirzenhain verlegt, darunter auch sie. Am Tag zuvor hatte der Oberst Dr. Hans Trummler, SS- und Polizeichef der ‚Westmark', den

Befehl gegeben, alle Gefangenen und Zwangsarbeiter vor den heranrückenden US-Truppen zu evakuieren."

Viktor brummte. „Also war sie seit der Nacht vom 23. in Hirzenhain."

„Das ist nicht genau feststellbar. In derselben Nacht gelang fünf Frauen die Flucht, als der Zug dort ankam. Sie könnte geflohen sein und sich versteckt haben."

„Wie wahrscheinlich ist das?"

„Na ja, der Krieg ging in der Wetterau zu Ende. Die Amis näherten sich, die Wehrmacht war ja bereits abgezogen. Wenn die Schatwanko den Mut der Verzweiflung hatte und ein Bauer all seinen Mut zusammennahm ... Denkbar wäre es."

„Aber hier steht, dass am 15.3. ein Vorauskommando unter Hauptscharführer Emil Fritsch mit einem Dutzend junger volksdeutscher Waffen-SS-Männer im Lager ankam", warf Viktor ein. „Da ist den Bauern dort doch das Herz in die Hose gerutscht, oder?"

„Vielleicht. Vielleicht auch nicht. Die sogenannten volksdeutschen SS-Männer konnten laut Zeugenaussagen fast kein Deutsch. Ich denke nicht, dass die aus dem Lager ins Dorf gegangen sind oder sogar patrouilliert haben. Immerhin standen die US-amerikanischen Truppen schon am Rhein. Das wusste sicher auch Fritsch. Die Anwesenheit von ein paar SS-Soldaten muss nicht gegen Fluchthilfe eines couragierten Bauern sprechen. Oder einer Bäuerin."

„Bäuerin", echote Viktor und zog zweifelnd eine Augenbraue hoch.

„Na ja, die jüngeren Männer waren alle eingezogen. Frauen haben auch Mut."

„Selbstverständlich", brummelte Viktor mit zweifelnder Zustimmung.

„O.K. Die Frauen kommen am 24. im Lager Hirzenhain an. Dann bereiten die Lagerleitung und die SS einen Abmarsch aller Insassen nach Osten vor."

„Es scheinen am 24. nachts Gespräche zwischen dem Adjutanten Trummlers, Hauptsturmführer Anton Wrede, und dem Frankfurter Gestapo-Chef Reinhard Breder stattgefunden zu haben, das Lager zu räumen und die Insassen über das Hofgut Harmerz bei Fulda nach Buchenwald marschieren zu lassen. Es sollte deswegen eine Selektion aller Zwangsarbeiter und Gefangenen geben."

„Eine Selektion? War das einer der Todesmärsche?", fragte Viktor.

„Das lässt sich im Nachhinein nicht mehr feststellen. Unterlagen wurden in dieser Nacht keine erstellt. Und von denjenigen, die ausgesondert wurden, konnten nur wenige Namen nach dem Krieg festgestellt werden. Der Marsch löste sich vor Fulda auf, wohl weil die Wachsoldaten weggelaufen sind."

„Was passierte mit den Ausselektierten?"

„Wurden am 25. laut Lagerakten für eine Exekution zusammengestellt."

Viktor seufzte. Er war sichtlich bewegt, was mich erstaunte. Also hatte der harte Russe doch eine weiche Seele.

„Die Exekution erfolgte am frühen Morgen des 26. ab etwa 3.00 Uhr durch ein Kommando unter Hauptscharführer Fritsch an einer Grube, 800 Meter vom Lager entfernt in der Nähe der Straße von Hirzenhain nach Glashütten. 87 Erschossene, darunter sechs Männer. Hingerichtet mit MPis, bei einigen Kontrollschüsse in den Hinterkopf mit Pistolen."

Ich bemerkte Erregung bei meinem Gegenüber. Irgendwie schien ihn das Thema zu elektrisieren.

„Wir können also nicht wissen, ob die Zwangsarbeiterin flüchtig war, nach Osten marschiert ist oder sich auf diesem Marsch absetzte", fasste Viktor entnervt zusammen.

„Das ist korrekt. Aktenkundig ist nur eine Vollzugsmeldung vom Vormittag desselben Tages."

„Die da lautet", bellte Viktor. Seine Erregung und Wut erzeugten Resonanz in mir, ich fühlte mit.

„Das erklärt, warum die Amis so heiß darauf waren, die Orte zu säubern und der SS eine Tracht Prügel zu verabreichen", kommentierte Viktor, über einen Stapel von Papieren gebeugt. Er war voll bei der Sache.

„Der motorisierte Truppenteil dreht nach Süden und überwältigt gegen zwei oder drei Uhr morgens in kürzester Zeit sieben Sicherungssoldaten der Army in Leisenwald und Waldensberg. Sie befreien nach einer Schießerei rund 60 gefangene deutsche Soldaten aus einer Scheune. Als sie weiterziehen, wird die Kolonnenspitze knapp östlich des Ortes gestoppt. US-Kampfpanzer beschießen die SS-Einheit, rund 800 Mann, und wollen die Orte zurückerobern. Sofort lassen kommandierende Offiziere des 5., 14. und 66. Regimentes der 71. US-Infanteriedivision den Kessel südlich und östlich mit Infanterie und Panzern abriegeln. Deutsche – weniger zuverlässige – Quellen sprechen von 18 amerikanischen Bataillonen, die die Umgebung abriegeln, die Straßen nach Waldensberg sperren und angreifen. Das dürfte falsch sein. Tatsächlich sind an den Kämpfen etwa 14 unterschiedliche Truppenteile der US-Armee, zusammengefasst in einer ‚Task Force X', beteiligt. Auch in Spielberg wird gekämpft. Um 7.30 am Morgen des 2. April gibt der amerikanische Kommandeur, Oberstleutnant Eickel, der Task Force X den Befehl zum Angriff auf Waldensberg und Leisenwald. General Dager, der kommandierende US-General, hatte Order gegeben, dass Ortschaften, aus denen Widerstand erfolgte, sofort zu zerstören seien. Morgens liefern sich etwa 600 SS-Männer, die sich nach Waldensberg zurückgezogen und eingeigelt haben, einen Kampf von Haus zu Haus mit den US-Kräften."

„Das klingt ganz nach einer weiteren Reaktion auf die Hiobsmeldungen von den erschossenen Schwarzen und verschleppten und vergewaltigten Schwestern", murmelte Viktor mitten in meinen Satz.

„Ja, das ist denkbar, aber wir haben es nicht schriftlich. Kein echter Beweis."

„Kriegs- und Gräuelpropaganda brauchen keine Beweise. Ganz im Gegenteil. Ich habe in Afghanistan selbst genug ‚*bewiesene* Kriegsgräuel durch religiös-fundamentalistische Fanatiker' durchgewinkt."

„Klingt jetzt fast wie heutige offizielle Staatspropaganda gegenüber Moslems generell und al-Qaida im Besonderen."

„Warum sollten sie ein Konzept verändern, dass sich seit der Erfindung von Schriftzeichen bewährt hat?"

„Nur die Sanftmütigen suchen nach Wahrheit. *Sie werden das Land besitzen.*"

„Keine Zeit für deine Philosophie. Weiter!"

„Gut. Den ganzen Tag über liegen beide Orte unter Artilleriebeschuss aus Richtung Wittgenborn. Die Soldaten der mitverteidigenden 71. Infanteriedivision waren harte Kämpfe bisher nicht gewohnt. Der Verband war nach seiner Aufstellung 1943 in Camp Carson/Colorado sofort nach Le Havre in Franreich verschifft worden und kam am 21. März 1945 über die deutsche Grenze nach Pirmasens. Kommandierender General war Generalmajor Willard G. Wyman. Die erste Feindberührung ab 1. April hat die Aufklärungseinheit der Division. Durch Jeeps schriftlich überbrachte Berichte nach 9.00 morgens besagen, dass sie auf 700–750 feindliche Soldaten im Divisionsbereich gestoßen sei. Am selben Vormittag stößt das 2. Bataillon/14. IR, unterstützt von der B-Kompanie 761. Panzerbataillon bei Altenstadt auf die Kampfgruppe der SS-Division und spaltet sie in zwei Teile, wovon die bespannte Einheit bei Glauberg durch Artillerie-Dauerbeschuss, geführt von Aufklärungsflugzeugen, fast vollständig aufgerieben wird. Gleichzeitig bewegt sich seit 6.15 aus dem Südwesten, aus Richtung Lieblos–Breitenborn–Wittgenborn, das 2. Bataillon des 66. IR der 71. ID, ein Artillerieverband und die C-Kompanie des Panzerbataillons 761 auf Waldensberg zu, ursprünglich mit dem Ziel Nieder-Seemen. Insgesamt gehören zur Task Force X, die die SS-Kampfgruppe einkreist: Sanitätssoldaten, Panzertruppen, Infanteristen, mittlere Artilleriegeschütze und Pioniere. Sie steht unter dem Kommando von Oberstleutnant Eickel, Chef des 2. Bataillons IR 66. Ein Funkspruch von 17.12 lautet: „Moving through Stammheim. Corps said to kill everyone of them." Insgesamt dauert die gesamte Aktion vom 1.4.45 kurz vor Mitternacht bis 2.4. etwa 22.00 Uhr; am 2.4. wird etwa ab 7.30 gekämpft. Als die Deutsche Seite ihre Munition verschossen hat, greifen US-Soldaten am Nachmittag an. Bis zum Abend entwickelt sich ein Gefecht. Mit aufgepflanzten Bajonetten verteidigen die SS-Soldaten Ehre, Ställe, Rinder, Schweine, Ochsenkarren. Die Hälfte des Dorfes brennt sinnlos, aber stalingradmäßig. In der Nacht nach 22 Uhr gelingt es dann zwei kleinen Gruppen von je vier deutschen Soldaten, sich jeweils im Süden und Osten des Ortes durch die Linien zu schleichen."

„Einer von denen war dein Großvater?"

„Ja. Ich denke er war in der Gruppe, de nach Süden gegangen ist. Das wäre der kürzeste Weg nach Gelnhausen oder Freigericht gewesen."

„Und wie ging es dann weiter?"

„Am 3. April sind beide Orte wieder in der Hand der US-Soldaten. Die Bilanz: mindestens 200 Kriegstote, davon über 110 SS-Soldaten. Andere Quellen nennen die Zahl 120, insgesamt 14 Zivilisten aus beiden Dörfern und eine bis heute nicht genau bezifferte Anzahl GIs, ein zu Dreiviertel zerstörtes Waldensberg, ein teilweise zerstörtes Leisenwald. Laut Kriegsbericht der US-Division sind die Soldaten der SS immer noch ‚full of fight'. Einen Tag später kehren die Ortsbewohner in ihre Häuser zurück."

„Und das war dann das Ende der 6. SS-Gebirgsdivision?"

„Nicht ganz. Schlacht und Schlachten gingen weiter. Der Rest der 6. wollte in Berlin für Führer Leben und Ehre geben. Teile der Truppe schlugen sich weiter durch. Eine Handvoll gelangte nach Nürnberg und kämpfte dort bis zum Untergang, einige SS-Soldaten ergaben sich im April 1945 in Bayern, andere im Mai in Österreich den US-amerikanischen Streitkräften."

Viktor nestelte unruhig an seiner Jacke herum. Dann stand er auf und ging zu einem der Fenster. Einen Moment lang stierte er in einen grauen russischen Abendhimmel. Dann wandte er seinen Blick wieder den Papieren vor ihm zu. Ein Schluck aus dem Wodkaglas.

„In den Unterlagen steht, dass Herrschmann nach dem Krieg eine neue Identität angenommen hat: Er schreibt sich jetzt Hans Kurt Hartmann, taucht in der Großstadt München unter, seinen Sohn mitnehmend und ihn formend, vorbereitend. Von Tetjana Schatwanko gibt es keine Nachricht mehr. In der Geburtsurkunde wird als Mutter eine Teres Schatwang genannt, deren Papiere bei einem Bombenangriff verbrannt sein sollen. Da es keine weiteren offiziellen Dokumente gibt, ist dies wohl die gefälschte Identität der ehemaligen Zwangsarbeiterin. Ob sie damals noch lebte, ist nicht nachweisbar. Herrschmann/Hartmann arbeitet als Kaufmann in einem Autohandel und stirbt 1966 eines natürlichen Todes, unerkannt, unbelästigt, unbestraft. Es gab zwar nach dem Krieg ein Spruchgerichtsverfahren, aber das verlief im Sande. Keine Kriegsstraftat nachweisbar, keine Verurteilung, keine Strafe."

„Auch nicht die Sache mit Tetjana Schatwanko?" Viktor fragte mit Unruhe in der Stimme. Betroffenheit klang auf.

„Das Verfahren war 1949, nach Gründung der Bundesrepublik. Niemand hatte mehr Interesse daran, Staub aufzuwirbeln oder irgendwen zu verschrecken. Die Ära Adenauer war wie eine Art Nachkriegsfriedhof – sie verschluckte solche Probleme pietätvoll. Hartmanns Verteidiger war Dr. Richard Globotzek. Ehemals SD-Offizier, lange Mitglied in der SS, er paukte ihn durch Indizien raus, die Schatwanko spielte in dem Prozess überhaupt keine Rolle, nicht einmal als Entlastungszeugin. Sie tritt auch nach der Geburt ihres Sohnes, des späteren Siegfried Hartmann, in keiner Akte mehr in Erscheinung. Es gibt keine Todesanzeige, keine Sterbeurkunde, nichts mehr."

„Wurde sie umgebracht? Musste sie ihre Identität wechseln?“

„Ich habe keine Ahnung. Beides wäre möglich. Nach 1949 wurden sehr viele Nazitäter bei Zivilgerichten von ehemaligen Nazijuristen gedeckt. Warum nicht auch das Opfer Schatwanko, einerlei, welches ihr tragisches Schicksal gewesen sein mag?“

Viktor schwieg betreten.

„Eine Gesellschaft des Wirtschaftswunders, des Wiederaufbaus. Sie bauten die Städte wieder auf und begruben die Vergangenheit darunter. Es gab aber auch wertvolle Ausnahmen in der Nachkriegszeit: der hessische Generalstaatsanwalt Fritz Bauer, Sohn jüdischer Eltern. Kam 1949 aus der Emigration zurück. Bestritt 1952 den Remer-Prozess gegen Nazihelfer, zog später weitere ehemalige Große der NS-Zeit zur Verantwortung, was ihm allseits Kritik und Drohungen einbrachte. Selbstmord unter ungeklärten Umständen. Sein Suizid wurde bezweifelt, aber es gab nie eine Obduktion.“

„Ein Mann. Ein Einziger. Und heute macht sich niemand mehr die Mühe, weil es schon so lange her ist.“ Viktors Stimme war leise, er klang verzweifelt. So hatte ich ihn noch nie erlebt.

„Heute verfolgt Oberstaatsanwalt Günther Feld die noch lebenden Nazis. Er hat Erfolge bei seiner …“

„Verdammte Nazischweine.“ Viktors Faust donnerte auf die Tischplatte. Der Laptop hüpfte hoch, ein paar Stifte fielen vom Tisch, ein halbes Glas wertvollen Wodkas schwappte unwiederbringlich auf den Boden.

„Sie waren … sie waren alle besoffen. Das Kommando war betrunken. Fritsch auch.“ Warum nahm ich die Männer in Schutz, die Frauen selektierten? Die über Leben und Tod entschieden? Die Leben nahmen und Tod gaben?

Viktor sog alle Geräusche und Bewegungen an sich, in sich auf, wie ein schwarzes Loch. Dann strahlte er eine drückende Stille aus, die langsam vom ganzen Raum Besitz nahm. Er hatte seinen Kopf in die Hände gestützt, die sein Gesicht bedeckten.

Einen Moment musste ich an ein Gesicht hinter Gitterstäben denken, eingesperrt in einem Lager oder einem Todeszug. Ich wartete. Nach Stunden, so schien es mir jedenfalls, tauchte Viktor langsam wieder aus den Tiefen seiner Verzweiflung auf. Zunächst seufzte er nur laut. Dann richtete er sich auf, erhob sich und ging zum Fenster.

„Die Nazis verschleppten zwei Onkel und eine Tante von mir. Zuerst in ein Sammellager bei Smolensk. Später kamen meine beiden Onkel nach Treblinka und starben dort im Gas. Meine Tante scheint irgendwie nach Frankfurt in ein Gestapo-Gefängnis verschleppt worden zu sein. Sie war eine der namenlosen Frauen in dem Zug, der am 23. März 1945 nach Hirzenhain rollte, ihrem Tod entgegen."

Als er das sagte, war er gekrümmt wie jemand, der sich übergeben musste.

## 40

### Hotel in Berlin, 23. und 24. Juni 2010

Wir waren in Berlin und saßen in einem kleineren Hotel am Bahnhof Zoo. Viktor hatte es von Nicaragua aus angemietet. Oder, was wahrscheinlicher war, anmieten lassen. Das Hotel war unauffällig und hatte, als taktische Zugabe, einen Ausgang in eine Nebenstraße.

„Und über die Küche könnten wir uns auch unauffällig und schnell durch den Lieferanteneingang in eine andere Seitenstraße zurückziehen, wenn es nötig sein sollte", sagte der Organisator. *Sicher würde er beim Rückzug am liebsten noch etwas Hummer mitgeben lassen*, dachte ich.

Bei der Anreise war es kühl und nass gewesen, geradezu das Gegenprogramm zu Nicaragua. Wir hielten in einer Seitenstraße. Als ich aus dem Taxi ausstieg, lag auf dem Bordstein neben einem Abfallcontainer ein Penner, vor sich seine Utensilien: eine Flasche Billigwein, halb leer, ein Pappbecher, eine Cap, in die ich 50 Cent warf. Leon war ungehalten. Ich solle hier kein Aufsehen erregen. Ich fragte mich, was am Werfen einer Münze in die Mütze eines Penners Aufsehen erregen konnte außer der Tatsache, dass es Erste-Welt-Penner gab.

„Mein lieber Tom Edgarewitsch, wie soll das Interview mit dem Parteivorsitzenden deiner Vorstellung nach ablaufen?"

„Ich fahre da hin, mache das Interview und fahre wieder weg."

„So einfach wird das nicht gehen", sagte Viktor.

„Wieso nicht?"

„Weil das eine extremistische Partei ist. Weil das für die eine ungewohnte Situation ist. Die werden Vorsichtsmaßnahmen treffen. Wahrscheinlich durchsuchen sie dich und deine Sachen nach Mikrofonen, Wanzen und so weiter. Abgesehen von deren Vorbereitungen müssen auch wir uns vorbereiten, das Terrain sondieren, eine Exitstrategie entwickeln, einen Plan B, wenn alles auf einmal anders laufen sollte."

Viktor war erneut in seinem Element. Es galt, den Platz für eine Schlacht auszusuchen und den Angriff vorzubereiten. Auf- und Abmarschwege wollten erkundet sein, Nachschub musste beschafft werden. Truppenaufstellung, Stoßlinie, Angriffstaktiken – der Soldat in ihm duldete dabei keine Nachlässigkeiten. Ich war als Laie ein neuer Rekrut, den man ihm ans Bein gebunden hatte und um den er sich in der Schlacht kümmern musste. Damit war ich ein Risikofaktor für das Unternehmen und eine der Schwachstellen.

Das Treffen sollte in der Nähe von Berlin stattfinden. Wir unterhielten uns über den Anfahrtsweg.

„Wenn der Parteivorsitzende in seinem Umfeld ein paar ehemalige Soldaten hat – und davon ist auszugehen –, werden die das Ganze auch planen. Und wenn sie clever sind, ändern sie in allerletzter Minute den Treffpunkt", schätzte Viktor die Lage ein.

Da wir mit Ortswechseln im letzten Moment rechneten, war die Anfahrt einfach. Mit dem Auto dorthin fahren, wohin sie uns dirigieren würden. Das Auto würde mit Peilsender und Mikros ausgestattet sein.

„Wir müssen bei der Rückfahrt möglichst mobil, schnell, unabhängig sein. Motorräder wären gut, aber die kannst du nicht fahren, oder, Tomsky?"

*„Njet."*

„Dann Autos. Später eventuell Züge und Autos, sollten sie dir folgen. Wir können die dann nur durch Wechsel der Fahrzeuge, Schnelligkeit und Routenwechsel abhängen. Das sollten wir planen."

Leon würde sich um Autos, Zugtickets und Verbindungen im Großraum Berlin kümmern.

„Waffen?", fragte ich. Ein mulmiges Gefühl begleitete den einstigen Kriegsdienstverweigerer.

„Lass mich darüber nachdenken", entschied Viktor. „Gegenargumente wären: zu groß, unhandlich, du bist den Umgang mit Waffen nicht gewohnt. Das ist immer eine Gefahrenquelle. Außerdem verkompliziert es die Vorbereitungen."

„Ist mir lieber.“ Ich atmete auf. Bis tief in die Nacht liefen die Planungen. Anfahrtsschneisen, Abfahrtsschneisen, Eventualitäten, Treffpunkte nach dem Interview. Was, wenn es zu einer Prügelei kam und jemand verletzt wurde?

„*Jemand* – das bin ja dann wohl ich, oder?“, sagte ich, den Blick auf Viktor und Leon gerichtet.

„Keine Angst, ich gehe nicht davon aus, dass es dazu kommt, aber wir müssen das mit einplanen, Tomsky. Und wie gesagt, wir sind die Kavallerie und in der Nähe. Wir werden da sein, aber werden uns nicht bewegen. Der geschätzte Leon weiß, wie man sich tarnt und unsichtbar macht, nicht wahr?“

„Jawolt. *Maskirowka*“, skandierte der Kommandosoldat.

Der Ablauf des Interviews nahm den breitesten Raum ein bei der Planung. Mehrere Varianten für das Interview wurden ausgearbeitet. Eine harte Strategie, falls Verhandlungsdruck aufgebaut werden musste. Die zweite Strategie nannte Viktor „konventionell“, was bedeutete, dass es so lief, wie es laufen sollte. Mehr oder weniger.

Die dritte Strategie wurde „Hit and Run“ getauft. Sollte das Interview, wann auch immer, abrupt enden, sollte ich noch einige Kernsätze abschießen und deren Wirkung aufzeichnen beziehungsweise beobachten.

„Das Diktiergerät sendet laufend deine Aufzeichnungen zu uns, falls die Herren beschließen sollten, dass die Aufzeichnungen zu heiß sind, und das Gerät konfiszieren.“

„Oder demolieren“, warf ich ein. Leon nickte, zufrieden, dass ich mich in die Situation einfand. Schließlich war er ja auch mein *towarischtsch sershant.*

„Leon wird den Wagen, das Diktiergerät und deine Unterhose präparieren.“

„Meine Unterhose?“

„Ja. Du bekommst einen kleinen Sender, so dass wir dir folgen können, sollten die dich … mitnehmen.“

Mitnehmen? „Mitnehmen bedeutet entführen oder ….“

„Oder mitnehmen. Du hast keinen Wert für sie. Das Interview ist ihnen zumindest jetzt in ihrer Planungsphase egal. Sie wollen das Geld, den Kontakt, die Werbemöglichkeit im Internet, nicht dich, Tomsky." Viktor zwinkerte zur Beruhigung wieder einmal mit dem Auge. Leon tätschelte mir die Schulter, wie man es bei einem Verletzten tut, um zu signalisieren, dass alles gut wird, weil der Verletzte es sowieso nicht schafft.

Danach ging es um die Inhalte des Interviews. Zuerst sollte Vertrauen geschaffen werden, also einige nichtssagende Fragen nach dem Smalltalk zu Beginn. Eine Liste mit Fragen, die auf jeden Fall gestellt werden mussten, eine Liste mit Füllfragen und Ablenkungsfragen. Eine Liste möglicher Reaktionen, sollte ich von ihnen befragt werden.

„Wichtig ist, dass der Vorsitzende zwei Ahnungen hat, die deutlich in ihm aufkeimen. Erstens: er ist Halbjude. Zweitens: ein Anschlag auf ihn ist geplant. Das Erstere ist nicht wichtig, das wird er sowieso nicht wahrhaben und verdrängen wollen. Oder als Diskreditierungsversuch seiner Person abheften. Aber seine Angst zu stimulieren, das ist wichtig. Angst macht unruhig, wer Angst hat, arbeitet unkonzentriert, macht Fehler." Aus Viktors Mund klang das Ganze logisch, klar, sicher. *Wie würde es aus meinem Mund klingen, wenn ich in einem Kreis von Glatzen stehen würde, Hiobsbotschaften überbrächte und den Partei- und anderen Ex-Soldaten Anlass gäbe, sauer zu werden?,* fragte ich mich.

Den nächsten Tag verbrachten wir ebenfalls im Hotel. Inzwischen hatte Viktor für mich einen neuen gebrauchten Pass, bereits abgestempelte Zugtickets, einen Presseausweis und Ausdrucke von Zugfahrplänen besorgt. Alle gefälscht, alle besser als das Original, weil sie Gebrauchsspuren hatten, die echt waren.

„Ich habe auch Flüge für dich und uns gebucht, solltest du Deutschland zur Sicherheit schnell verlassen müssen."

„Wohin?", fragte ich.

„Alle an verschiedenen Tagen in verschiedene Richtungen. Du fliegst natürlich als Erster. Nach Frankreich. Lyon. Da kannst du bei deinen französischen Freunden untertauchen. *D'accord*?"

„*Merci, Monsieur.*"

Ich übte die verschiedenen Varianten des Interviews, einmal mit Leon (verstand er wirklich kein Deutsch oder Englisch?), dann mit Viktor. Wieder und wieder. Die Pausen und das Mittagessen waren eigentlich gar keine. Sie unterbrachen nichts, sondern waren ein Bestandteil der Prozedur. Ich hatte mich ja freiwillig entschieden. Musste an ein Lied des Meisters John Lee auf dem Album *Face to Face* denken in der Aufnahme *Serves me right to suffer.* Meine Lieblingsversion.

„Du musst Fehler einbauen, unsicher wirken. Nein, du musst unsicher *sein.* Wenn es zu perfekt läuft, werden die Verdacht schöpfen. Perfektion ist der Tod jeder perfekten Aktion." *Meine Damen und Herren: Viktor Davidowitsch, Attentatsplaner, angenehmer und philosophisch kurzweiliger Gesprächspartner.*

Ich fragte Viktor, warum er so viel Arbeit in die Fluchtmöglichkeiten steckte. Er sagte mir, er habe in Afghanistan einige gute Männer wegen Planungsfehlern seiner Vorgesetzten verloren und sei gegen seinen betrunkenen General tätlich geworden – ein Doppelfehler. Ich dachte mir, *ich habe letztes Jahr ein paar gute Freunde verloren – wegen Fehlern.* Wir sprachen über das Gleiche, meinten aber nicht dasselbe. Am Ende standen alle Varianten, die Fragelisten, die Antwortlisten fest. Ich war müde.

„Wenn's schief geht, trete ich den Nächststehenden in den Arsch und renne weg, so schnell ich kann", sagte ich erschöpft.

„Was ist das denn für eine Einstellung?!", raunzte Viktor.

„Angewandte Philosophie, mein Lieber."

## 41

**Psalm 83 (Eine Bitte um Hilfe gegen die Feinde des Volkes)**

*Sieh doch, deine Feinde toben;*
*Die dich hassen, erheben das Haupt.*
*Gegen dein Volk ersinnen sie listige Pläne*
*Und halten Rat gegen die, die sich bei dir bergen.*
*Ja sie halten einmütig Rat*
*Und schließen ein Bündnis gegen dich.*

Das Attentat
Das Attentat hatten sie beschlossen, hatten
zu verhindern
beschlossen.
Schon vom Anbeginn der Zeiten
zu Zeiten schon weil
gute Mitarbeiter professionell sie waren
gute Menschen gut
im Dienste der Sicherheit
Infiltration
Mein Los

Mit guten Absichten sollte ich die Partei infiltrieren. Sollte durch mein Interview Kontakte knüpfen. Den Vorsitzenden warnen. Nicht zu direkt und deutlich, so dass ich ihren offenen Unmut auf mich zog. Aber auch nicht zu zaghaft, zu indirekt, damit bei ihnen auf jeden Fall die Alarmglocken schrillten. Aber ich war der Überbringer der Botschaft. Der, den man haftbar machen, direkt zur Verantwortung ziehen konnte. Das war mein Risiko. Das galt es zu bedenken und zu vermeiden.

So sollte sich erfüllen, was geschrieben stand
in den verloren gegangenen Unterlagen
nicht existierender Dienste.

# 42

## Hotel in Berlin, 25. Juni 2010

„Glaubst du, eure Regierung wird die Neonazis verbieten?“, fragte Viktor.

„Ich weiß es nicht genau. Ich befürchte, sie nutzen die jetzige Stimmung, die um die Arbeitsgruppe und die losgetretene Diskussion entsteht, nur dazu, Punkte zu sammeln. Im Moment stehen zwar keine Wahlen an, aber … vielleicht ist es ja genau deswegen. Zur Überbrückung.“

„Also kein Verbot?“

„Es geht doch gar nicht um das Verbot einer Partei. Eine andere könnte ihre Stelle einnehmen, die wechselwilligen Mitglieder aufnehmen, Wählerpotenzial abschöpfen und reaktivieren. Es geht darum, das Problem zu lösen.“

„Und das wäre?“

„Alle Regierungen haben seit den 50er Jahren immer behauptet, dass sie das Problem mit den rechtsextremistischen Parteien unter Kontrolle haben. Je stärker und aktiver sie wurden – das waren dann alles Zeichen einer gewachsenen Kontrollfunktion durch die Regierungen, die Sicherheitsorgane. So haben sie es den Bürgern verkauft. Was dann in Veröffentlichungen und Untersuchungsausschüssen herauskam, war haarsträubend. Sie hatten und haben keine Kontrolle, Sie hatten sie damals nicht und haben sie heute nicht. Sie stümpern vor sich hin. Wichtig ist doch nur, dass die Maschine am Laufen bleibt. Wenn man die Sicherheitsorgane erst einmal hat, beweisen sie im Ernstfall eher die unabdingbare Notwendigkeit ihrer Existenz, als dass sie Probleme an der Wurzel packen und ausrotten.“

„Was wäre noch schlimmer?“

„Tote, Verletzte auf Wunsch und dahinter zerstörte Lebensoptionen als Angstpropaganda für Missliebige, Ausländer und …“

„Solche Toten und solche Abschreckungen gibt es schon, in deinem Land wie in meinem“, warf Viktor ein.

„Eine Bombe. Eine riesige Bombe, mitten in einer großen Stadt – Berlin vielleicht. Ein Attentat, eine von langer Hand in einem strukturierten Rahmen von einer Gruppe organisierte, geplante Massentötung. Etwas mit Signalwirkung … nein, besser noch: Sogwirkung. Nachahmerpotenzial … Das wäre ein qualitativer Riesensprung. Beteiligung von Rechtsextremisten aus dem Ausland – das wäre ein Quantensprung. Und alle erst mal schön denken lassen, es sei irgendwer sonst gewesen. Oder al-Qaida!“

„Ja, da ist was dran.“ Viktor wiegte seinen Kopf nachdenklich hin und her.

„Und das, was an Tod, Zerstörung und Negativpropaganda passiert ist, reicht mir dicke, etwas gegen diesen Verein zu unternehmen“, sagte ich.

„Partei – Bewegung. Was ist da für dich der Unterschied, mein Freund?“

„Bewegungen sind Wurzel und Stamm oder Stämme – die faschistischen Ideologien und die aus ihnen gewachsenen nationalen Stämme –, Parteien die Äste. Die Regierungen sägen manchmal einen Ast oder ein Ästchen ab und behaupten, sie hätten über irgendwas gesiegt. In Wirklichkeit war nur wieder Wahlkampf. Sie nutzen ihre Macht nicht oder nicht richtig.“

„Nehmen wir an, so etwas Schlimmes, Undenkbares, Entsetzliches wäre geschehen. Wie werden die offiziellen Deutschen reagieren, die Politiker, Beamten, Polizeiführer, die sogenannte öffentliche Gesellschaft? Was meinst du?“

„Die Polizei wird es auf das Bundeskriminalamt schieben, die werden’s auf den Verfassungsschutz schieben, und beide zusammen auf die Bundesregierung. Somit wäre geklärt, wer verantwortlich ist: außer ein paar entlassenen niederen Chargen niemand. Die Polizei wird sagen: Wir machen schon einen guten Job, aber uns fehlen Beamte und Mittel. Gebt uns mehr Geld und mehr Stellen, und wir legen den neonazistischen Sumpf an der Wurzel trocken. Aber jetzt sind erst mal die Politiker gefragt. Die Politiker werden sagen: Wir brauchen mehr, neuere und schärfere Gesetze – die natürlich dann die Handschrift der jeweiligen Partei tragen müssten, falls Wahlkampf wäre. Und die Beamten werden sagen: Wir brauchen keine weiteren oder schärferen Gesetze, es würde genügen, die bestehenden anzuwenden. Wenn sich die Politik nur dazu aufraffen könnte, deutliche Signale zu senden und klare Prioritäten bei der Verbrechensverfolgung zu setzen. Und am Ende, befürchte ich, passiert genau das, was bisher passiert. Niemand wird sich wirklich reinknien oder sich aus dem Fenster lehnen. Damit ist aktuell politisch nicht viel zu gewinnen. Sie haben Macht und machen kaum was."

„Das klingt, als wäre Macht so eine Art Werkzeug. Was ist für dich Macht?" Viktor lehnte sich zurück und hörte wieder zu.

„Da gibt es mehrere Antworten, Vik."

*„Dawaj!"*

„Ihr Russen seht in Macht ein Schutzschild, ein Ordnungsprinzip. Macht schützt in Russland die Korrupten, die Militärverbrecher, die in Tschetschenien Verschleppungen, Erschießungen und Vergewaltigungen begangen haben. Oder die Richter, die in politischen Prozessen wie gegen Chodorkowski behaupten, Recht zu sprechen, obwohl das Urteil schon von oben vorgegeben wurde. Sie üben Macht aus und glauben, dass dieser Prozess etwas Entschiedenes hat. Niemand kann ihnen während oder nach der Machtausübung etwas. Katharina die Große, die Zaren, Lenin, Stalin, Putin – Macht, um ein Riesenreich zusammenzuhalten, zusammenzuzwingen – eine Notwendigkeit, deren Zweck den Anwender im Nachhinein, unwidersprochen, unhinterfragt von allem freispricht. Putin führt das mit der Rehabilitation Stalins vor. Stalin ist für Putin Vorbild, geronnene Macht, ausgetragen auf dem Rücken der sogenannten Staatsbürger. Ich würde den Ausdruck ‚Stimmvieh' vorziehen, aber er ist nicht drastisch genug, finde ich."

„Ja, wir glauben, dass der Russe für das Stützen und Unterstützen der Macht im Lande da ist, auch wenn er das nur in Wahlen tun und sonst Ruhe halten soll. Wir haben kaum politische Mitbestimmung oder aktive Teilhabe", stimmte Viktor zu.

„Ein Altkanzler hält Putin und Medwedew für lupenreine Demokraten. Er arbeitet aber auch für ein russisches Konsortium."

„Russlands Prozess der territorialen Entwicklung ist zum Teil noch sehr jung. Wie lange existiert denn eure Bundesrepublik in dieser stabilen Form als Länderstaat? Und wie viel Gewalt war dazu nötig?"

Einspruch stattgegeben!

„Wir haben Landstriche, die erst seit etwas mehr als 100 Jahren fest zum damaligen Zarenreich, später zum Sowjetstaat gehören. Nicht alle wollten zu Mütterchen Russland und wollen es auch heute noch nicht. Unabhängig könnten sie aber genauso wenig existieren. Wir haben in der Russischen Föderation kein Zusammenstreben oder eine Rotation umeinander, einige Teile streben nach außen. Sie können bei der Größe des Landes, der unterschiedlichen Bevölkerungen, Mentalitäten, ideologischen Ausrichtungen ..."

„... und der diversen wirtschaftlichen Ressourcen ...", warf ich ein.

„... nicht einfach durch demokratische Prozesse und Spielregeln zusammengehalten werden und funktionieren."

„Ich sehe ein, dass Klein-Wupistan alleine nicht existieren kann. Wie wär's mit etwas Autonomie? Bei einigen Völkern und Regionen habt ihr da doch gute Erfahrungen gemacht."

„Ja. Aber wenn lokale Abgeschiedenheit, anderer Glaube, kaum Bodenschätze, alte geschichtliche Traditionen und eine Besetzung seit der russischen Revolution zusammenkommen, steigt der Wunsch danach, sich vollständig vom Zentrum zu lösen. Durch fast jedes Mittel, die wenden schließlich auch religiös verbrämte Gewalt an. Selbst wenn das den eigenen wirtschaftlichen Ruin bedeutet."

Ich nickte und dachte einen Moment nach. „Da sind zunächst alte Ressentiments aus der gemeinsamen Geschichte der Großrussen und der Bevölkerung im Kaukasus. Das hatten wir in Deutschland lange Zeit mit unserem ‚Erbfeind', den Franzosen. Später bedient sich eine Regierung dieser Verwerfungen, das ist ein anderer Prozess. Sie behaupten, diese Länder besetzen zu müssen, um Minderheiten zu schützen oder einfach Zugriff auf Ressourcen zu haben. Inzwischen ist beides so vermengt, dass es gar nicht mehr unterschieden wird. Was wissen junge Russen heute denn noch vom Alter und der Bedeutung der Kultur im Kaukasus. Das sind doch alles nur noch potenzielle Moslem-Terroristen, die bekämpft werden müssen. Ihr kämpft für die sogenannte Freiheit Russlands im Kaukasus, wir für die unsere am Hindukusch. Militär und Sicherheitsfanatiker reiben sich die Hände, und gibt es zu wenig zu kämpfen, erzeugt man einen Konflikt. Das ist horseshit! Und jetzt, mein lieber Viktor, sag das mit der Machtpolitik als Klammer der Russischen Föderation noch einmal, bitte. Wo sind denn eure Demokraten, wenn man mal von den paar Unentwegten absieht, die sich regelmäßig am Roten Platz oder sonst wo von der Miliz und der OMON zusammenschlagen lassen?"

Viktor lehnte sich zurück. Nach einem Moment der Stille sagte er: „Es war immer eine relativ dünne Oberschicht, die westliche Gedanken und Prozesse aufgenommen, reflektiert und umgesetzt hat. Sie musste dafür leiden, wurde dafür zum Teil verfolgt. Du kennst die Geschichte unserer *intelligentsija* und der russischen Bauern, dann der Arbeiter, Tomsky. Heute ist es immer noch ein bisschen so."

„Wie will der russische Staat so Macht in einen demokratischen Prozess überführen?"

Viktor zuckte resignierend die Schultern.

„Vielleicht können wir Russen nicht alles so perfekt wie ihr Deutschen oder die amerikanischen Superdemokraten. Vielleicht brauchen wir noch etwas mehr Zeit. Wie lange ist die Nazizeit mit ihrem politischen System des Todes her? Wann hattet ihr alle Nazis in Kategorien eingeteilt und bestraft?“

*Tja, wann hatten wir?*

„Vielleicht solltet ihr euch nicht *immer* zum Maßstab für diese Dinge machen.“

Ich nickte und stimmte ihm zu. Wir waren nicht der Maßstab. Definitiv nicht!

Und wie ist deine Meinung?“

„Politische und gesellschaftliche Macht an und für sich gibt es nicht, sie wäre auch selbst neutral, weder gut noch schlecht. Ihre Nutzung, Ausübung, Anwendung gibt den Ausschlag. Sie ist für mich ein Werkzeug, etwas, das angewendet werden will und soll. Es hat ein kreatives Moment, es schafft, stärkt, schützt. Es ist nicht perfekt, es verletzt und tötet vielleicht auch, aber als Randerscheinung, nicht ursächlich. Macht ist konstruktiv und aggressiv, in dessen wörtlicher Bedeutung von rangehen, anpacken, verändern. Nicht im Sinne von fixieren, festschreiben, zuschütten, betonieren. Das ist Machtmissbrauch. Für mich persönlich ist Macht eine Art Spannungszustand, ein Energielieferant. Es ist Kämpfen und Gewinnen, Mühsal und ‚Es-geschafft-Haben‘, ein Werkzeug, das man instand halten muss. Macht geht von unten nach oben und umgekehrt, sie ist ein Wechselprozess, der Spannungen erzeugt, deren Energiefluss den Menschen Nutzen bringen soll. Schon die Anwendung von Macht hat für mich eine Kontrollfunktion, egal ob in der Politik, in der Familie oder in Gruppen. Selbst Machtverfehlungen würde ich auf ihren weiteren Nutzen hin abklopfen. Sie hat ein Moment der Zerbrechlichkeit und Unsicherheit. Deswegen muss Macht genutzt, gepflegt, gereinigt werden. Ein Gemüsebeet wird von Unkraut gereinigt. Daher: Ja, ich würde die Partei verbieten lassen. Schon, um ein Zeichen zu setzen. Es geht nicht nur immer um perfekte juristisch-politische Antisepsis. Ich hab das Gefühl, so was ist nicht nur ein Gegenargument, sondern ein vorgeschobener Verhinderungsgrund. Schon die Geheimdienste werden nicht kooperieren. Nein, weder unsere Regierung noch die beteiligten Dienste werden die NDP verbieten lassen."

Viktor starrte mich an. Er fragte – ich dozierte. Er dachte sicher wieder, ich sei ein verdammter Philosoph.

## 43

### Hotel in Berlin, 25. Juni 2010

„Wir müssen umdisponieren."

Ein Moment der Stille, nur das Knistern der atmosphärischen Störungen. Und das unhörbare Schwanken der Hoffnungen und Befürchtungen.

„Was hat sich verändert?" Die andere Stimme durchdrang mühevoll das Rauschen des Äthers.

„Ich kann und darf jetzt keine neuen Details nennen, schon gar nicht bei einem kurzen Handytelefonat. Im Übrigen dachte ich, wir sind uns einig, dass meine Kontakte und Planungen sicherstellen, dass weder eine Gefahr noch ein Problem entstehen, oder? Eine erfolgreiche Aktion hat jetzt Vorrang vor der korrekten Abwicklung."

„Ich dachte, wir hätten Zeitplan, Ablauf, Exitstrategie und mögliche Alternativen geklärt." Leichte Erregung schwang in der Stimme des anderen mit.

„Dann seid ihr ja bereit zum Losschlagen, nicht wahr?"

„Und was soll aus unserem Mann werden? Er hat keine entsprechende Ausbildung, war noch nie im Kampf. Wenn ihm etwas zustößt – wie sollen wir das verkaufen?", fragte der andere. Jetzt schwang Unmut in seiner Stimme mit.

„Kein Wort zu ihm über *unseren* Plan B. Versuch, ihn am Rand des Geschehens zu halten. Gib ihm Leon mit als Babysitter. Sollte er was abkriegen – kollateral. Kommt im investigativen Journalismus vor. Opfer für die Freiheit der Presse."

„Und wir zücken nach der Schlacht unsere Diplomatenpässe und berufen uns auf unsere verdammte Immunität", höhnte die andere Stimme voller Sarkasmus.

Erneute Stille. Stille, die immer gegen denjenigen arbeitet, der versucht, zu retten, was er glaubt, retten zu müssen. Unhörbar die zerbrechenden Hoffnungen und das Pulsieren der Befürchtungen.

„Weitere Änderungen?“ Die Stimme, sich fügend.

„Nein. Der Rest läuft wie besprochen.“

„Wir könnten eine Variante für die Aktion erarbeiten, eine sichere Exitstrategie, das Setting vor Ort …“

„Keinen Plan B oder C mehr, keine weiteren taktischen Varianten. Der Zugriff hat jetzt Vorrang“, sagte Wekselman und drückte den Aus-Knopf auf seinem abhörsicheren Telefon.

Der andere betrat wieder das Zimmer.

„Und?“, fragte der Journalist.

„Es läuft unverändert an.“

Viktor hielt sein Handy umklammert und erinnerte an jemanden, der die Gedärme eines wilden Tieres ausweiden wollte.

## 44

### Berlin/Leegebruch, 26. und 27. Juni 2010

Wir waren losgefahren, um das Gelände des Treffens zu sondieren, uns Anfahrtswege, Abfahrtswege, Feldwege, Waldwege, Fluchtwege, Auswege und alle anderen Arten von Abwegen anzusehen, die es zu sehen gab. Bis auf einen – aber das sollte ich spät erfahren. Zu spät. Wir hatten Berlin verlassen und befanden uns in irgendeinem Kaff in der Nähe von Oranienburg. Leon hatte zwei Pkw organisiert und, wie er sagte, „gespickt wie eine Gans". Damit meinte er wahrscheinlich das Überwachungs-Equipment. Ob er auch Waffen damit meinte, sagte er nicht. Zwei schwarze A8 standen, von geflickten Planen abgedeckt, in der Nähe des Hotels in einer Seitenstraße in einem zugemüllten Hof. Für einen Moment musste ich an den Kosakengeneral und die Neuen Russen im Café in Moskau denken. Schwarz schien für Russen irgendwie Sicherheit zu garantieren. Viktor gab mir wortlos die Autoschlüssel. Leon griente und klopfte mir auf die Schulter. Sollte sagen: benimm dich, fahr ordentlich, zeig's den Ärschen! Der Fernost-Philosophie-Fan in mir antwortete: *Banzai*!

Alleine das Auf-und-davon über die Bundesstraße und später auf der Autobahn kostete einen halben Tag. Leon zeigte mir ein paar Fahrertricks, wie ich rasanter überholen, ruckartig abbiegen und Spurwechsel vortäuschen konnte. Russlands Replik auf Räikkönen. Wo der Minisender und Signalgeber angebracht war, wusste ich aus Sicherheitsgründen nicht. Viktor saß die ganze Zeit im Fond des Wagens und sagte keinen Piep. Ob er inzwischen an Plan D arbeitete? Ob ihn etwas bedrückte? Vielleicht, wie er zwei durchlöcherte schwarze A8 spurlos verschwinden lassen konnte? Oder die Leiche eines zerschossenen deutschen Journalisten? Ich hatte mir auf der Karte bereits die Umgebung sorgsam eingeprägt, sollte ein Ortswechsel stattfinden, bei dem ich gezwungen sein würde, eine geänderte Fluchtroute zu benutzen.

Später kurvten wir in einer verlassenen Fabrik herum, und Leon erläuterte mir die taktisch gefährlichen Stellen, die ich meiden sollte. Er konnte sprechen, aber seine Ausdrucksweise war abgehackt und militärisch knapp. Da er Russisch sprach, verstand ich zu Beginn einige seiner Ausrücke – eine Mischung aus Militärjargon und Kraftausdrücken – nicht. Später konnte ich ihm folgen.

„Da und da – ideale Positionen für Scharfschützen."

Wir kurvten um eine Halde mit Bausteinen, die aussahen wie ein überdimensionaler Haufen Legoklötze.

„Hier nicht rumeiern. Sprengfallen, Steinsplitter überall. Schlimmer als Granatsplitter."

Auf dem Dach einer Werkshalle schnallte er seine Uhr ab, eine billige *Sturmanskie*, und zeigte mir, wie man sich mithilfe der Uhrzeit und des Sonnenstandes orientieren konnte und die vier Windrichtungen festlegte. Dann legte er, von Norden ausgehend, mit Hilfe der Stundenmarkierungen Richtungen und Positionen fest. Später erweiterte er dieses System um Entfernungspunkte und Längenmaße.

„Der Kirchturm dort." Leon deutete auf ein Dorf in der Nähe.

„Elf Uhr, eintausend Meter."

„Das Autowrack dort unten?"

„Ein Uhr, zwanzig Meter."

Dann deutete er auf einen Traktor, der über ein leeres Feld knatterte.

„Zwei Uhr nach drei Uhr, 20–30 km pro Stunde, würde ich sagen."

„Sehr gut, Rekrut Tomsky!" Leon boxte mir leicht in den Oberarm und nickte, stolz auf seinen Schüler. Wäre er Napoleon gewesen, hätte er mir sicher ein Ohr gewährt.

Viktor stapfte missmutig durch Werkshallen und über Halden von Pflastersteinen, Baumstämmen und Metallplatten. Hier und da ließ er sein Stimmungstief an einer Blechbüchse, einem morschen Holzstumpf oder einer angelehnten Fensterscheibe aus. Er arbeitete nicht an Plan D, er litt. Irgendetwas war faul.

Am späten Nachmittag fuhren wir wieder zurück. Viktor hatte zum Zwecke größerer Beweglichkeit Zimmer in einem Motel am Stadtrand von Oranienburg gemietet. Jeder von uns bekam einen ältlichen, schlecht sitzenden Anzug russischer Herkunft verpasst. Dazu Krawatten aus dem Präkambrium. Wir waren drei etwas ärmliche Vertreter einer heruntergekommenen russischen Maschinenfabrik in einem heruntergekommenen Hotel auf versuchtem Kundenfang in der Wirtschaftsoase Ostdeutschland. Unterklasse. Alles passte. Ich wollte noch eine Runde Krafttraining und Gymnastik machen, aber Leon bedeutete mir, angesichts der bevorstehenden Schlacht wolle er Judo-Übungen mit mir machen. Auf dass ich ein Samurai werde. Ich willigte ein, und er zeigte mir Fall- und Abrollübungen aus dem Stand, dem Sitzen und dem Sprung. Wir übten, bis ich schweißgebadet war. Trotzdem trieb mich Leon immer wieder zu neuen Kombinationen aus Springen und Fallen, Rennen und Fallen, Abrollen am Boden. Viktor schaute einen Moment gelangweilt zu und fragte, wozu das Herumgehopse gut sein solle. „Verwandelt ihn in eine Kampfmaschine“, krähte Leon. „Praktische Philosophie“, war mein Kommentar.

Viktor hatte mir eine Pistole angeboten, zu meiner Sicherheit. Leon wollte mich in der Handhabung und Zusammensetzung der Minipistole unterrichten, zu meiner Sicherheit. Ich lehnte ab – zu meiner Sicherheit. Zuletzt hatte ich zu Beginn der 90er Jahre in Nicaragua eine AK-47 in den Händen gehabt und abgefeuert. Für eine Revolution. Das genügte für ein paar Jahrzehnte. Später kochte Leon wieder, diesmal russisches Pilzragout mit einer herzhaften Weinsauce. Zum Nachtisch gab es *Bliny* wahlweise mit Honig, Erdbeermarmelade und Nougatcreme. Ich bedankte mich für das wundervolle Essen und sagte ihnen, dass ich auf keinen Fall das Gefühl habe, dass dies eine Henkersmahlzeit sein könne. Dass dies ganz im Gegenteil meiner Sicherheit zuträglicher sei als eine Minikanone. Die kleinen, schönen Momente auskosten, das *Shibumi** nicht verderben. Dass ich spürte, dass etwas mit dem Einsatz nicht stimmte, sagte ich nicht.

Später schon. Zu Viktor.

„Ich habe den Eindruck, es läuft nicht wie geplant."

Viktor schaute mich an. Dann lächelte er mühsam.

„Mein Gefühl sagt mir, es gab Änderungen. Ist nicht schlimm. Ich habe mir vorgenommen, dass mir nichts passiert", sagte ich.

„Ein guter Plan", kam die abwesende Antwort.

„Ich wollte sagen, ich habe mir vorgenommen, dass *wir* überleben."

„Ein ganz hervorragender Plan", flüsterte er. „Manchmal muss man Dinge nehmen, wie sie kommen, und auf den guten Ausgang hoffen."

„*Allahu akbar*", antwortete ich.

Viktor sah aus, als wolle er Seppuku begehen und meditiere über seinen Tod.

* jap.: Genuss der schönen Kleinigkeiten im Leben

## 45

### Berlin, 28. Juni 2010, 9.31 Uhr

„Es geht los. Haben soeben das Gespräch mit Janus mitgehört." Ein Abhörspezialist verkündete die neueste Entwicklung, ohne sich umzudrehen. Es hörten ihm sowieso nur zwei Personen zu. Dr. Weimar saß lässig und entspannt in einem gepolsterten Ledersessel und lächelte. Sie hatten ein abhörsicheres Mobiltelefon abgehört. Endlich war es so weit! Er konnte aus der Sicherheit seiner Kommandozentrale endlich wieder Verfassungsfeinde zur Strecke bringen. Obwohl ein Außenstehender sein Jagdfieber nicht bemerkt hätte, stand er unter Hochspannung. Nur sein Dauerlächeln verriet das Energiemaximum, das ihn durchflutete und seine Seele zum Glühen brachte. Ein werdender Vater hätte nicht stolzer sein können.

„Wer hat Janus geantwortet?" Janus war der Codename für Siegfried Hartmann.

„Vico 1." Viktors Codename.

„Wo sind sie jetzt?"

„A99 nördlich Berlin, Kilometer 13."

Die zweite Person im Raum hielt sich vornehm, tonlos und unauffällig im Hintergrund. Eine teure Designerbrille folgte der Anzeige, die an der Wand die Mobiltelefongespräche wiedergab. Direkt daneben zeigte ein Großbildschirm, wo sich das Auto von Janus, Viktors Team und der ungefähre Standort des Attentäters befanden. Der Abhörspezialist hob seine Hand. Stille trat ein.

„Sie ändern wie erwartet den Ort des Treffens. Janus befiehlt, an der Abfahrt Oranienburg die Autobahnseite zu wechseln und Richtung Berlin zurückzufahren. Sie sollen Richtung Hennigsdorf fahren."

„Gut", sagte Weimar, mehr als lobende Bemerkung zu sich selbst als zur Situation gemeint. Er hatte allen Grund zur Zufriedenheit, denn er wusste um die Änderungen der letzten

Minuten. Alles lief wie geplant. Eine Jagd auf einen Attentäter wie im Bilderbuch, in Echtzeit und digital. *Kennedy hätte bei mir überlebt*, dachte er, fiebrig vor Stolz.

Die Wagen von Viktors Gruppe näherten sich der grünen Zone, in der sich der mutmaßliche Attentäter vermutlich bewegte.

„Grünes Licht für das GSG-Team und *Chamäleon*."

Das war der Name, den er dem Attentäter gegeben hatte. Liebevoll – als wäre er sein eigenes Kind. Ein Chamäleon war ein Tier, das sich seiner Umwelt so perfekt anpassen konnte, dass man es nicht mehr sah. *Als ob da gar nichts wäre*, dachte Weimar und nickte selbstzufrieden.

„Rückfrage an GSG-Team: Sind *Chamäleon* und das Scharfschützengewehr in vorbereiteter Position?"

Die Antwort flimmerte über den Großbildschirm.

„Tango?"

„Tango positiv."

Eine Hand mit Solitär-Brillantring strich zärtlich wissend über ein Dossier mit Instruktionen, das es niemals existiert haben würde.

„Attacke!"

Sein platinblonder ausländischer Kollege nickte ihm freundlich und siegesgewiss zu.

## 46

### Berlin, 28. Juni 2010, 9.34 Uhr

„Sie haben den Treffpunkt geändert."

Viktor klappte fluchend sein Mobiltelefon zu.

„Sie haben den Treffpunkt geändert", sagte Leon, der neben ihm im Auto saß, auf Russisch. Ich konnte es hören. Sie fuhren mit Sicherheitsabstand hinter meinem Audi, um mir Schutz, Deckung, Beistand und Hilfe im Notfall zu geben. Sankt Leon und der Heilige Viktor, meine Schutzengel. Ich klappte mein Mobiltelefon ebenfalls zu. Sie hatten also den Treffpunkt geändert. Daran erinnerte ich mich in meinem jetzigen Zustand. Aber das hatten wir ja erwartet. Und da mir mein Gefühl sagte, dass das alles sowieso nicht mehr so lief, wie es geplant, besprochen und geübt worden war – *was soll's*. Mein Gefühl sagte Ungewöhnliches voraus, das Inhaltliche hatte ich lange genug trainiert, Improvisation war mir weder fremd noch unangenehm. Ein Zitat von Uesugi Kenshin ging mir durch den Kopf: „Ich wusste nie, wie ich den Sieg von Anfang bis Ende sicherstellen konnte. Alles, was ich wusste, war, wie ich mich selbst besiegen kann."

Gemischte Gefühle: freudige Entschlossenheit und Angst, ergänzt durch die Sicherheit, zur falschen Zeit am falschen Ort zu sein. Ich ging auf die Gebäude zu. Wir waren nach Hennigsdorf gelotst worden, die beiden im Wagen hinter mir waren auf einmal verschwunden. Ich war ab jetzt auf mich allein gestellt, der Durchbruch rückte näher. Oder eine Art Ende – in jedem Fall dasselbe. Mein Mobiltelefon war eingeschaltet. Ich hatte es geladen, vor dem Einsatz mehrmals geprüft, es war also auch vorbereitet. Die Steinzeitkrawatte hatte ich abgelegt, den obersten Hemdknopf geöffnet. Ansonsten stand mir meine feste Entschlossenheit bis zum Hals.

Ich folgte einem geschotterten Weg. Seitlich, etwas weiter weg, sah ich kleine Häuser zwischen Bäumen, überragt von einer

Art Hochhaus oder Turm, ich konnte es noch nicht genau erkennen. Neben mir ein Rinnsal. Ob es ein kleiner Bach oder ein vertrocknender Straßengraben war? Ich ging an zwei verrosteten Tonnen auf der einen Wegseite und einem Haufen Äste, die genau gegenüber am Wegrand lagen, vorbei und versuchte, ihnen wenig Beachtung zu schenken. Eine kleine, versteckte Kamera? Eine Lichtschranke mit elektronischem Auslöser, der als Journalisten getarnte Attentatsverhinderer in die Luft jagen sollte? Leon hatte mir etwas von solchen Dingen erzählt, gestern, vor Jahren, in einem anderen Leben auf einem weit entfernten Stern, auf dem es noch ein tolles russisches Abendessen, unruhigen Schlaf mit Wachträumen, Schwüre und Vorhaben mit der Hoffnung, dennoch Erfolg zu haben, gab. Es war egal, ich war ruhig. Druck machte mich gelassener, wenn er konstruktiv, belebend, fruchtbar war, zu positiven Veränderungen führte. *Der Weg des Samurai liegt im Sterben.* Ich war eine Art Ein-Mann-Journalisten-Samenkorn auf dem Weg in die Erde, um Frucht zu bringen. *30-fach, 60-fach, 100-fach.* Etwas bewegte sich plötzlich blitzschnell. Ein braunes Huhn brachte sich gackernd vor mir in Sicherheit, die Federn am Kopf fehlten. Einer der Ihren, ein Vorbote der Glatzen?

Das Mobiltelefon piepte, besser gesagt: es brüllte. Leon hatte einen nervigen Klingelton eingestellt. Ich nahm ab und hörte eine seltsam hohe Stimme sagen. „Dem Weg folgen bis zur Gabelung." War die Stimme durch einen Verzerrer entstellt? Wollte, *musste* der Träger fehlende Männlichkeit in der Erscheinung durch raues Kämpentum bei den Glatzen wett machen? Immerhin, wenn sie wussten, wo ich gerade war, beobachteten sie mich also. Ich bemerkte, dass meine Gedanken rasten. Das war gut. Der Piepmatz wollte sich wieder melden, um mir weitere Befehle zu erteilen. *Wer gern befahl, war schwach.* Der Gedanke gefiel mir, meine Angst beeindruckte er wenig. Ein verrostetes Schild warnte den Vorübergehenden vor irgendetwas, ich glaubte, das Wort „Leben" lesen zu können. Eine Warnung an

Unvorsichtige vor Lebensgefahr? *Ich führe euch auf Wege des Lebens.* Obwohl ich spürte, dass sich in Wekselmanns Truppe etwas zum Schlechteren gewendet hatte, fühlte ich, dass ich auf einem guten Weg war, meinem Weg. Wieder meldete sich mein Mobiltelefon, diesmal sollte ich den rechten Abzweig nehmen, der zu einem Trampelpfad in eine Schrebergartensiedlung zu führen schien. Erst als ich an den kleinen Häusern vorbeikam, bemerkte ich, dass es keine Schreberhäuschen, sondern kleine graue Einfamilienhäuser waren. Wie zusammengekauerte Ratten hingen sie aufeinander, fletschten die Zähne ihrer gelb gewordenen Türen und kargten ansonsten mit Charme. Sicher eine Errungenschaft des ostdeutschen Arbeiter- und Bauernstaates für seine kleinen Angestellten, verdientes, niederes Parteivolk, Techniker. Überragt wurde die Siedlung von einem Hochhaus, wie ich jetzt erkannte, gespickt mit Satellitenschüsseln und klobigen Antennen. *Ideal für Scharfschützen, Tomsky*, würde Leon mich warnen. Ich konnte nicht hinaufstarren, sonst hätte ich mich verraten. Dass ich hier etwas erwartete, von dem die NDP-Leute nichts wussten. Männer mit Ferngläsern aus Dachluken oder Scharfschützen auf erhöhten Hausdächern zum Beispiel. Plötzlich krachte ein Schuss hinter mir, ich fuhr geduckt herum. Nichts. Kein Rauch aus Gewehrmündungen, keine Sprengfallen, nur das heftige Zuknallen einer Holztür. Ich sollte auf das Hochhaus zugehen, also behielt ich es im Auge und marschierte weiter. Ob sie mir folgten? Viktor hatte von ehemaligen Soldaten in deren Reihen gesprochen. Die hatten sicher Kenntnisse über das Legen von Hinterhalten, Beschattungen, Sondierungen von sich nähernden, feindlichen Kräften. Irgendwo hörte ich kurz das Geräusch eines Hubschraubers, konnte aber nicht wahrnehmen, ob er sich näherte oder entfernte.

Ich gelangte auf einen kleinen Platz in der Häusersiedlung, von dem zwei kleine Straßen abzweigten. Ein kleiner Brunnenstumpf ohne Fontäne am Rande des Platzes, daneben drei verfallene Holzbänke. Eines der Häuser hatte noch den Ansatz einer

Betonmauer, aber keinen Zaunaufsatz mehr. Ein schmutzig-roter Wagen stand an der Seite der linken Straße, die von hier wegführte. Ein Fluchtwagen der Glatzen? Es war nicht einmal ein deutsches Modell. Und plötzlich waren sie da, hinter mir, neben mir, vor mir. Sie kamen aus dem Schatten, dem Halbdunkel, aus Winkeln, die mir zu Überwachen die Kenntnisse fehlten, in denen sie sich aber trafen, entfalteten, vermehrten. Das Schwarze, Braune, Dunkle, eine Schattengesellschaft, die der Drang zum Herrschenwollen, zum Führen aus ihren Löchern trieb. Eine Truppe des Halben, Unfertigen, des niederen Deutschland. Die Generation, die mangelnde Programmatik und politisches Garküchentum durch forcierte Gewalt ersetzte. Selbst aus „Mein Kampf" hatten sie in ihrer Lähmung abgeschrieben.

Ich war ein wenig enttäuscht. Vor mir standen hauptsächlich ältere Männer mit schwarzen T-Shirts, die sich über Bäuche spannten. Direkt vor mir war ein fetter, untersetzter Mann um die 30, rasierter Schädel, Jeans, Turnschuhe, ein schwarzes T-Shirt über seinem stark außer Form geratenen Wanst. Auf dem zu lesen stand: „Ich bin stolz, ein Deutscher zu sein." *Das bin ich auch – nur auf andere Dinge von anderen Deutschen als du.* Ob die NDPler mir das Gefühl vermitteln wollten, ein im Grunde ungefährlicher Haufen sympathischer Saufkameraden zu sein, die eigentlich lieber einen hoben, als auf Köpfe einzudreschen oder Menschen mit anderem Aussehen zu Tode zu hetzen? Ob sie an die Bierhallentradition ihrer Vorgängerbewegung anknüpfen wollten? Neben mir tauchte dann doch eine Vorzeigeglatze auf: groß, schlank, sportlich-athletisch, Springerstiefel mit weißen Schnürsenkeln, Kopf totalrasiert, eckiges Kinn, stahlblaue Augen, die mich anstarrten. Hinter mir hörte ich mindestens zwei weitere Glatzen herankommen. Schräg seitlich hatte ein älterer, selbstverständlich ebenfalls beglatzter Mann Mitte 40 Stellung bezogen. Er beobachtete die Szenerie mit einem Grinsen im Gesicht. Keine Bärte, aber alle hatten geschwärzte Gesichter, um ihre Identifizierung zu verhindern.

„Bringt mir seinen Rucksack, checkt ihn!"

Die Oberglatze!

Ich hob die Arme und stellte mich breitbeinig hin.

Der Naziathlet fing an, mich abzutasten. Nachdem er auch bei zweiten Mal nichts Verdächtiges hatte fühlen können, sagte er, ich solle meine Taschen ausleeren. Handy, Autoschlüssel, ein Päckchen Kaugummi, ein Stofftaschentuch. Ich drehte mich leicht zu Seite, um einen Blick auf die Männer hinter mir zu erhaschen, aber sie machten meine Seitwärtsbewegung mit und blieben außerhalb meines Blickfeldes. Auch in den Häusern konnte ich nichts Auffälliges entdecken. Alle Türen und Fenster schienen geschlossen. Keine verräterischen Gewehre, Ferngläser oder Gesichter. Ich konnte bei niemandem eine Waffe entdecken.

Sie waren gottlob unbewaffnet gekommen. Sie hielten sich an die germanische Friedenspflicht an den heiligen Plätzen und Hainen. Sie hatten sich in einem politischen Wandlungsanfall zum Weltfrieden bekehrt.

„Sauber", rief der Modellnazi.

Die Oberglatze nickte grinsend und winkte mich heran. Offensichtlich war ihm beim Filzen meines Daypacks ebenfalls nichts Ungewöhnliches untergekommen. Mein Handy behielt er allerdings fürsorglich in seiner Wurstfingerfaust. In dem Moment trat aus dem Schatten einer Tür genau vor mir ein nichtssagender kleiner Mann, dürr, ein paar Haarreste auf dem Kopf. Unrasiertes Gesicht. Eine modisch vollkommen unpassende Krawatte pendelte vor einem schuftigen, abgestoßenen, cremefarbenen Hemd. Schweißränder am Kragen und, als er seine Hand hob, unter der Achsel. Auf dem Sakkorevers konnte ich einen Fleck und Reste von Zigarettenasche erkennen. Eine Jeans, die um seine staksigen Knochen schlackerte, braune, abgelatschte Sneakers.

„Mein Name ist Dr. Traxler. Ich bin ein Kollege von Ihnen."

*Du bist nicht mein Kollege, und dein Hetzgeschmiere hat mit Journalismus nicht im Ansatz etwas gemein.*

Fünf dürre Spinnenglieder schoben sich zu meiner Hand hin. Raucherflecken. Und dann konnte ich es auch riechen. Ungepflegter Körper, Ausdünstungen von Schweiß, überwabert von einem leichten Zigarettenodeur. Ein kettenrauchender, schwitzender, kleinbürgerlicher Pseudojournalist in der NDP. Napoleon-Syndrom? Er hatte zwar keine Hand in Brusthöhe unters Sakko geschoben. Aber die Kompensation sprang aus seinem knochigen Leib wie ein zweites Ich. Und ihr wollt als politische Repräsentanten einer Exportnation auftreten, die durch ausländische Durchmischung erst groß wurde, Nobelpreisträger und Weltkünstler hervorbrachte und High-Tech produziert. Mit eurer gefaketen bürgerlich-hässlichen Erscheinung, eurem Hackfressegrinsen, eurer zigarettenvergilbten, blutverschmierten, angstschweißgetränkten Existenz seid ihr doch nur eine Zerrbildaufnahme eines teutschen Neoprekariats, das Armut mit ausländischer Trittbrettfahrermentalität und Knüppelparolen mit Meinungsfreiheit verwechselt. Aufgepeppt mit Mittelstandszuckerguss und sich verantwortungsbewusst gerierendem Populismus.

„Vielen Dank für Ihre Geduld und Ausdauer den widrigen Umständen gegenüber. Auch wir Nationaldemokraten sind nicht erfreut darüber, dass wir, durch die Propaganda der Bonzokratie und der Kommunisten bedingt, uns nicht wie in einem freien Land bewegen und agieren können."

Das Spinnenmännchen wartete offenbar auf eine Reaktion von mir. Ich sah ihn an und sagte: „Ich bin Tom Biba." Als nicht mehr kam, sagte er knapp: „Ich möchte Sie gerne mit Siegfried Hartmann, dem Vorsitzenden der Nationalen Demokratischen Partei Deutschlands, bekannt machen."

„Gut."

„Sie kommen wegen eines Interviews, wir haben dazu einen Raum in einem dieser Häuser vorbereitet. Dort können Sie ihn ungestört befragen, er wird Ihnen offen Rede und Antwort stehen. Vorher müssen wir da drin aber noch einige Checks machen, die auch Ihrer Sicherheit dienen."

Es war heiß, der Himmel war strahlendblau und es begann plötzlich zu regnen. Ich hatte Donner gehört, kurz danach vernahm ich das vertraute, langsame und schwere Platschen von dicken Tropfen aus Gewehren auf Straßen und in der Ferne das Blitzen von Blendgranaten.

***

Alle standen wie Wachsfiguren erstarrt auf dem kleinen Platz, als der Zauber losging. Keine der Glatzen bewegte sich, dafür sah ich in den Gärten und auf den beiden wegführenden Sträßchen schwarze, vermummte Gestalten huschen. Außer dem Klatschen der Kugeln und den Explosionen von Blend-Geräuschgranaten war kein Laut zu hören. Kein Rufen, keine Befehle, kein Stöhnen oder Schreie. Dann kam Bewegung in die Wachsfigurenszenerie. Einige NDPler hatten plötzlich Pistolen in den Händen. Eine etwas größere hielt ich für die kleine Version einer Uzi. Der Modellnazi stürzte auf mich zu und wollte mich umwerfen. Hinter seinem Rücken sah ich das Spinnenmännchen auf eine offene Haustür zuhasten. Ich drehte mich im letzten Moment leicht zur Seite und verlagerte mein Gewicht, der Modellathlet stürzte ins Leere. Zwei der Fettwanstglatzen wollten über den Pfad durch die Schrebergärten hindurch fliehen, auf dem ich gekommen war. Ich stand noch immer aufrecht – taktischer Blödsinn. Als ich geduckt hinter den Brunnenmauerstumpf rennen wollte, kam das Muskelpaket wieder auf mich zugeschossen. Ich machte eine Kugel, um mich unter seinen Beinen abzurollen, wie ich es von Leon gelernt hatte, um ihn von den Beinen zu hebeln. Er kippte tatsächlich, erwischte aber meinen Arm und griff sofort zu. Ich rollte mich geistesgegenwärtig über ihn hinweg zurück, und nach einem Blitzschmerz kam der Arm wieder frei. Kugeln flitzten und schlugen ringsum in Gebäudemauern, Fenster, in die Bäume und den Boden. Wie durch ein Wunder wurde niemand verletzt.

Das Spinnenmännchen kam wieder aus dem Haus gestürzt, hinter ihm ein älterer Mann im Anzug. Hartmann, der neue Führer der Partei, schien gerade *sein* Scharmützel an der Feldherrnhalle zu erleben. Sie versuchten, das alte Auto zu erreichen, wurden aber durch einen Trupp schwarzer Kämpfer daran gehindert. Sie fanden sich blitzschnell auf dem Bauch liegend auf dem Asphalt wieder, über sich jeweils zwei der Kämpfer. Zwei weitere sicherten mit gezückten Pistolen, ein Fünfter mit seinem MG-36 zum Platz hin. Polizei? SEK?

Als der Athlet mich wieder angriff, stand ihm plötzlich Leon im Weg. *Wo kommst du denn her,* amigo*? Und auch noch so pünktlich, gerade im rechten Moment?* Die Glatze kam irgendwie nicht mehr weiter, so als ob Leon ihn durch Anstarren in Stein verwandelt hätte, wie einst die Schlangenfrau Medusa aus der griechischen Mythologie. Kugeln pfiffen an mir vorbei, und ich duckte mich tiefer. Als die Glatze Leon einen Fußtritt verpassen wollte, blockte dieser dessen Bein. Ein kurzer Schlag auf den Hals, und Siegfried wankte. Ein kurzer Tritt Leons auf seinen anderen Unterschenkel, und er brach zusammen. Hagen hatte Siegfried auftragsgemäß neutralisiert. Leon stürzte auf mich zu und brüllte: „Wir sind die Kosaken-Kavallerie!“

Ich sah hinter ihm eine Glatze mit dem Revolver auf ihn zielen. Als er abdrückte, trat ich Leon im Abrollen die Beine weg, und die Kugeln verfehlten ihn. Dann wurde der Schütze von einem hinter ihm auftauchenden Schwarzen scheinbar mühelos in die Höhe gehoben und fiel der Länge nach auf die Straße. Seine Waffe hatte er irgendwie verloren, denn die drückte ihm der andere gerade an den Hinterkopf. Ein zweiter schwarzer Mann erschien und sicherte seinen Kollegen, der den Gestürzten fesselte, mit einer Maschinenpistole. Sie schienen sich dabei zu unterhalten, denn die Glatze hörte aufmerksam und konzentriert zu. Ein ernstes und offenes Gespräch unter Männern, wie es sein sollte.

Als ich auf dem Boden aufgeschlagen war und Leon auf meine Seite fiel, hörte ich deutlich drei Schüsse. Nicht weil sie laut waren, sie klangen dumpfer, wuchtiger, eindringlicher. Schräg gegenüber flog der obere Teil einer Haustür in das Innere des Flures. Ich konnte nicht orten, woher geschossen wurde, vermutete den Schützen aber auf dem Dach des Hochhauses. Meine Sinne und mein Gehirn funktionierten perfekt, keine Anzeichen von Verwirrung, Schmerzen oder Sinnestäuschungen. Wer sich in Gefahr begibt, kann darin umkommen. Oder lernen, wie man überlebt und sich durchkämpft.

Dann waren Ruhe und Licht.

# 47

Die Bundesregierung hatte es sich auf ihre Fahnen geschrieben, mit entschlossener Bestimmtheit rechtsextreme Parteien zu verbieten. Unzählige Experten in den Fraktionen, vor allem aber in den Sicherheitsorganen, arbeiteten unablässig daran. O.K., es gab wechselnde politische Lagen. Also mit wenigstens deutlicher Bestimmtheit hatten sie es vor. Irgendwie arbeitete doch jede der Bundesregierungen an einer Art Verbot.

Und ein Verbot will erst einmal diskutiert werden. Wozu denn auch alles überstürzt angehen? Schon die politische Taktik verbietet das vorschnelle Verbot von Feinden der Regierung. Wozu sonst die mühsam aufgebauten Apparate der Sicherheitsdienste und all das technische Gerät, Millionenbeträge, die doch sonst in Abstellkammern verrotten würden. Und wir wollen uns doch nicht ohne Not einen politischen Joker nehmen lassen, dessen man sich in außergewöhnlichen Zeiten wie Wahlkämpfen so problemlos bedienen kann.

Das Thema innere Sicherheit zog immer!

Nein, ihr lieben Weltverbesserer, Bibelschwenker, Verfassungswedler, Gutmenschen und anderen Verantwortungslosen, wir Worst-Case-Analytiker sind eigentlich verkannte Optimisten. Wir bekämpfen mit Umsicht, die gemächliches Tempo ihren Bruder nennt, das Stadium kindhafter Schwäche, streben aber nicht nach Heiligkeit oder gar Läuterung. Wir bescheiden uns mit der Zementierung des Status quo. Keine Veränderung lässt sich besser verkaufen, als wenn der Kern unverändert bleibt, nicht wahr?

Eigentlich wollte die Regierung rechtsextreme Parteien nicht wirklich verbieten.

## 48

### Berlin, 28. Juni 2010, 12.22 Uhr

Ich lag wieder im Dreck, und wieder hing der Mond falsch herum am Himmel. Nur dass der Mond die Sonne war und hell, und der Himmel dunkleres Blau. Ich spürte nichts, nahm aber Geräusche um mich herum wahr und in mich auf. Obwohl sie gleichzeitig laufen mussten, kamen die Schallwellen sortiert nacheinander bei mir an. Da war zum einen Leons Schreien. Er lag halb über mir, also irgendwie wohl auch horizontal. Dann hörte ich langsames Wummern. Sicher der Schalldruck von Pistolen und Maschinengewehrfeuer, der mein Trommelfell reizte. Danach Stimmen, nicht von Elfen, Holden oder einem Singsang der Walküren, sondern Befehle von Männern in schwarzen Kampfuniformen, behelmt, bewaffnet, motiviert und den Himmel stürmend. Das teilte zumindest meine Netzhaut dem Auge mit.

Sollte ich von einer Welt in die nächste übergegangen sein, bestand das Jenseits aus einer Liste von sauber geordneten Reizwahrnehmungen in Folge ohne die sonst üblichen Gefühlswahrnehmungen dazu. Schmerzen zum Beispiel hatte ich keine. Freude, Angst, Trauer, Wut fühlte ich auch nicht. Es war irgendwie … aufgeräumt und sauber in mir. Ein Gefühl ordentlicher, korrekter, erfüllender, zufriedener Leere. Das Reich der Himmel? Nirwana? War ich ins Paradies eingegangen, aber ohne 27 Jungfrauen? Machte Mohammed bei mir die unvermeidliche Ausnahme? Oder war es ein Hirntod, die Fortführung von Schall-, Druck- und optischen Wahrnehmungen bis zum endgültigen Stillstand elektrischer Reize in meinem dahingegangenen Körper? Ein Rütteln unterbrach den Stromfluss in meinem Neokortex.

„Tomsky!"

Nichts.

Eine erneute Schall- und Drucksensation.

„Tomsky!"

Der Engel vor mir entpuppte sich als 1,90 m große, kurz geschorene, 100 Kilo schwere Wurst in einem Trenchcoat. Er hieß Viktor und sprach Russisch mit mir, die Sprache der Engel und Heiligen und meines Großvaters.

„Opa Engelhart?"

Als ich spürte, dass ich leichter wurde und mein horizontaler Ruhepunkt gradweise in die Vertikale zu wandern begann, nahm ich eine weitere Schallquelle wahr.

„Tom Edgarewitsch! Tom!"

Sie gehörte dem Seraphim Leon, der strahlend von Weiß und tropfend vor Blut rot vor mir stand. Er hatte dem HERRN ein blutiges Opfer dargebracht. Hände klopften auf meinen oberen Gliedmaßen herum. Eine Handfläche streifte meine Gesichtsoberfläche. *Gott hat seinen Diener Tom zu sich gerufen.* Petrus musterte meine schwindende Körperlichkeit und maß das Gewicht meiner Seele. So um die 23 Gramm sollten es schon sein. Eine Gestalt in strahlendem Weiß und pulsierendem Orangerot, sicher ein Erzengel, sah lange und tief in meine Augen und stieß dabei Psalmen aus.

Psalm 1 lautete: „Er ist O.K."

Ein weiterer Psalm, der zu IHM aufstieg, war: „Keine Verletzungen, wahrscheinlich Schock."

Ich war im Himmel auf Erden.

„Mein lieber Tomsky, wir dachten schon an was Schlimmes", vernahm ich Viktor auf Deutsch und Leon auf Russisch.

„Sie sind unverletzt", sagte der Arzt. „Hören Sie uns? Können Sie sprechen?"

Ich konnte sehen, hören, riechen, schmecken, fühlen. Ich fühlte nichts, außer dass ich mich toll fühlte. Ich roch Pulverdampf und sah, dass Leons Hand blutete. Es schien aber nicht schlimm zu sein. Ich konnte noch denken und suchte nach einem tief empfundenen, religiösen Satz, der dieser überirdischen Situation würdig war und meinen göttlichen Gefühlen Ausdruck verlieh.

„Scheiße, wo kommt ihr beiden denn auf einmal her?"

Das Zitat war nicht biblisch.

# 49

Vertraulich! Verschlusssache!
**Statusbericht Operation „Januskopf"**

| | |
|---|---|
| Ort: | Hennigsdorf/Berlin-Nord, Deutschland, Planquadrate Viktor Cäsar, Viktor Delta. |
| Objekt: | Wohnbausiedlung |
| Einsatzdatum und -zeit: | 28. Juni 2010, 11.52 MEZ |
| Status: | Geheime Verschlusssache! |

Auftrag durchgeführt.

**Statusbericht:**

Gelände gesamtes Einsatzgebiet gesichert, therm. + Luftkontrolle. Kein Eindringen FO terr./Luft. Während Operation keine Bewegungen FO. Setting Szenario wie geplant.

Zugriff 11.00 MEZ. 9 Min. Schusswechsel ZP II+IV - Einsatzkräfte 3 LV, ZP 0 V/BV. Zielperson I gesichert und Scharfschützengewehr Remington M40A1 mit 3 auf Tango verschossenen Patronen 7,62 mm sichergestellt. Abschussposition + -szenario präpariert. Beweismaterial photographisch, filmisch dokumentiert und gesichert. Zielgebiet anschließend gesäubert + geräumt.

Keine eigenen BV, keine SachV. OP erfolgreich ausgeführt. Abmarsch 11.48 MEZ, Lagebesprechung Zentrale. Bericht folgt.

Einsatzleiter (gesperrt), Polizeihauptmeister GSG 9

## 50

Es stand in allen Zeitungen. Die Affäre hatte für einen Riesenwirbel in der Presse gesorgt. Wobei es zum Bedauern der kritischen Analysten inzwischen weniger um die Bekämpfung des Rechtsradikalismus ging als um das Feiern von Parteien und Politikern. Schlagzeilen wie „Neonazis am Boden", „Ende des Rechtsextremismus in Sicht", „Demokratische Parteien durch Aktionen gegen NDP gestärkt" oder „Schwarzer Tag für die Braunen" machten dem Leser deutlich, dass etwas für die Demokratie Entscheidendes geschehen war. Einige Politiker aus der Bundesregierung brachten erneut Gesetzesvorschläge für das „Verbot die Verfassung der Bundesrepublik bedrohender extremistischer Parteien" ins Spiel, aber die meisten Abgeordnetenkommentare legten den Schluss nahe, dass mit der Verhaftung des NDP-Vorsitzenden Hartmann und dem Schlag gegen seine Partei keine Notwendigkeiten für Gesetzesinitiativen mehr bestanden. Die meisten Zeitungen überschlugen sich vor Lobhudeleien. Fest stand für die Mehrzahl der Medienberichte, dass die Liberalen ihr Tief mit diesem „Schlag gegen den politischen Rechtsextremismus seit Gründung der Republik" (Leitartikel der *Südwestschau*) überwunden hätten. Das nach eigenem Dafürhalten „auflagenstärkste" deutsche Boulevardblatt fragte sich und seine Leser sogar: „Außenminister nun Kanzlerkandidat?"

Ein dickes Lob erhielt die Bundesinnenministerin von der *Hamburger Presse*:

**Bundesinnenministerin bei der Bekämpfung rechtsextremer Parteien erfolgreich**

Der Pressebericht schloss hoffnungsvoll, dass um die Partei und ihre Minister als Hoffnungsträger bei den nächsten Wahlen wohl niemand ernstlich herumkäme. Als eigentlicher Gewinner galt die lange verkannte und gescholtene Regierungskoalition. „Getrennt marschieren, vereint schlagen!" war das Resümee des bekannten Kommentators des liberalen *Neuen Blattes*. Endlich sehe man die Früchte verborgener Arbeit, weggeblasen seien die Nebenkriegsschauplätze endloser koalitionsinterner Querelen um Hartz IV, sowieso notwendige Einsparungen und Kürzungen, Reformprojekte im Sozial- und Gesundheitsbereich, die zugegebenermaßen unglücklichen Versuche der Energiekonzerne, die Regierung unter Druck zu setzen. „Die Koalition", so konnte man lesen, „kennt seit wenigen Tagen endlich wieder Macher und Sieger." Auch der politische Weitblick und das entschlossene Handeln der Bundeskanzlerin erhielten allenthalben ein deutliches Lob und erzeugten positive Resonanz. Der Informationsfluss aus dem Bundesinnenministerium, dem Justizministerium, dem BKA und selbst dem Verfassungsschutz war vorbildlich und wurde entsprechend gelobt. Selbst die Oppositionsparteien waren müde von der Jagd nach den üblichen Gegenargumenten. Verrückt oder suizidal veranlagt, wer sich nicht an das Programm hielt und falsche oder überhaupt Fragen stellte. Analysen wurden von Vermutungen überholt, Kommentare jagten einander. Kaum jemals standen die demokratischen Parteien so geballt im Rampenlicht. In verschiedenen privaten Fernsehsendern war das laufende Programm unterbrochen worden und es hatte Sonderberichterstattungen gegeben. Manche Bürger, die das Geschehen aufmerksam verfolgten, konnten sich des Eindrucks nicht erwehren, dass die enorme Wucht der Berichterstattung *gewollt* wirkte.

Nein, besser gesagt: *Lanciert*.

In eher kritischen Medien wurden daher auch weitergehende Fragen aufgeworfen. „Das politische Ende der NDP und ihres Vorsitzenden ist nicht das Ende des deutschen Rechtsradikalismus", gab eine den Grünen nahestehende Tageszeitung zu bedenken. Vollkommen unter ging die Forderung der LINKEN, einen Untersuchungsausschuss zu ungeklärten Fragen der „Affäre Hartmann" und zum „Nichtverbot neonazistischer Parteien" zu nominieren. Die Bundestagsabgeordnete Karen Trotzner sprach gar von „Nazigate“. Im Gegensatz dazu hatte sich ein Kommentator der Dritten in den Spätnachrichten sogar zu der Aussage verstiegen, dass es allemal besser sei, den Erfolg weiterzutreiben, als weiter im rechten Sumpf zu wühlen. „Eine Demokratie zeichnet sich auch dadurch aus, wie viel Extremismus sie sich *unbedenklich leisten* (sic!) kann.“

Bei Meinungsumfragen verzeichneten sowohl die Partei des Außenministers als auch die Koalition insgesamt deutliche Zugewinne. Plus zwei Prozentpunkte für den größeren Koalitionspartner, gar plus drei Prozentpunkte für die Truppe des Außenministers. Auf die Sonntagsfrage antwortete endlich wieder eine klare Mehrheit der Wähler, so dass die Regierungsparteien momentan über eine rechnerisch knappe, aber vorhandene Mehrheit verfügten. Dass Mehrheiten virtuell sein können, konnte man in der linksliberalen *Südwestschau* lesen. Für klaren Unmut sorgte die Aussage der Grünen-Abgeordneten Clara Vandefeldt in einer Talkshow, dass, Zitat, „virtuelle Hochrechnungen des Altenbach-Institutes derzeit höher im Kurs stehen als der Wille der Wähler“. Im Übrigen gehe es nicht mehr um die Bekämpfung neonazistischer politischer Hetzkampagnen, sondern nur mehr „um die Pflege eines politischen Heldenfriedhofes“. Selbst der Bundesvorsitzende der Grünen, Mahut Mahbindanath, rügte diese „Entgleisungen“ und forderte eine Richtigstellung durch Vandefeldt. Man dürfe nicht die richtigen Parteien in die Nähe der falschen Parteien rücken, nicht einmal gedanklich. Man habe dem Rechtsradikalismus im Land einen schweren Stoß versetzt, der Kampf schreite fort, weiterhin würde erneut ein Verbot der NDP, der Republikaner und zweier weiterer kleinerer Gruppierungen kritisch geprüft. Erfreulicherweise nahmen nicht allzu viele Wähler und noch weniger Politiker von den Ansichten Vandefeldts Notiz. Noch am bekanntesten war die sinnfällige und mit Gelächter quittierte Bemerkung eines bayrischen Landtagsabgeordneten, sie „mache sich so nur zum Kanonenfutter der *BIZZ*“. Der Kommentar eines linken Blattes, der einen Zusammenhang zwischen dem Zugriff, den erneuten Gesetzesentwürfen zum Verbot extremistischer Parteien und der sich zum x-ten Male wiederholenden Diskussion herstellte und andeutete, das Ganze diene lediglich der Schärfung parteipolitischer Präsenzen zwischen Wahlen, wurde nicht goutiert und glücklicherweise wenig gelesen. Schon erfolgreicher war der Vorschlag, den ein Bundestagsabgeordneter der CSU machte, dass mit dem neuen Gesetzesvorschlag auch die Partei der LINKEN unter das Damoklesschwert des Verbotes oder doch wenigstens eines politischen Spießrutenlaufens kommen sollte. „Endlich jemand, der das Schwert wieder nach vorne biegt!", so der Titel der *BIZZ*.

Tatsächlich war es anders gelaufen, aber das wussten nur einige eingeweihte Beamte der die Verfassung schützenden Dienste, wenige Minister und Politiker der Berliner Koalition und ein unwichtiger Journalist. Wen hätten die Hintergründe auch interessiert? Dass der Zugriff einem Attentat galt? Ein wenig bedeutsames Faktum, gab es doch auch so schon verwirrend viele schlechte Nachrichten, die den Bürgern, entsprechend aufbereitet, in drei Radiominuten oder 15 Minuten Fernsehsendezeit zugemutet werden mussten und verarbeitet sein wollten.

Dass der Attentäter kein Deutscher, sondern ein Russe war? Wozu die genesenden Beziehungen zwischen zwei Demokratien für ein bisschen interne Rangelei unter den Neonazis belasten? Die lebten doch sowieso dauernd ihre „Blut-und-Boden-Theorien" parteienintern aus. Dass dahinter zum ersten Mal eine internationale Verschwörung rechtsextremer militanter Kräfte stand? Hatte doch die Bundesrepublik so schon ein Geflecht internationaler Verpflichtungen übernommen, die gepflegt, bezahlt und deren ideologische Fundamente von Zeit zu Zeit neu untermauert werden mussten. Insbesondere in Krisen- oder Wahlkampfzeiten. Seltsam wenige Informationen drangen über die Tatwaffe an die Öffentlichkeit.

Auch über den Tathergang gab es nur knappe Ausführungen, eingestreute Andeutungen eher denn exakte Faktendarlegungen. Aber glücklicherweise störte kein übereifriger Journalist diesen ansonsten unerheblichen Mangel. Und die Leser bekamen doch auch so schon ein Füllhorn an Information, insbesondere an Analysen, Vermutungen und Kommentaren. Für einen Bundestagswahlkampf hätte der Stoff sicher aufgearbeitet und nutzbar gemacht werden können. Aber die Wähler hatten ja gerade erst zu den Urnen bemüht werden müssen. Einige Parteistrategen dachten allen Ernstes, dass ein Grund für die wachsende Zahl von Nicht- oder Protestwählern der permanente Entscheidungsdruck in den in kurzen Perioden wiederkehrenden Wahlen auf allen Ebenen sei. Der dafür geprägte Fachbegriff lautete „multielektoraler Dissenz“, und informierte Kreise wollten wissen, dass zumindest in einer der großen Parteien Vorschläge zu längeren Wahlperioden diskutiert wurden.

Ähnlich absurd muteten Berichte über ein „Diskussionsforum Postdemokratie“ an. In diesem so hehren wie von allen Partei- oder Politstrukturen entrückten Kreis diskutierten Staats- und Parteitheoretiker den gewaltigen Fortschritt der aktuellen Parteipolitik in den allermeisten westlichen Ländern. So dass nun – konsequent weitergedacht – mehr Bürgerbeteiligung durch eine erweiterte Entscheidungskompetenz von Spitzenpolitikern ersetzt werden könne. Aber das waren eher Gerüchte, die man immer leicht dementieren konnte. Und dass in den Vorfall ein russischer Sicherheits- und ein deutscher Geheimdienst verwickelt waren, dass das Attentat streng genommen gar keines war, denn es konnte nicht einmal ein Attentäter oder wenigstens dessen Phantombild gezeigt werden – das war eben einfach keine Information, die für die Öffentlichkeit bestimmt war, das musste doch jeder verstehen. Umfasste die Professionalität dieser Dienste doch eben exakt diese Mischung von äußerer Diskretion und innerer Effizienz. Die Produktion von Sicherheit hatte eben, wie jeder Herstellungs- und Verteilungsprozess, seine gehüteten Geheimnisse, um den Marktvorteil der Vermeidung von Kollateralschäden für Politiker oder weitere, noch sensiblere Eingeweihte zu sichern. Anders wäre eine Regierung des Volkes durch das Volk und für das Volk doch der reine Wahnsinn!

# 51

## Frankfurt, 3. August 2010

„Freude und Schmerz. Dennoch: meine Glückwünsche an Sie alle!“

Der General hatte eine letzte Stabssitzung anberaumt. Nach dem Gefecht wollte er zu seinen Soldaten sprechen. Zu ihnen, nicht mit ihnen. Keine Manöverkritik, denn es gab nichts zu kritisieren. Kein Feedbackgespräch, denn die Rückmeldungen der Untergebenen waren im Nachhinein ebenso irrelevant wie unnötig. Keine Erklärungen, denn Erfolge in der Presse sprechen erstens eine deutliche Sprache und zweitens für sich selbst. Keine Selbstkritik, denn die war sowieso nur etwas für abgehobene Theoriefritzen. Nein, ein knapper Dank. Und eine Lehrstunde in real existierendem Pragmatismus. Wir saßen in einer Nobelsuite in einem Nobelhotel in Frankfurt. Da keine Übernachtungen reserviert waren, sah es nach kurz aus.

„Vielen Dank, dass Sie alle abkömmlich sein konnten.“ Wekselmans parfümierter Blick ging in die Runde, bestätigend, dankbar, aufmunternd.

„Ich wollte Ihnen allen noch einmal persönlich meinen Dank übermitteln, besonders Ihnen, Tom Edgarewitsch. Sie haben als Neuling ein hervorragendes Ergebnis mitproduzieren geholfen. *Merci beaucoup!*“

Leon nickte, Viktor applaudierte zur Beförderung. Irgendwann wird irgendwie aus allem mal irgendwas!

„Ich hätte von dem Zugriff vorher wissen sollen“, formulierte ich meine Dankesbezeugung knapp.

„Nun, Sie haben recht. Sicher wäre es hilfreich gewesen, vorher zu reden. Aber Dinge ändern sich im Leben, alles ist im Fluss.“ Wekselman, Philosoph des Machbaren, die vorsokratischen Philosophen zitierend.

„Es hätte schiefgehen können. Leon wurde verwundet. Wir hätten schwer verwundet oder erschossen werden können.“

Mein erneutes Bemühen, Dankbarkeit rücksichtsvoll zu artikulieren.

„Sehen Sie, Tom Edgarewitsch, die Operation war eine Mission, sie diente höheren Zielen. Wenn das für Sie ein wenig eine Entschädigung sein mag: Sie haben der Demokratie, dem Rechtstaat Deutschland einen großen Dienst erwiesen und die deutsch-russischen Beziehungen deutlich verbessern geholfen." Der Hohepriester Wekselman, am Altar des Ethisch-Politischen weihräuchernd.

„Um was ging es bei dem beschissenen, versiebten Zugriff eigentlich? Doch nicht um Pressefreiheit, Neonazis oder die Sicherung des Rechtsstaates. Da wurde was ganz anderes gesichert, verdammt noch mal." Mein kümmerlicher Versuch, das Unnennbare in schlichte Worte zu pressen.

„Doch. Auch. Es ging um die Verbesserung der Beziehungen zwischen Ihrer und der russischen Regierung, die nach der deutlich formulierten, aber nicht recht situationsangemessenen Kritik der Bundeskanzlerin leider ein wenig gelitten hatte. Was ja auch nie hilfreich ist für das gute Gedeihen wirtschaftlicher Bemühungen beider Seiten." Regierungssprecher Wekselman hilft überforderten Journalisten bei einer Pressekonferenz, das Richtige aus den Worten des Herrn Präsidenten herauszudestillieren.

„Die Kanzlerin hat für ihre sonstigen Wackelsätze einmal relativ klar die Fragen in den Raum gestellt, ob die russische Regierung mit ihren Gaslieferungen Wirtschaftsbeziehungen stärken oder politische Erpressungsnummern, Verzeihung, Einflusswahrung, durchführen will. Ob Medwedew gesellschaftliches Wachstum und Demokratisierung der Gesellschaft wagen möchte, was er vor wenigen Tagen dem versammelten Diplomatenkorps angekündigt hat. Ob sie Chodorkowskis Prozess weiter als juristische Farce laufen lassen wollen."

Ein Blick auf meine beiden Mitkämpfer sagte mir, dass sie dem aktuellen Stand des Treffens innerlich fernstanden. Ob aus diplomatischer Zurückhaltung, Respekt ihrem Arbeitgeber gegenüber oder aus eigenen Negativerfahrungen, konnte ich ihren abwesenden Blicken nicht entnehmen.

„Aber das sind innerrussische politische Angelegenheiten, von denen ich nicht recht sicher bin, ob Ihre geehrte Frau Bundeskanzlerin sie ansprechen *musste*. Sicher ist es auch eine Frage des Tons und des Stiles. Es ist doch nachvollziehbar, dass sich der russische Präsident wie auch der Ministerpräsident plumpe Einmischungen in die Innenpolitik verbitten. Und ich bin ein wenig neugierig, ob beide auf den Wink der Bundeskanzlerin mit dem verstärkten Ausbau oder Nichtausbau wirtschaftlicher Kooperation reagieren werden. Es ist kein Zeichen von Partnerschaft, sich über innenpolitische Ansichten einer anderen Regierung zu mokieren, in dem ich die Wirtschaftsinteressen vorschiebe oder als Druckmittel einzusetzen gedenke. Aber das sehen Sie doch nicht grundsätzlich anders, Tom Edgarewitsch."

„Ich sehe, dass das Attentat eine Luftnummer war. Mein Interview war die Eintrittskarte für Ihren Zugriff. Zeitgleich schlagen in Deutschland in den Medien die Wellen hoch über ein zum x-ten Mal geplantes Verbot rechtsextremistischer Parteien – wie schön, dass just in dem Moment solche Negativschlagzeiten der Nationalen Demokraten und ihres Parteivorsitzenden durch die Medien gehen. Dann sind die Bundeskanzlerin und der Außenminister genau in diesem Moment auf einem Gipfeltreffen in St. Petersburg, im Schlepptau die Creme der deutschen Wirtschaft – auf dem der russische Präsident die benötigten Wirtschaftskooperationen mit ein bisschen Sozialkosmetik herbeilobt. Für mich kein Zufall, Dr. Wekselman."

Leon und Viktor hielten sich im sicheren Abseits und hatten nicht vor, Bälle ins Spiel einzuwerfen. Es blieb beim geistigen Paarlaufen aalglatt gegen eckig. Vorteil aalglatt.

„Sie stellen Verknüpfungen her, die nicht griffig sind, und leiten daraus Vermutungen ab, die nicht belegbar sind. Ich befürchte, die etwas aus dem Ruder gelaufene Aktion verlief nicht ganz zu Ihrer Zufriedenheit, so dass Sie enttäuscht sind. Was ich durchaus nachvollziehen kann."

„Es geht nicht um meine Enttäuschung, es geht darum, ob Medwedew, der gerne das Wort Modernisierungspartnerschaft benutzt, das auch so meint. Ob er wie angedeutet eine demokratischere Gesellschaft auch vermittels Wirtschaftsbeziehungen möchte oder ob's wie üblich nur um Erdgas, Petroleum, Lokalbahnzüge, Edelmetalle, Weltraumkooperation, Nobellimousinen, Kaviarquoten, Low-Tech, Advanced-Tech oder Scheiß-Tech geht und die russischen Bürger dahin gehen können, wo sie seiner Ansicht nach eh hingehören: ins Russland Putins."

Freundliches Lächeln seitens Dr. Wekselman, politisch geruchsneutral und nach allen Seiten hin interpretierbar. Etwas musste ich aber noch loswerden.

„Heute Morgen ging durch die Medien, dass die Duma den Inlandsgeheimdienst FSB wieder ermächtigt, russische Bürger bereits beim Verdacht von den Staat bedrohenden Straftaten vorladen und verwarnen zu dürfen. Bei Nichtbeachtung der Verwarnung drohen bis zu 15 Tage Sicherheitsverwahrung. Selbstverständlich bei sehr legeren Auslegungsmöglichkeiten ebendieser Verdachtsmomente. Kritiker behaupten, es gehe dem Staat nicht um die Bekämpfung des terroristischen islamistischen Untergrundes, sondern darum, andere politische und soziale Vorstellungen als die der Herrschenden als Extremismus brandmarken und ahnden zu können. Bürgerliches politisches Engagement als Gefahrenpotenzial für die Regierenden? Manche halten das für einen Rückfall in die Zeiten des KGB. Herrscht derzeit Kräftemangel in den Gulags?"

Viktors Augen blitzten mich an, und ich glaubte, bei Leon ein sehr vorsichtig angedeutetes Kopfschütteln zu erkennen. Sie waren also beide noch im Hier und Jetzt.

„Nun, um eine Antwort auf Ihrem leicht gesunkenen Niveau geben zu wollen, müsste ich sagen, dass ich ja auch ein bisschen Geld verdienen möchte, um meine teure Kleidung weiterhin finanzieren zu können, denn das ist *meine* Realität. Aber das würde arrogant klingen, nicht wahr."

„Einen neuen Anzug von Gieves & Hawkes aus der Savile Row und ein Paar neuer Full-Brogues von Gatto in Rom für drei Verwundete, davon zwei SEK-Polizisten, scheint Ihnen angemessen?" Mir war der Kragen geplatzt.

Wekselmans Antwort war ebenso erlesen, wie sie ein Zeichen seiner gereiften Haltung gegenüber der Machbarkeit war. Er strahlte mich an. Schüttelte mir die verdutzte Hand, in die er gleich noch einen Umschlag hineinschob.

Viktor und Leon hatten sich inzwischen in das exakte Studium der Hotelwerbebroschüren vertieft, um ihren geschundenen Seelen wenigstens etwas Erbaulichkeit zukommen zu lassen. Ich sollte also die Klappe halten, danke sagen, das Geld nehmen und verschwinden. Zum Abschied nuschelten mir beide noch etwas in großer Herzlichkeit zu.

Später glaubte ich, mich erinnern zu können, dass Viktors und Leons Genuschel bedeuten sollte, dass die Sicherheitsfirma aufgelöst, übernommen oder neu gegründet worden sei, kurz, dass jemand den Stecker rausgezogen hatte. Ich wunderte mich, dass es auch in diesem Gewerbe zu Überführungsinsolvenzen kommen konnte – bei den Geldbeträgen, von denen ich gehört hatte. Noch dazu mit einem internationalen Quasi-Monopolunternehmen wie dem Wekselmans.

Viktor und Leon hatten gekämpft und geackert; Leon war verwundet worden, war aber dennoch gegen den Feind angestürmt. Wie Krieger, diejenigen, die Mängel und Schwächen haben, aber den richtigen Weg richtig bis zum Ende gehen. Wekselman war ihr General gewesen. Ein Offizier, der den Eid auf ewige Fahnenflucht abgelegt hatte. Um den Rechtsextremismus zu bekämpfen, stützte er ihn. Um ihn auszutrocknen, spendete er Wasser. Um die Feinde zu bekämpfen, umsorgte und pflegte er sie. Er und seine Mitbrüder diesseits und jenseits des Rheins, hüben und drüben des großen Teichs, allesamt Freimaurer des politischen Status quo. Es war Lügen auf Topniveau, institutionell abgesegnet, staatlich, nun ja, nicht gerade unterstützt, denn welche Regierung möchte im Ruf stehen, mit Extremisten irgendwie vielleicht doch gemeinsame Sache gemacht haben zu können um eines Umfrage- oder Wahlergebnisses willen. Aber sie alle waren inbrünstig Gläubige, entflammte Bekenner der Staatsraison und der Nützlichkeit. Ein Religionsersatz, nicht minder beseligend oder ergötzlich. Und nicht weniger ketzerisch gegen andersgläubige Mitbrüder. Wer nicht mehr im Mainstream mitkam, endete auf dem Scheiterhaufen der Presse oder anderer Medien, R. I. P. Ihr Credo war die Zahl, das Messbarmachen, exakt berechnete Laborsituationen, um die Realität zu beobachten, nüchtern zu beschreiben, kontrolliert zu verändern wie durch künstliche Befruchtung. Rechtsstaatlicher Wandel *in vitro*. Dabei konnten sie doch nur die Störung messen, die sie selbst verursacht hatten. Um damit ihr persönliches Wohlleben zu sichern. Wekselman trug Londoner Maßanzüge und handgefertigte italienische Schuhe. Aber er war nur Feuilleton, permissives Laissez-faire, die Wirkung weitaus größer als die Bedeutung. Er verkörperte die bürgerlich akzeptable Seite eines vornehmen Schleichens hin zur Akzeptanz eines entkoffeinierten, kalorienreduzierten kleinen Wellness-Faschismus im Spaß-Zeitalter der elektrifizierten Massen.

# 52

**4. April 1945**

Er hatte es geschafft. Durch Lützelhausen und am Wachposten der Amis vorbei. Bernbach hatte er gemieden, er war außen herum durch die Felder gekrochen und gerobbt. Irgendwie hatte er es fertiggebracht, seine Schwägerin ohne Lärm zu wecken, die schon glaubte, der SD oder noch schlimmer, die Amerikaner wollten sie abholen. Bis sie aufschluchzte und durch ihr Weinen zeigte, dass sie ihn erkannt hatte. Sie mussten leise sein, weder Nachbarn noch die Kinder Edgar und Engelbrecht durften irgendetwas mitbekommen. Schweigen wie ein Leichentuch auf das, was eben noch lebendig war.

Jetzt war er hier. Nur Dima zu retten, den schmächtigen Russenjungen, das hatte er nicht geschafft. Er war todmüde und erschöpft, aber seine Seele wollte keine Ruhe geben. Wozu sollte er schlafen? Was sollte er träumen? Was sollte er Dima sagen, wenn der ihn im Traum besuchen kam und Fragen hatte, reden wollte – oder Schlimmeres?

Die erschossenen Soldaten. Der gesprengte Holzbunker, sein gefallener, zerbombter, zerfetzter Zug. Die geschändete und ermordete polnische Banditen-Frau. Die ausgemergelten russischen Kriegsgefangenen im Lager Wegscheide. Die Zwangsarbeiterin, die ihn in der Scheune mit diesem unvergesslichen Blick angesehen hatte. Dima, den er geopfert hatte, um selbst zu leben. Biba sehnte sich nach Buße. Warum nicht in einem Ofen? Es war wie eine Art Grab. Zwei Tage im Schoß der Erde, dann Auferstehung. *Am dritten Tag aber werde ich …* Oder vielleicht wie ein Mutterbauch. In einem Backofen, dem seines Bruders. Ein Gasofen, der einem Menschen das Leben retten konnte.

## 53

### Fuerteventura, 8. Dezember 2010

Kassensturz.

Zeit zum Nachdenken hatte er genug gehabt. Jetzt kam der Rückblick, der Moment zum Auswerten. Er war seit drei Tagen auf Fuerteventura, hatte ein Auto gemietet. Es war klein, aber neu, und es fuhr. Die Frau im Autoverleih hatte gedacht, weil er Deutscher sei, sollte sie ihm besser ein deutsches Auto geben. Es müsse ein VW Lupo sein, hatte sie entschieden und hatte alle Hebel in Bewegung gesetzt, dass es einer werde. Morgen wollte er zum Vulkan Teide und durch die Olivenwälder im Norden. Jetzt saß er bei Sonnenuntergang im kleinen Hotelpark, unter ihm das Meer, vor ihm die Sonne, noch. Hinter ihm … tja, was? Ein Erfolg? Hatte er sich seinen Urlaub hier verdient oder war das Ganze nur eine Ruhepause?

Er hatte Recherchen über seinen Großvater angestellt und war in eine Politverschwörung geraten. Er hatte einen Menschen retten wollen und einem Neonazi geholfen. So kam es ihm wenigstens in seinen schwachen Momenten vor, wenn er kritisch gegen sich selbst war. Er hatte auf die angebotene Hilfe von offiziellen Beamten und Politikern gesetzt und war von ihnen für eine Intrige benutzt worden. Gut, das Ganze zeigte sich in seiner Tragweite erst gegen Ende seines Jobs. Aber er hatte neue Gegner kennengelernt. Es gab auch alte. Bach zum Beispiel, den er beraten hatte. Nachdem er Bürgermeister von Bruchheim geworden war, hatte er die Zahlung des ausstehenden Honorars verweigert und schuldete es ihm immer noch. Wekselman hatte gezahlt. Aber das war nicht das Wichtige. Bald war Weihnachten, Festtage mit der Familie, auf die er sich freute. Besser gesagt, immer gefreut *hatte*.

Wenn er seine Verbündeten zählte, dachte er an seine Freunde. Er besaß die Gnade eines kleinen, aber hervorragenden Freundeskreises. Den er hegte und pflegte und goss und aus dem er von Zeit zu Zeit das Unkraut ausjätete. Seine Familie war am Zerfallen. Von den Leuten, die er während der Operation kennengelernt hatte, blieben Viktor und Leon. Gerade Leon hatte sich, nachdem er aufgetaut war, schwer gemacht. Er war oft hart, neigte zu schnellen Entschlüssen, statt einen Moment zu warten oder kurz nachzudenken. Ein einfacher Mensch, aber er war schwer in Ordnung. Viktor war von Anfang an ein feiner Kerl gewesen, offen, gerade, präsent und spürbar, ein Steher und Kämpfer. Er wollte beide gerne wiedersehen und würde sie bei seiner nächsten Vorlesung im März besuchen.

Hier auf der Insel hatte er zuerst viel Musik gehört. Er hatte dem Blues des Meisters gelauscht. Dann hatte er Tom Waits gehört, *Waltzing Matilda*. Und die Version Rod Stewarts von diesem Lied. Wunderbar traurig. Belebend.

Was war geblieben von seinem anstrengenden, verwirrenden Auftrag? Eigentlich war er viel zu groß für ihn gewesen. Aber ein einfacher Job hätte ihn nicht sonderlich gereizt. So gesehen war das „Zuviel" vielleicht immer die bessere Variante, der Druck führte einen weiter. Das Wichtigste schien ihm der eigene, persönliche Erfolg. Sein Auftrag war erfüllt, er hatte seinen Kunden *Full Service* geboten. Er hatte sich gegen Widerstände, auch seine inneren, durchgebissen. Er hatte sauber gelitten. Er hatte seinen eigenen Auftrag erfüllt und war zur anderen Seite durchgebrochen: zu sich selbst.

Der Tag heute war wundervoll gewesen. Voller kleiner Wunder. Morgens beim Wachwerden hatte in einem der Bäume irgendwo neben dem Hotel eine Nachtigall geträllert. Morgentusch. Beim Joggen bemerkte er, dass er ruhiger wurde, konzentrierter, zu sich selbst kam. Am Vormittag war er ewig lange durch Olivenhaine gefahren und hatte sich an ihrer kleinen, verzwirbelten Baumform erfreut. Niemand außer ihm war unterwegs gewesen auf der Straße durch den endlosen Wald. Als ob er ihm gehören sollte. Ein paar Lieder des Meisters von seinem Minidisc-Player hatten den sonnendurchfluteten Nachmittag auf einer Liege am Hotelpool noch gesteigert. Und eben jetzt ging die Sonne unter. Er blieb lange sitzen und rauchte seine *Partagás* zu Ende. Wind kam auf.

# Nachwort

Mein Großvater war nie in der Waffen-SS oder einer anderen politischen oder paramilitärischen Gliederung oder Truppe des nationalsozialistischen Staates. Das gehört ins Reich der Fiktion. Er war als Pionier-Unteroffizier von 1939 bis 1945 Soldat der Wehrmacht. Verschiedene Umstände und Informationen gaben mir jedoch begründeten Anlass nachzuforschen, ob ihn die SS bei Kriegsende „vereinnahmt" hatte. Diese Recherchen, die ich mehrere Jahre betrieb, brachten keinen entsprechenden Nachweis. Aber das angesammelte Material gab einen hervorragenden geschichtlichen Einstieg in das vorliegende Buch ab. Weitere, parallel verlaufende Nachforschungen zum Schicksal der Dörfer Leisenwald und Waldensberg gegen Kriegsende und der Breuer-Werke, die in Hirzenhain mit Kriegsgefangenen, Verurteilten und anderen Zwangsarbeitern betrieben wurden, flossen als Geschichtsfakten ebenfalls in dieses Buch ein.

Einige der in diesem Buch geschilderten Ereignisse und Personen beruhen daher auf tatsächlich existierenden Menschen und Begebenheiten, auf deren korrekte Darstellung ich viel Wert legte. Man denke dabei nur an die unkorrekte Darstellung von Fakten über rechtsextremistische Parteien und ihre Aktivitäten in Deutschland, die aus Übertreibungen Nutzen ziehen könnten und deren Welt so wie das Reich des negativen Fiktiven ist. Aber für ein besseres Verständnis, zur abwechslungsreicheren, spannenderen Lektüre wurden auch Personen, Orte und Handlungen frei erfunden oder konzipiert. Ähnlichkeiten mit lebenden oder toten Personen, existierenden Institutionen und Gruppierungen sind entweder zufällig, ohne schlechte Absicht erfunden bzw. wurden in einem Akt freier Kreativität gestaltet. Insoweit diese Personen oder Institutionen nicht sowieso Repräsentanten der Zeitgeschichte sind.

Kritisch anzumerken bleibt, dass ich, als ich mit meinen Recherchen begann – und dadurch angestoßen mir als Kind Erzähltes wieder erinnerte –, auf die Tatsache stieß, dass mein Großvater während seiner Genesungsphase im Kriegsgefangenenlager Wegscheide in Bad Orb Dienst tat. Das Lager ist – historisch nachgewiesen – bekannt für Kriegsgräuel und unmenschliche Behandlung insbesondere gegenüber russischen gefangenen Soldaten. Inwieweit es zu einer möglichen aktiven Beteiligung oder Verhinderung solcher Taten seitens meines Großvaters kam, ob er sich Billigung oder Bejahung hat Zuschulden kommen lassen, Widerstand leistete oder den Gefangenen half, lässt sich aus den Rechercheergebnissen nicht ableiten. In meiner zugegeben lückenhaften Erinnerung mied er dieses Thema bei Fragen und Gesprächen. Dass sich mein Großvater gegen Kriegsende mehrere Wochen im Backofen seines Bruders versteckte, der ihn so vor weiteren Kriegsleiden rettete, ist eine Tatsache. Er war ein – wenn auch später – Deserteur und somit einer von drei Kriegsdienstverweigerern in unserer Familiengeschichte.

# Danksagung

Zunächst: ich *musste* dieses Buch schreiben.

Mein Dank gilt zunächst natürlich meinem Großvater. Er hat mit seinen Erzählungen, die ich als Kind hörte, den Grundstein gelegt für mein Interesse an Russland, seinen Bewohnern und an der russischen Sprache. Dafür bin ich ihm überaus dankbar. Obwohl ich mir sicher bin, dass er das weiß, werde ich mit ihm noch einmal darüber reden – in einem späteren Leben. Dann kommen meine Mutter und meine Großmutter, die mich mit Erzählungen und Informationen zu meinem Großvater versorgten. Ohne diese Details wäre sowohl das Geschriebene unrichtig als auch das gefühlsmäßige Verständnis für meinen Großvater unvollständig. Dank an meine freundliche und motivierende Lektorin Fee Heitland, auch für die hervorragende Umschlagkonzeption, sowie Stefan Fassel-Wenz vom MEDU Verlag. Ebenso danke ich meinem Russischlehrer Jakob Rebtschinski und seiner Frau Tanja, die meine Freunde geworden sind und mir in schier endlosem Bemühen die russische Sprache und deutsch-russische Mentalität näher brachten. Für die endlos scheinende Sprachpraxis danke ich den Familien Rebtschinski, Voth, Nowikow, Saitsewa, Fedchenko und Wladik Sakuskin in Istra. In Moskau gilt mein Dank Prof. Dr. Galina Woronenkowa, der Direktorin des Freien Russisch-Deutschen Institutes für Publizistik (FRDIP), sowie Olga Schtyrkina und Olga Kurilina, den beiden dortigen Institutsassistentinnen. Sie sind die rastlosen Organisatorinnen von „Papierchen“, die für meine Reisen, Unterbringung, Vorlesungen und weitere Aktivitäten in der Stadt notwendig sind. Bei Dieter Hussing, ehemaligem MdB und Ex-„informellem Außenminister“ des Main-Kinzig-Kreises, bedanke ich mich für die inzwischen schon über Jahre bestehenden Kontakte an das FRDIP und nach Istra, die er einleitete und förderte. Und für seine Freundschaft. Durch seine hilfreiche Intervention kamen meine Russland-Aktivitäten auf ein neues und höheres Niveau.

An Oliver Kern ein Merci für seine juristische Unterstützung. Bei Gerhard Jahn, dem Vorsitzenden des Geschichtsvereins Wächtersbach, bedanke ich mich für die Unterstützung mit Geschichtsmaterial, das die Beschreibung und Abläufe der Kämpfe in Leisenwald und Waldensberg in dieser Ausführlichkeit erst ermöglichte. Ähnliches gilt für die Informationen zum NS-Arbeitslager in Hirzenhain; hier danke ich Michael Keller, inzwischen Bürgermeister der Stadt Friedberg, für seine in Buchform erschienene Veröffentlichung lokaler Geschichte des Dritten Reiches. Giuseppe Fozza, in dessen kleinem, aber feinem Eiscafé der größte Teil der Texte entstand, und selbstverständlich auch seinem Team wundervoller Servicedamen, die mit immer gleicher Freundlichkeit meinen bisweilen ungewöhnlichen Bestellungen und meinem manchmal spannenden Humor begegneten. Gleiches gilt für das „Café am Markt“ unter der Leitung von Barbara Großbernd in Schwäbisch Hall, wo ich in toller und anregender Atmosphäre und bei äußerst freundlichem Service einen Teil der Texte und Korrekturen schrieb, und für Mirko Fangacci und die Servicedamen des Café Costa in Langenselbold. Dem Reisebüro Soleans, den beiden Inhabern, Ines und Alexander Repp sowie deren Mitarbeitern, danke ich für ihren außerordentlich hervorragenden Service bei der Beschaffung von Tickets, Visa und Reiseinformationen für Russland. Ich denke, ich bin bisweilen ein anstrengender Kunde. Manfred Heinrich besorgte freundlicherweise das Vor-Layout des Buches. Und schließlich geht mein Dank an meinen Freundeskreis, der mich mit meiner Art, meinen Launen, Problemen und Kämpfen ebenso trägt und unterstützt, wie er Siege und Freuden mit mir teilt. Besonders zu nennen sind Barbara und Michael Kraft-Danquard und ihre Familie, die es mir des Öfteren bei Kurzaufenthalten ermöglichten, in Ruhe am Text weiterzuarbeiten, sowie Marita Martin, die das Erstskript dieses Buches Korrektur las und wertvolle Anregungen gab. Alle entstandenen Unklarheiten, Fehler oder Missverständnisse sind einzig mein Werk.

Und als die Bürgermeisterin bewusstlos, blutend, kaum atmend aus Briva herausgeschafft wurde

als Bigna zu ihren Truppen stieß, sich zu den Soldaten umdrehte und sagte:

»Stürmt die Stadt und tötet sie alle.«

Als die Schar sich aufteilte

als der Wanderer nach Norden zog

die Bardin nach Osten

die Seefahrerin nach Süden

als sie singend aufbrachen, getragen von der Gewissheit, dass sie sich wiedersehen würden

sich selbst versichernd, dass sie sich wiedersehen würden,

erlosch das Willkommenslicht.

Das

Licht

erlosch.

Und als die Flamme erstickte, drang ein leises Geräusch durch das Zwielicht.

Ein zartes Geräusch, bleich und fahl wie Nebelschwaden.

Ein Geräusch, das sich im gesamten Land verbreitete.

Aus den Sieben Buckeln kam es

aus einem tiefen, tiefen Abgrund.

Und aus diesem Abgrund

stieg

kroch

erhob sich
etwas.
Etwas, das sich nach
Norden
Osten
Süden
Westen
wandte.
Sich den Türmen zuwandte.

Versuchte man, es anzusehen, so war es, als wäre man blind geworden.

Es war der Anblick des reinen

Nichts.

Schaut nur, wie dicht ihr herangerückt seid. Schaut es euch an.

Was werde ich wohl in euren Augen entdecken, wenn ihr mich ansehf? Wenn ihr meine Tränen seht, meine Narben, mein Lächeln?

Wenn ihr das getrocknete Blut an meinem Mantel betrachtet.

Fragt ihr euch, woher es kommt?

Von wem es stammt?

Oder grübelt ihr über meine Geschichte nach?

Fragt ihr euch, ob ihr eines Tages auch vom Weg abkommen und am Ende allein sein werdet wie der Wanderer?

Was tut man dann am besten, wenn man so allein ist?

Ich würde mir vermutlich eine Geschichte ausdenken. Ihr nicht? Im Dunkel der Nacht, wenn jede Hoffnung fern zu sein scheint? Mit einer Geschichte vergeht die Nacht so viel schneller.

Denn seht ihr das, dort im Osten?

Das ist der Sonnenaufgang.

Wieder habe ich eurem Geist etwas zu tun gegeben. Die ganze Nacht hindurch, während all der finsteren Stunden, habe ich euch eine Geschichte erzählt.

Nun könnt ihr aufbrechen, nun werdet ihr den Weg durch den

Wald finden, könnt genug sehen, um nicht in die Irre zu gehen, denn die Dämmerung ist gekommen.

Hört nicht auf das Raunen des Zwielichts.

Lauft heim, heim zu euren Lieben.

Lauft heim.

Und wenn der Abend wieder heraufdämmert
wenn das Zwielicht lockt
kommt zu mir zurück.

Wenn die Sonne, die nun über den Horizont steigt, heute Abend wieder hinter ihm versinkt

kommt zurück.

Kommt zurück in den fahlen Stunden des Zwielichts, in der bläulich schimmernden Abenddämmerung.

Kommt zurück, wenn die Sonne untergegangen ist, wenn die Sterne am Himmel erscheinen, wenn der Mond sein bleiches Licht herabschickt.

Kommt über den alten Pfad im tiefen Wald, kommt zurück zum wärmenden Feuer.

Denn morgen Abend werde ich euch von den Türmen berichten.

Vom Wanderer werde ich berichten
von der Bardin werde ich berichten
von mir selbst werde ich berichten.

Seht nur, wie dicht ihr herangerückt seid. Wie die Neugier euch lockt.

Aber nicht jetzt.

Heute Abend.

Kommt heute Abend wieder.

Und bis dahin: Vergesst nicht.

Vergesst nicht, eure Ohren zu verschließen, wenn die Furcht im Zwielicht wispert.

Wenn sie des Nachts zu euch schleicht.
Lauft heim.
Und dann
kommt eilig zurück zu mir.
Denn ich werde euch von mir berichten.
Ich werde euch von der Bardin und dem Wanderer berichten.

Ich werde euch die Geschichte erzählen, die niemand mehr kennt. Werde das Lied für euch singen, das niemand mehr singt.
Ich werde euch von den Türmen berichten.

# Danksagung

Neben allen, denen ich bereits im ersten Band gedankt habe, möchte ich hier noch hinzufügen:

Lea Götz, Lilli Peters, Verena Otto und Friederike Gerwe bei Blanvalet für all ihre Unterstützung und harte Arbeit on- und offline

Wiebke Rossa und Nicole Geismann, den Verlagsleiterinnen, die diese Bücher überhaupt erst möglich machen

Christina Wätjen und Johannes Schöffmann sowie ihren Teams, genau wie Astrid von Willmann und Hendrik Balck

Bernd Lau, Peter Steinbach und Peter Zwetkoff stellvertretend für das gesamte Team, dass die Hörspieladaption des *Herrn der Ringe* von WDR und SWR möglich gemacht hat. Ihr habt eine Geschichtenerzählerin aus mir gemacht.

Andrea Fischer stellvertretend für das gesamte Team bei Random House Audio, die diese Trilogie zum schönsten Hörbuch gemacht haben, das es gibt, und mich noch dazu bei der Veröffentlichung mit großer Selbstverständlichkeit unterstützt hat. Ein Dank von Herzen gilt außerdem Oliver Siebeck, von der Recklinghäuserin an den Wanne-Eickeler, denn niemand hätte diesem Buch eine bessere Stimme leihen können als Sie, lieber Herr Siebeck!

Annika Walter für die schönste aller nur erdenklichen Karten

Alex Nieradzik und dem gesamten Team von Hugendubel für die Einladung zur digitalen Lesereihe Hugendubel NOW sowie Theresa für ihre freundliche Moderation

Christian Handel und Lisa Pohlers sowie allen unseren Gästen für eine unvergessliche Book Release Party

Noch einmal Lisa Pohlers, meiner unermüdlichen Assistentin, sowie Jonathan Noack und meinen Kolleginnen im Eutopia, die so bereitwillig ihr Büro für ein Sektbüffet hergegeben haben

Dem hart arbeitenden Team der Bücherbüchse, allen voran Helen Hilpert, mit dem wir einen Vorbestellerrekord für *Das Lied der Nacht* aufstellten

Dem gesamten Team der Buchhandlung goethe + schweitzer in Bonn für unermüdliche Unterstützung und die schönen Gespräche im Alltag

Professor Marion Gymnich und dem Englischen Seminar der Universität Bonn, die es mir ermöglicht haben, meine Gedanken in Bezug auf Stimme und Form erzählender Texte endlich Gestalt zu geben. Danke auch den Studierenden des Englischen Seminars sowie der Philosophischen Fakultät, die ich unterrichten durfte und deren Talent, Großzügigkeit und Neugier unübertroffen bleiben

Allen Leser:innen und Blogger:innen, die *Das Lied der Nacht* gelesen und rezensiert haben. Ich sehe alles und bin sehr glücklich

Lukas Brückner der Stadtbibliothek Recklinghausen für die Care-Pakete

Meiner Fremdsprachenkorrespondentin für Farsi, Dr. Anna Kollatz am Heinz Heinen Center for Advanced Study der Universität Bonn

Und, denn doppelt hält besser und auch diese Runde wäre ohne euch nichts geworden: Beatrice Lampe, Charlotte Lungstrass-Kapfer, Thérèse Coen, Jennifer Jäger. Außerdem den Kollegen: Eva Fürst, Verena Koll, Michél Schüler, der Zunft, Stefan Plasa, Meaghan Allen, Thomas D. Lee.

Und, denn ohne euch geht es nun einmal nicht: Adrian Bolz, Laura Döing, Karin Surmann-Lehnen, Matthias Lehnen, Nils Lehnen, Thomas Lehnen und meiner Tante Heidi Werner, die genau im richtigen Moment angerufen hat.

# Leseprobe

*Aus »Der Klang des Feuers«*
von C. E. Bernard

Erscheinungstermin:
25.11.2021 im Penhaligon Verlag

Wieder seid ihr gekommen, um meine Geschichte zu hören.

Denn wie ihr bereits vermutet habt, ist es meine Geschichte.

Kommt und setzt euch ans Feuer. Warm und hell brennt es, und wenn ihr in die Flammen blickt, hört ihr vielleicht sein Flüstern. Hört vielleicht seine Worte. Hört vielleicht sein Lied.

Noch warten wir auf die anderen. Auch sie kommen durch den Wald, um bei uns zu sitzen. Auch sie wollen die Geschichte hören.

Seht, wie die Sonne untergeht, während wir warten. Die ersten Sterne leuchten bereits am Himmel. Die Nacht bricht an, die strahlende, dunkle Nacht.

Seht die warmen roten Flammen.

Rot ist die letzte Farbe, die bleibt, bevor die Nacht anbricht.

Rot war das Blut, das auf meinem Mantel getrocknet ist.

Rot ist das Feuer, um das ihr euch schart, um diese Geschichte zu hören.

Nun kommt also. Die Sonne ist untergegangen, die Sterne leuchten am Himmel, der Mond geht auf.

Kommt.

Rückt dichter zusammen.

Rückt näher ans Feuer. Hört den letzten Teil meiner Geschichte, hört das große Finale. Es beginnt auf einer alten Straße, hoch oben im Norden, wo die Nächte lang sind; lang, kalt und finster. Es beginnt auf einer alten Straße im

Süden, wo sie das gefährliche, das tödliche Meer kreuzt. Es beginnt auf einer alten Straße im Osten, die sich in die hohen, grausamen Berge hinaufwindet.

Es beginnt auf drei Straßen. Beginnt mit Erde, Meer und Himmel. Und es beginnt mit einer Frage:

Wisst ihr es?
Wisst ihr, wer ich bin?
Wisst ihr, was ihr tun werdet,
wenn Finsternis die Nacht verschlingt,
wenn Furcht auf allen Wegen schreitet?
Seid ihr bereit
für das Ende meiner Geschichte?

# 1

## *Auf dem Weg*

Silbern schimmerte der Graue Pfad im Schein des Mondes, im Licht der Sterne. Unbeugsam wand er sich durch den Norden, wo der Schnee selbst im Frühling nicht schmolz, wo schon die kleinste Laterne hell die Nacht erleuchtete, wo man die langen, finsteren Winter auch mit Feuer und Liedern kaum überlebte.

Etwas Fremdes spürte diese Straße.

Es reiste auf ihr.

Kroch auf ihr dahin.

Breitete sich aus.

Noch hatte es niemand gesehen, weder Mensch noch Tier oder Vogel. Zumindest niemand, der davon hätte berichten können.

Nur der Graue Pfad hatte es gesehen.

Jene Straße hatte es gesehen, die sich durch den Norden, in den Süden und gen Westen erstreckte. Jene einst so breite, stolze Straße. Jene Straße, die so weit im Norden stets einsam war, weil kaum jemand sie je bereiste. Niemand kannte sie in ihrer Gänze von Norden bis Süden.

Niemand außer ihm.

Auch jetzt war er der einzige Reisende auf dem Grauen Pfad. Ein großes graues Pferd führte er am Zügel, und über ihm glitt eine Krähe dahin, die hin und wieder einen heiseren Schrei ausstieß. Schier undurchdringlich war der Wald um sie her, schier unerträglich die Kälte der Luft. So kalt war es, dass ihr Atem zu dichtem Nebel gefror, so kalt, dass Pferd und Mensch und Vogel zitterten. Wie eine weiße Decke hatte sich der Schnee über die kahlen Bäume gelegt, über die dunklen Nadeln der Tannen. Auch die Straße hatte er vereinnahmt, hatte aus dem Grauen Pfad wieder einen weißen gemacht. Solange der Reisende das Lied der Nacht sang, warf der Schnee das Licht von Sternen und Mond zurück und ließ die Nacht auf seltsame Weise erstrahlen.

Weyd wickelte sich fester in seinen Mantel. Längst war er nicht mehr blau oder grau: Er hatte die Farben von Schlamm, Erde und Staub angenommen, von jedem Wald, durch den er gewandert, jedem Graben, in dem er in unruhigen Schlaf gesunken, jedem Bach, durch den er gewatet war.

Das Pferd an seiner Seite schnaubte.

»Ich weiß«, antwortete er. »Es dauert noch ein wenig, Blíkna. Erst kurz vor Sonnenaufgang werden wir in Hewsos sein.«

Wieder schnaubte Blíkna. Er blieb stehen. »Stimmt etwas nicht?«, fragte er leise. Wieder einmal schalt er sich dafür, nie die Sprache der Pferde gelernt zu haben. Der Wanderer sah sich auf der Straße um, konnte aber nichts Ungewöhnliches entdecken. Also trat er dichter an Blíkna heran, drückte seine Stirn an die des Hengstes und strich langsam über seinen Hals.

»Ist schon gut«, flüsterte er. »Sicher fehlt er dir sehr.«

Ein nervöses Tänzeln war die Antwort.

»Mir fehlt er auch«, fuhr Weyd fort. »Ja, mir fehlt er auch. Es fühlt sich an, als wären wir vollkommen allein, wir beide, nachdem es doch so aussah, als sollten wir es nicht mehr sein. Wir hatten einen Gefährten. Wir hatten Freunde. Wir waren eine Gemeinschaft.«

Noch einmal streichelte er den Hals des Pferdes. »Nun müssen wir ohne sie auskommen, auch wenn wir geglaubt haben, es würde nie wieder so sein. Aber sie sind fort, und wir müssen weiter. So weit schon hast du mich über den Grauen Pfad getragen, und bald kannst du dich ausruhen, sobald wir Hewsos erreichen. Weit kann es nicht mehr sein, Urth hält bereits für uns Ausschau.«

Sein Blick ging zum Himmel, suchte nach der Krähe. Noch immer glitt sie hoch über ihnen dahin. Dann wandte er sich wieder der Straße zu. Im Sternenlicht wand sie sich wie ein mächtiger silberner Fluss durch die Landschaft.

Der Wanderer griff nach seiner Reiselaterne und machte sich wieder auf den Weg. In Gedanken war er bereits in Hewsos, der Stadt der Lichter, auf die er nun schon seit vielen Tagen zustrebte. Er sehnte sich nach ihr. Nach ihren vielen Lichtern, ihren fremdartigen Gesängen, den alten Holzbauten und Gasthöfen, in denen jeder Stuhl und jede Stiege ächzte, sodass ihr Lied einen begleitete, wenn man in sein Zimmer hinaufging, um sich dort in sein warmes Federbett sinken zu lassen.

Sein Blick aber war auf die Straße gerichtet. Vielleicht lag es daran, dass er eine Laterne bei sich trug, aber sie war ihm noch nie so finster erschienen.

Doch weiterziehen mussten sie. So viele Jahre lang war es ihm eine Wohltat gewesen und nicht eine Last, eine leere Straße vor sich zu sehen, die er ganz allein beschreiten konnte. Denn nur wenn er allein gewesen war, hatte er sich frei gefühlt. Nur dann hatte er sich um sich selbst kümmern können, hatte nicht nur an jene gedacht, mit denen er beisammen war.

Und heute? Heute hatte er vergessen, wie er ohne seine Bardin reisen sollte.

Doch da war noch Hoffnung.

Hoffnung auf ein Wiedersehen.

Ein Wiedersehen unter dem Willkommenslicht von Briva, das ihnen mit seinem Schein den Weg weisen würde.

Angetrieben von diesem Gedanken, ging er weiter, sang leise das Lied der Nacht. An die Bardin Caer dachte er, und an das Willkommenslicht von Briva. Er drückte eine Hand an den Stern auf seiner Brust, der selbst in tiefster Finsternis noch Licht spendete. Licht, das nun in seinen Augen strahlte, in seinem Lied und seinen Worten, auch wenn sie bei ihm stets traurig klangen. Trost spendeten sie ihm.

So zog der Wanderer dahin.

Ohne zu ahnen, dass vor ihm etwas Fremdes reiste.

Sich ausbreitete. Dahinkroch.

Über den Grauen Pfad kroch bis nach Hewsos.

*Wenn Sie wissen möchten,*
*wie es weitergeht, lesen Sie*

*C. E. Bernard*
*Der Klange des Feuers*
*ISBN 978-3-7645-3265-9 /*
*ISBN 978-3-641-26896-1 (E-Book)*
*Penhaligon*

Eine Kämpferin, die eine verbotene Gabe besitzt. Ein Prinz, dessen Leben auf dem Spiel steht. Ein gläserner Palast, in dem eine tödliche Intrige gesponnen wird.

Lesen Sie mehr unter: **www.penhaligon.de**

# Das schönste Alter beginnt jetzt

Mit Zitaten von
Ernst Ferstl

und Gedanken
von Georg Lehmacher

Weltbild

# Vorwort

Eines der bekanntesten amerikanischen Sprichwörter lautet: „Heute ist der erste Tag vom Rest deines Lebens“. Es will uns sagen, dass wir an jedem Tag unseres Lebens etwas Neues beginnen können. Dass wir immer die Möglichkeit haben, etwas zu verändern und aus unserem Leben mehr zu machen, als nur das begonnene weiterzuführen. Wir dürfen die Dinge loslassen, die uns bisher davon abgehalten haben, noch glücklicher zu sein. Wir können und dürfen in jedem Alter etwas dazu lernen. Wir haben die Gelegenheit, neue Freunde zu finden und neue Aufgaben zu übernehmen.

Wie gut, dass das schönste Alter nicht irgendwann beginnt, sondern gerade jetzt!

Für alle,
die bereit sind,
das Leben zu genießen.

Die für die Zeit,
die ihnen geschenkt,
dankbar sind
und Lust verspüren,
aus dieser Zeit etwas zu schöpfen,
das Segen bringt.

Für die Menschen,
die nicht nur auf das blicken,
was nicht optimal lief,
sondern auf all das Gute,
das sie bereits geleistet haben.

Für alle,
die sich daran freuen,
dass sie manchmal kleine,
aber wichtige Dinge
in ihrem Leben bewirken können,
wie es niemand sonst tun kann.

Die verstehen,
dass sie als Mensch einzigartig sind
und der größte Beitrag,
den ein Mensch in dieser Welt
bringen kann, dieser ist:
„selbst“ zu sein, glücklich zu leben
und dieses Glück zu teilen.
Und sei es nur mit einem Lächeln,
das sich in dieser Welt verbreitet.

Zeit,

die wir uns

nehmen,

ist Zeit,

die uns etwas

gibt.

*Ernst Ferstl*

ELGIN

*Man sollte*
*Anteil nehmen*
*an der Freude,*
*der Schönheit,*
*der Farbigkeit*
*des Lebens.*

Oscar Wilde

In einem großen Herz ist mehr Platz für die Freude!

Gehe nie
aus einem Gespräch,
ohne dem anderen
die Gelegenheit zu geben,
mit Dankbarkeit
an dieses Gespräch
zurückzudenken.

*Adolph Freiherr von Knigge*

*Schönheit vergeht,*
*Charme bleibt.*

*Aus Frankreich*

Dank

## 7 Dinge, die du heute am besten für dich tun kannst:

1. Dich erinnern an alles, was du in den letzten 7 Jahren erreicht hast!
2. Einen Rückblick auf das, was du in den letzten 7 Jahren „trotzdem" irgendwie hinter dir gelassen hast, wagen …
3. Darüber nachdenken, was du alles gelernt hast, was du kannst und was du bist!
4. Dankbar sein für die 7 besten Zufälle in deinem Leben.
5. Pläne machen für die nächsten 7 Jahre.
6. Dich über deine 7 besten Freunde, Lieblingskollegen und Geschäftspartner freuen.
7. Für den Rest des Tages einen Plan machen für Dinge, die dir Freude machen und dir dann etwas mehr Zeit für dich nehmen, als du eigentlich geplant hattest.

Humor,

das mit Abstand beste

Löschblatt

für die Sorgenflecken

des Alltags.

*Ernst Ferstl*

IIB–01365

*Die Jugend*
*ist die Zeit,*
*Weisheit zu lernen,*
*das Alter*
*die Zeit,*
*sie auszunützen.*

*Jean-Jacques Rousseau*

Humor ist die
Weisheit, die
uns auch im Alter
jung hält...

Wir brauchen

viele Jahre,

bis wir verstehen,

wie kostbar

*Augenblicke*

sein können.

*Ernst Ferstl*

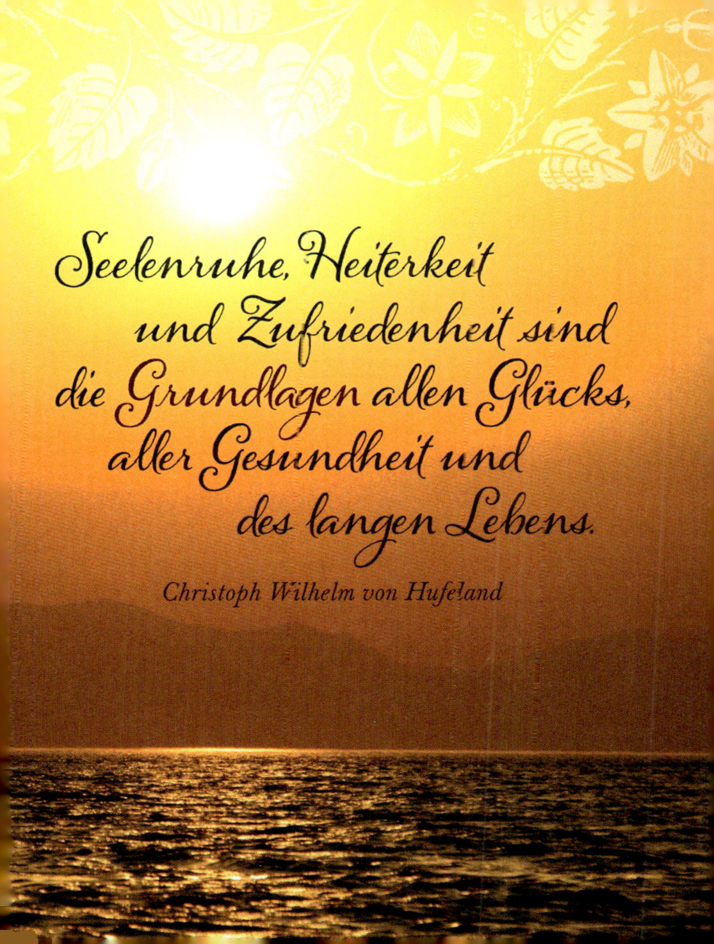
Seelenruhe, Heiterkeit
und Zufriedenheit sind
die Grundlagen allen Glücks,
aller Gesundheit und
des langen Lebens.
Christoph Wilhelm von Hufeland

*Gute Erinnerungen teilt man meist mit guten Menschen ...*

Gute Erinnerungen
tragen unser Leben.

*Aus Japan*

## Der Arme und das Glück

Ein armer Mann, versehn zum Graben,
wollt' itzt ein besser Schicksal haben
und rief das Glück um Beistand an.
Das Glück erhörte sein Verlangen.
Er fand, indem er grub, zwo starke goldne Stangen;
allein der ungeschickte Mann
sah sie für altes Messing an
und gab für wenig Geld
den Reichtum aus den Händen,
fuhr fort und bat das Glück,
doch mehr ihm zuzuwenden.

„O Thor!" rief ihm die Gottheit zu,
„Was quälst du mich, dich zu beglücken?
Wer wäre glücklicher als du,
wenn du gewusst, dich in dein Glück zu schicken?"

Du wünschest dir mit Angst ein Glück
und klagst, dass dir noch keins erschienen.
Klag' nicht, es kömmt gewiss
ein günst'ger Augenblick;
allein, bitt' um Verstand, dich seiner zu bedienen
denn dieses ist das größte Glück.

*Christian Fürchtegott Gellert*

After

## 7 Dinge, die gut sind, weil du nicht mehr grün hinter den Ohren bist:

1. Du merkst, dass sich manche Probleme wiederholen und kannst gelassener reagieren, weil du gelernt hast, dass nichts so heiß gegessen wird, wie es gekocht wird.
2. Du hast Erfahrung im Umgang mit Problemen und Aufgaben – und kannst sie mit dem erworbenen Know-How schneller in den Griff bekommen.
3. Du hast einige Tiefpunkte im Leben schon überstanden und weißt um die eigene Stärke.
4. Du hast schöne Erinnerungen gesammelt, von denen du zehren kannst.
5. Du hast vielleicht weniger Freunde als früher, aber mit denen, die geblieben sind, bist du mehr verbunden.
6. Du bist dir in vielen Dingen selbstsicherer und lässt dir nicht mehr so Vieles vormachen.
7. Du hast genug Erfahrung, um mehr aus der vor dir liegenden Zeit zu machen.

Loslassen …

Willst du dir ein hübsch
Leben zimmern,
musst dich ums Vergangne
nicht bekümmern;
das wenigste
muss dich verdrießen;
musst stets
die Gegenwart genießen,
besonders keinen
Menschen hassen
und die Zukunft
Gott überlassen.

*Johann Wolfgang von Goethe*

… und vertrauen …

Nur wer für
den Augenblick lebt,
lebt für die Zukunft.
Heinrich von Kleist

Der

Schlüssel

zum Sinn des Lebens

liegt in den Händen der

Liebe.

*Ernst Ferstl*

Die Selbsterkenntnis
ist die Quelle allen Wissens.

*Lu Chiu-Yüan*

Ein Leben
ohne Freund
ist ein
langweiliges Leben.

*Aristoteles*

Freundschaften ...
Ein wahrer Reichtum
für die Seele.

Das *Vergnügen,*

andere mit **Lob**

zu überschütten,

sollten wir uns

**viel öfter** gönnen.

*Ernst Ferstl*

Zufriedenheit

## 7 Dinge, die in unserem Leben schon immer gut waren:

1. **Wasser:** Wir müssen nicht um einen Tropfen Trinkwasser kämpfen, wir müssen nur zu einem Wasserhahn gehen.
2. **Frieden:** Wir hatten in unserem Land seit vielen Jahren keinen Krieg mehr.
3. **Bildung:** Wir haben eine gute Grundbildung, wir haben freien Zugang zu Wissen und Bildung.
4. **Reichtum:** Selbst die ärmeren unter uns haben mehr Geld, als die meisten Menschen in der Welt. Der Fotoapparat oder die Uhr, die wir mit uns tragen, sind mehr wert, als das, was manche Menschen in anderen Ländern in einem ganzen Jahr verdienen.
5. **Sicherheit:** Unser Leben ist sicher und beschützt. Wir müssen uns wenig Gedanken um unser Leben machen, wenn wir unterwegs sind. Selbst wenn wir einmal vergessen, unsere Haustür abzusperren, passiert meistens nichts.
6. **Freiheit:** Wir haben große Freiheiten und die Möglichkeit, uns zu verändern und unser Leben weitgehend frei zu gestalten.
7. **Gesundheit:** Wir leben in einer gesunden Umgebung und haben ein Gesundheitssystem, das uns auffängt, wenn wir krank werden.

## Leichter Sinn

Einmal sind zwei Gesellen über Land gereist. Der eine war schwermütig, der andere lustig und wohlgemut. Zu diesem sagte der Schwermütige: „Mein Geselle, wie kannst du um Gottes willen immer so fröhlich sein? Wo der Mensch nur hinschaut, zur Rechten und zur Linken, vor sich und hinter sich, da sieht er nichts als Elend, Jammer und Not. Wer wird da noch guten Mutes sein, besonders wenn er noch dazu bedenkt, welche Leiden noch auf ihn warten im Leben und dass ihm der Tod gewiss ist?"

„Ei was!" sagte darauf der lustige Gesell, „wozu nützt es, traurig zu sein? Es geht schon, wie es geht, und ändern kann ich's nicht. Ich bin fröhlich und guter Dinge. Ich arbeite, was ich kann und gebrauche, was ich habe. Im Übrigen lasse ich Gott walten, der wird's schon recht machen."

Drauf sagt der Trübsinnige: „Lieber Gesell, hüte dich vor deinem Leichtsinn es könnte dir sonst was Böses begegnen!"

Der Lustige aber sagte: „Lieber Gesell, hüte du dich vielmehr vor deinem Trübsinn, sonst kann dir wahrlich nichts Gutes begegnen!" Unter diesem Gespräch setzten sie die Reise fort.

Als nun der Trübsinnige immer etwas Trauriges aufsuchte wenigstens in seinen Gedanken, da fiel ihm ein: Wenn er einmal blind werden sollte, was leicht geschehen könnte, was er dann anfangen müsste? „Lieber Gott!“ sagte er bei sich und seufzte, „ich könnte dann keinen Pfennig mehr verdienen und wäre ein armer, geschlagener Mann.“ Und bei diesen Gedanken schloss er die Augen und probierte sich im Fortgehen, wie es denn dem sein möge, der sein Augenlicht verloren hat.

Als er nun eine Weile mit geschlossenen Augen fortging, übersah er einen großen Beutel Geld, der auf dem Weg lag. Sein lustiger Reisekamerad aber, der ihm auf dem Fuß nachfolgte, bemerkte ihn sogleich und hob ihn mit Freuden auf.

*Ludwig Aurbacher*

Das Alter
hört sich gern,
auch wenn es
nicht viel
zu sagen hat.

*Johann Wolfgang von Goethe*

Ich lebe mein Leben in
wachsenden Ringen,
die sich über die Dinge ziehn.
Ich werde den letzten vielleicht
nicht vollbringen,
aber versuchen will ich ihn.
Ich kreise um Gott, um den
uralten Turm,
und ich kreise jahrtausendelang;
und ich weiß noch nicht:
bin ich ein Falke, ein Sturm
oder ein großer Gesang.

*Rainer Maria Rilke*

Dankbarkeit und Liebe
sind Geschwister.

Christian Morgenstern

Sein zu lassen,
was nicht zu ändern ist,
das
erspart uns
Sorgen.

*Ernst Ferstl*

Freude

## 7 Dinge, die gerade heute Freude machen können:

1. Ein ruhiger Abend mit bewusst ausgewählter Musik und einem schönen Buch.
2. Mit einem Freund/einer Freundin telefonieren, von dem/der man schon lange nichts mehr gehört hat.
3. Einen Spaziergang machen, selbst wenn das Wetter kühl ist – und danach eine schöne Tasse Tee trinken.
4. Ein schönes Wellnessbad. Zu Hause mit einem schönen Badezusatz. Oder bei einem Ausflug in ein nahe gelegenes Erlebnisbad.
5. Mitten im Alltag eine schöne Duftlampe anzünden.
6. Etwas anziehen, das du besonders gerne trägst.
7. An einen Menschen denken, den du gerne magst.

Der Wert der Zeit
ist der Wert
des Lebens.

Jedes Ding
hat seine Zeit.

*William Shakespeare*

Der große Tag,
das krönende Fest des Lebens kommt,
wenn das innere Auge sich
der Einheit der Dinge,
der Allgegenwart des Gesetzes öffnet;
wenn es erkennt, dass alles, was ist,
sein muss und sein soll
und dass es das Beste ist.

*Ralph Waldo Emerson*

## Eine wundersame Begebenheit

In einer kleinen Gemeinde in Frankreich, wo ein sehr guter Wein gebaut wird, war der Pfarrer bei seiner Gemeinde sehr beliebt. Am Neujahrstage beschlossen die Bauern daher, ihm etwas zu schenken und glaubten, dass sie ihm mit einem Fass guten Burgunders eine besondere Freude machen würden. Einer stiftete das leere Fass und dann kam jeder Einwohner des Ortes und sollte aus seinem Keller die beste Flasche hineingießen. So hatten sie es vorher ausgemacht und einer glaubte auch vom andern, dass er es getan hätte.

Einige Wochen später fand ein besonderes Fest statt und der Pfarrer benutzte die Gelegenheit, um gegen dreißig seiner angesehensten Pfarrkinder zu Tisch einzuladen. Sie waren alle an dem Geschenk beteiligt gewesen und heute sollten sie zum ersten Male den vorzüglichen Wein kosten. So saßen sie alle voller Erwartung da und die alte Köchin des Pfarrers stieg in den Keller, um von dem köstlichen Getränk einige Flaschen zu füllen. Einige Minuten später erscholl ein lauter Schreckensruf, blass und verstört stürzte die alte Köchin ins Zimmer und hielt in der zitternden Hand eine Flasche, die sie vor den Pfarrer niedersetzte.

„Was soll denn das!“ rief der Pfarrer. „Was willst du denn mit dem Wasser?“

„Ach, Herr Pfarrer", ächzte die alte Köchin, „das ist ja der Wein aus dem geschenkten Fass!"

Allgemeine Bestürzung zeigte sich unter den Gästen. Der Pfarrer war zuerst erstaunt, dann ging ein Schmunzeln über seine Züge, während er die roten verlegenen Gesichter um sich her musterte. Jeder der Geber des „köstlichen Weines" hatte anscheinend denselben Gedanken gehabt, aber nicht geglaubt, dass der auch seinem Nachbar kommen und dieser Wasser statt Wein in das Fass schütten würde.

*Verfasser unbekannt*

Das Größte und Wunderbarste ist das Einfachste.

*Walther Rathenau*

Der glückliche
Weg ist das Ziel ...

Es gibt keinen Weg
zum Glück.
Glücklich-sein ist der Weg.

Buddha

Ideen

## 7 Ideen, einen Tag schön zu beginnen:

1. Sich ein paar Minuten Zeit nehmen und ganz besinnlich eine Tasse Tee oder Kaffee trinken und darüber nachdenken, was man Schönes aus dem Tag machen kann.
2. Auf dem Weg zur Arbeit ein paar Minuten mehr einplanen und einen kleinen Spaziergang einbauen.
3. Sich schon jetzt für den Abend etwas Schönes vornehmen, auf das man sich den ganzen Tag freuen kann.
4. Gleich am Morgen ein paar Minuten in einem Buch mit erbaulichen Kurzgeschichten lesen.
5. Einem Menschen etwas Nettes sagen und sich daran freuen, dass er/sie sich freut.
6. Den Morgen mit einer ausgiebigen Dusche oder einem Bad beginnen.
7. Gleich am Morgen die Musik hören, die einen noch vor der Arbeit entspannt – oder fit für den Tag macht.

Lernen besteht in
einem Erinnern
von Informationen,
die bereits seit Generationen
in der Seele
des Menschen wohnen.

Sokrates

Das Wissen der Seele
ist tiefer, als das
Wissen des Verstandes.

*Sich selbst
zu überraschen ist,
was das Leben
lebenswert macht.*

Oscar Wilde

Unsere

Welt

sieht so aus,

wie wir

sie sehen.

*Ernst Ferstl*

Das Ziel des Lebens ist nicht,
die Welt zu genießen,
auch nicht einmal sie wissen-
schaftlich zu erkennen,
sondern aus dieser Erde
ein Reich des Friedens,
der Gerechtigkeit und
der Liebe zu machen,
soweit es jeweilen möglich
erscheint, und nur soweit
wir daran mitgeholfen haben,
soweit hat unser Leben
einen Wert gehabt.

*Carl Hilty*

Liebe … die grundlegende Kraft in diesem Universum …

Neugier = ein Gefühl,
das hungriger wird,
wenn wir es füttern ...

Schon wegen der Neugier
ist das Leben lebenswert.

*Jüdisches Sprichwort*

*Wer fröhlich sein will*
*sein Leben lang,*
*lasse der Welt*
*ihren tollen Gang.*

*Friedrich Rückert*

## Der Flug

An einem sonnigen Septembernachmittag kehrte ich von meiner Maschine zurück in das Flughafengebäude. Ich hängte den Schlüssel zurück in den Tresor und beschloss, noch eine Tasse Kaffee zum Ausklang dieses schönen Tages auf der Besuchertribüne zu trinken, als ich am Fuß der Treppe eine ältere Dame liegen sah, die gestürzt war. Im ersten Moment dachte ich, sie habe sich möglicherweise etwas gebrochen, aber glücklicherweise war sie nur ausgerutscht und hatte sich nicht verletzt. Sie deutete auf meinen Pilotenkoffer und wir kamen ins Gespräch. Ich erfuhr, dass sie schon 89 Jahre alt war und sich immer für die Fliegerei interessiert hatte. „Dann sind Sie sicherlich schon öfters geflogen." Sie schüttelte den Kopf. „Nein, als ich jünger war, habe ich mich nicht getraut. Und es ergab sich keine Möglichkeit. Als ich älter war, hatte ich kein Geld. Dann, zum 75sten schenkte mir mein Sohn einen Rundflug, aber als ich den Termin vereinbaren wollte, sagte mir der Pilot, ich sei zu alt, er habe Bedenken, einen so alten Menschen mitzunehmen, das Risiko, dass ich gesundheitliche Probleme habe, sei ihm zu groß." Ich fragte nach: „Haben Sie denn irgendwelche Erkrankungen?" „Nein." sagte die Dame. „Aber ich habe mich an den Gedanken gewöhnt, dass ich es wohl nicht mehr schaffen werde, zu fliegen. Ich bin wohl tatsächlich zu alt." Ich vergewisserte mich noch einmal, dass sie nach dem Sturz nicht doch verletzt war und ob es sicher sei, dass sie nur ausgerutscht war. Aber sie verneinte. „Wenn Sie möchten, dann können wir ja noch einmal einen kurzen Rundflug machen," bot ich ihr an. „Bin ich nicht zu alt dazu?" fragte sie. „Nein." entgegnete ich. „Wenn Ihnen sonst nichts fehlt." „Aber ich habe doch gar nicht genug Geld dabei." „Ich lade Sie ein. Wenn es Ihnen dabei nicht gut geht, drehen wir sofort wieder um." Sie lachte. „Dann nehme ich das Angebot gerne an!"

Zwanzig Minuten später rollten wir zum Startpunkt der Bahn und kurz darauf stiegen wir hoch in die herrlich ruhige Luft. Wir flogen fast eine halbe Stunde und sahen uns von oben noch den Sonnenuntergang an.

Einige Wochen später erhielt ich einen Brief von ihr, in dem sie sich noch einmal bei mir bedankte. Sie schloss mit den Worten: „Vor fast 15 Jahren glaubte ich tatsächlich, ich sei zu alt. Und nun habe ich es einfach gewagt und bin froh. Immer wieder denke ich an diesen Flug, an alles, was ich aus der Luft gesehen habe. Man sollte nie denken, man sei zu alt für etwas, wenn man das Gefühl hat, es tut einem gut."

*Georg Lehmacher*

*Liebe*
*hat kein Alter.*

*Blaise Pascal*

Freude macht Freude, wenn man sie verschenkt...

*Freue dich und mache, dass jedermann sich freut.*

*Julius Langbehn*

Dank

## 7 Dinge, für die du gerade heute dankbar sein könntest:

1. Dass du den heutigen Tag gut und gesund erreicht hast.
2. Menschen, die dir zuhören und für dich da sind.
3. Für die Speisen, die vor dir auf dem Tisch stehen.
4. Die vielen kleinen und großen Dinge, die du im Lauf deines Lebens erworben hast, ohne dass du noch groß darüber nachdenkst.
5. Dass du den vielleicht besten Teil deines Lebens erst noch vor dir hast.
6. Für deine Aufgaben: für die leichten, weil sie dir gut von der Hand gehen und die schwierigeren, weil du so viel daraus lernst.
7. Für dich selbst und das, was du bist.

# Glück ist Frieden

Franz Freiherr von Dingelstedt

# Allzeit zufrieden

Immer nur Sonnenschein,
wäre zu hell,
immer nur weitergeh'n,
ginge zu schnell.
Regen und Wolkenguss
muss einmal sein,
willst du am Himmelsblau
doppelt dich freu'n!
Danke dem Vater, hab' fröhlichen Mut,
traue ihm immer, und alles wird gut.
Danke für alles, ob Sonne, ob Wind,
so bist du Gottes glückseliges Kind!

*Eva von Tiele-Winckler*

**Bauer und Schiffsmann**

Ein Bauer verwunderte sich über der Schiffleute Kühnheit, dass sie einem so schwachen Holz Leib und Leben anvertrauen, indem sie so oft beides an den wilden Meerklippen einbüßen; darum fragte auf eine Zeit dieser Bauer einen Schiffer, wo sein Vater sei gestorben. Dieser antwortet: „Auf dem Meer." Der Bauer fragt ferners, wo denn sein Groß- und Übergroßvater gestorben seien. Als der Schiffmann wiederum antwortete: „Auf dem Meer", so sprach der Bauer: „Wie kannst du dann so närrisch sein, dass du dich dem Meer vertrauest, das dir deinen Vater, Großvater und Übergroßvater hinweggenommen?" Der Schiffsmann fragte hinwider den Bauern, wo denn sein Vater und Großvater gestorben seien. Der Bauer antwortete: „Auf dem Bett." Da sagte der Schiffsmann: „Warum bist du dann ein so großer Narr, dass du alle Nacht in dasselbe Bett gehst, worauf deine Voreltern gestorben? Darum siehst du, Bauer, dass es nichts schadet, man sterbe, wo man woll, wenn man nur selig stirbt!"

Viele, die durch des Henkers Hand sterben wegen begangener Missetaten, sterben glückseliger als einige, die im Bett unter den umstehenden Verwandten ihren Geist aufgeben.

*Abraham a Sancta Clara*

Man muss nie verzweifeln, wenn einem etwas verlorengeht, ein Mensch oder eine Freude oder ein Glück; es kommt alles noch herrlicher wieder. Was abfallen muss, fällt ab; was zu uns gehört, bleibt bei uns, denn es geht alles nach Gesetzen vor sich, die größer sind und mit denen wir nur scheinbar im Widerspruch stehen. Man muss in sich selber leben und an das ganze Leben denken, an alle seine Millionen Möglichkeiten, Weiten und Zukünfte, denen gegenüber es nichts Vergangenes und Verlorenes gibt.

*Rainer Maria Rilke*

# Entwicklung

Die Schmetterlinge im Bauch
sind seltener geworden,
die Flugzeuge im Bauch
landen und starten
auch nicht mehr so oft.
Hauptsache,
wir fliegen
immer noch
und immer wieder
aufeinander.

*Ernst Ferstl*

Etwas mit den Händen zu halten, bedeutet Kraft. Etwas im Herzen zu bewahren, schenkt Freude.

*Genieße alles dankbar,*
*was von außen kommt,*
*aber hänge an nichts.*

*Wilhelm vor Humboldt*

*Zeit wohnt in der Seele.*

*Augustinus Aurelius*

## Das Mittagessen

Es war einmal ein Diener, der konnte seinem Herrn gar nichts recht machen und musste vieles einstecken, woran er unschuldig war, wie es oft geht. So kam einmal der Herr sehr verdrießlich nach Hause und setzte sich zum Mittagessen. Da war die Suppe zu heiß oder zu kalt oder keins von beiden; kurzum, er fasste daher die Schüssel mit dem, was darinnen war und warf sie durch das offene Fenster in den Hof hinab.

Was tat der Diener? Kurz besonnen warf er das Fleisch, das er eben auf den Tisch stellen wollte, mir nichts, dir nichts, der Suppe nach auch in den Hof hinab, dann das Brot, dann den Wein und endlich das Tischtuch mit allem, was noch darauf war.

wfuhr in drohendem Zorn von dem Sessel auf.

Aber der Bediente erwiderte ruhig: „Verzeihen Sie mir, wenn ich Ihre Meinung nicht erraten habe. Ich glaubte nicht anders, als Sie wollten heute im Hof speisen. Die Luft ist so heiter, der Himmel so blau und sehen Sie nur, wie lieblich der Apfelbaum blüht und wie fröhlich die Bienen ihren Mittag halten!"

Diesmal die Suppe hinabgeworfen und nimmer! Der Herr erkannte seinen Fehler, heiterte sich im Anblick des schönen Frühlingshimmels auf, lächelte heimlich über den schnellen Einfall seines Dieners und dankte ihm im Herzen für die gute Lehre.

*Johann Peter Hebel*

*Mach' anderen Freude!*
*Du wirst erfahren,*
*dass Freude freut.*

*Friedrich Theodor von Vischer*

Manchmal ist
das Leben wie
ein Spiegel ...

Jeder Augenblick hat
eine besondere Botschaft.

*Hazrat Inayat Khan*

Lebens
entscheidend
ist nicht
wovon wir reden
sondern
wofür wir
leben.

*Ernst Ferstl*

*Die Gelegenheit zieht vorüber wie eine Wolke.*

Aus Arabien

Journal

## 7 Dinge, die dich heute jung fühlen lassen:

1. Die Musik hören, die du gehört hast, als du das erste Mal verliebt warst.
2. Einen Ort besuchen, den du bisher noch nie besucht hast.
3. Durch die Wohnung tanzen.
4. Einem netten Menschen einen lustigen Streich spielen.
5. Deine freundliche, offene Haltung und eine positive Grundeinstellung zum Leben.
6. Den Duft deiner Lieblingsblume atmen.
7. Mit deinem Lächeln einen anderen Menschen zum lächeln bringen.

## Das Wunderwerk

Eine Frau hatte ein beschauliches Leben in einfachen Verhältnissen gehabt und mit ihrem Mann zusammen gearbeitet und ihre Kinder groß gezogen.

Aber neben all ihrer Arbeit hatte sie aus kleinen Glas- und Porzellanstückchen ein Mosaik in der Kirche in ihrem Ort gebaut, das einen Engel zeigte. Dieses Mosaik war überaus prachtvoll. Bereits bevor es fertig war bewunderten es zunehmend die Menschen von nah und fern.

Einmal, als die ältere Frau einen der letzten Steine einsetzte, war ein Fremder in der Kirche und betrachtete das Mosaik. Er hatte von dem Mosaik und der Frau gehört, und verstand etwas von Farben und Formen und war ein Kenner der Kunst. Er sprach die Frau an. „Dieses Bild ist wunderbar. Es hat so etwas besonders Schönes. Es lässt einen aufatmen, wenn man davor steht. Die Farben sind so fein aufeinander abgestimmt. Und bei aller Schönheit ist es schon unglaublich, aus wie vielen tausenden von Steinchen und Glasstücken es zusammengesetzt ist, und schon alleine die Arbeit, die darin steckt, ist ein Wunder für sich. Aber wie in aller Welt kann ein Mensch, noch dazu einer, der nur neben allen seinen anderen Dingen Zeit dafür hat, so ein Kunstwerk schaffen?“

Die Frau lächelte, während sie den überschüssigen Zement um das gerade eingesetzte Steinchen vorsichtig mit einem Lappen entfernte.

Dann gab sie dem Mann fast verlegen, ihre Antwort: „Ich habe immer ein Bild vor Augen gehabt. Das Bild dieses Engels und das Bild des Mosaiks, das ich zusammensetzen wollte. Und dann habe ich nur immer an jedem Tag einen, zwei oder drei Steinchen gesammelt und sie an einem anderen Tag eingesetzt. Oder…" fügte sie hinzu, „…an manchen Tagen auch mal keines. Das Mosaik ist dabei wie von alleine entstanden." Sie räumte ihr Werkzeug beiseite, und ehe sie die Kirche verließ fügte sie noch hinzu: „Wenn wir ein Ziel haben, und es nicht aus den Augen verlieren, müssen wir keine Wunder tun, um die Dinge gut wachsen zu lassen. Jeder Tag ist wunderbar, um einen kleinen Schritt vorwärts zu gehen."

Da erkannte der Mann, dass in der Schönheit und Klarheit des Mosaiks auch gerade etwas von der Einfachheit und der klaren Weisheit seiner Schöpferin lag.

*Georg Lehmacher*

Das Geheimnisvolle ist
mitten unter uns.
Das Wunderbare
mitten in uns.

Stets findet
Überraschung statt.
Da wo man's nicht
erwartet hat.

Wilhelm Busch

Was unserem Leben

Wert

verleiht,

ist keine Frage

des

Preises.

*Ernst Ferstl*

Sehnsucht nach
Licht ist
des Lebens Gebot.
Henrik Ibsen

Bildnachweis:
Nostalgische Illustrationen: © Dover Publications, Inc.
Ranken S. 12/13, 36, 50/51, 66/67, 74,
82/83, 93, 112/113: © Dover Publications, Inc.
Fotos S. 22, 60, 86: Silvia Habermeier
Alle anderen Fotos und Elemente: Georg Lehmacher



Gesamtgestaltung:
Atelier Lehmacher, Friedberg (Bay.)
Lektorat: Gisela Lal Aghighi,
Verlagsgruppe Weltbild GmbH
Umschlagmotiv: Georg Lehmacher
Gesamtherstellung:
Typos, tiskařské závody, s.r.o., Plzeň
Printed in the EU

ISBN 978-3-8289-5523-3